CW00548580

Aus Freude am Lesen

btb

## Buch

Der Ich-Erzähler in »Lavaters Maske«, ein Schriftsteller, wird
kalt erwischt: Auf die Frage seines Agenten, woran er denn
gerade arbeite, fällt ihm nur die auch für ihn überraschende
Antwort ein, er schreibe über Johann Kaspar Lavater, einen
Zeitgenossen Goethes. Eine Notlüge! Als sich dann aber auch
noch der Filmtycoon Haffkemeyer für eine Verfilmung interessiert, wird es ernst für Sparschuhs Helden: Er muß nach
Zürich, um mehr über Lavater, den berühmten Begründer der
physiognomischen Lehre, in Erfahrung zu bringen. Dabei
stößt er auf den authentischen Fall von Lavaters Schreiber
Enslin, der sich seinerzeit unter mysteriösen Umständen erschossen hatte. Und nun nimmt eine ebenso komische wie
doppelbödige Geschichte ihren Lauf: Unser Held arbeitet fieberhaft an seinem Drehbuch, erkundet noch in den aberwit-
zigsten Situationen die offene Zweierbeziehung zwischen äu-
ßerem Schein und innerem Unwesen – und verliert dabei fast
sein Gesicht.

Jens Sparschuh, spätestens seit dem »Zimmerspringbrunnen«
einer großen Öffentlichkeit bekannt, hat einen neuen, sehr
komischen, auf sanfte Weise abgründigen Roman über die
Maskeraden des Lebens geschrieben.

## Autor

Jens Sparschuh wurde 1955 in Chemnitz, damals Karl-
Marx-Stadt, geboren. Von 1973 bis 1978 studierte er
Philosophie/Logik in Leningrad, 1978 bis 1983 war er Assi-
stent an der Humboldt-Universität Berlin. 1983 Promotion.
Seither ist er als freier Autor tätig. 1989 erhielt Sparschuh
den Hörspielpreis der Kriegsblinden. 1996 wurde er mit dem
Bremer Förderpreis für Literatur ausgezeichnet.

Jens Sparschuh bei btb
Der Zimmerspringbrunnen. Roman (72070)

Jens Sparschuh

# Lavaters Maske

Roman

btb

Umwelthinweis:
Alle bedruckten Materialien dieses Taschenbuches
sind chlorfrei und umweltschonend.


btb Taschenbücher erscheinen im Goldmann Verlag,
einem Unternehmen der Verlagsgruppe Random House GmbH.

1. Auflage
Genehmigte Taschenbuchausgabe August 2001
Copyright © 1999 by Kiepenheuer & Witsch, Köln
Alle Rechte vorbehalten
Umschlaggestaltung: Design Team München
Umschlagfoto: AKG, Berlin
Satz: IBV Satz- und Datentechnik GmbH, Berlin
KR · Herstellung: Augustin Wiesbeck
Made in Germany
ISBN 3-442-72681-6
www.btb-verlag.de

FÜR VERA

Verräterisch war ein Detail auf S. 13 des handschriftlichen Berichts; es lenkte meine Gedanken in eine neue, ganz unerwartete Richtung. Eigentlich war es nur eine Flüchtigkeit. Dachte man aber genauer darüber nach, so war es wie bei der Pistole in der rechten Hand des »Selbstmörders«, welcher jedoch, ohne daß sein wahrer Mörder es ahnte, zeit seines kurzen Lebens ein kategorischer Linkshänder war. –

Am 21. war ich in Zürich angekommen.

Mein Hotel, der Limmathof, lag günstig – keine drei Minuten Fußweg von der Zentralbibliothek am Zähringerplatz entfernt. Dort hatte ich mich für die folgenden Tage angemeldet, um in der Handschriftenabteilung das fragliche Nachlaß-Dokument zu sichten.

Nachdem ich mich im Hotel eingecheckt und mein Gepäck abgestellt hatte, ließ ich mich noch ein bißchen durch die abendliche Stadt treiben. Wenn ich schon an Ort und Stelle war, wollte ich auch gleich ein paar Eindrücke vom Schauplatz des Geschehens sammeln, das konnte der Sache nur dienlich sein.

Einen Monat zuvor hatte Massolt, mein treusorgender Agent, mich angerufen.

»Woran arbeiten Sie eigentlich momentan?« wollte er von mir wissen.

Ich legte den Nagelknipser aus der Hand und sah erstaunt aus dem Fenster –, draußen rauschte gerade ein flüchtiger Regen vorüber und verdüsterte anheimelnd den Vormittag und meine Sinne.

»Ich arbeite gerade«, sagte ich und atmete sehr schwer aus, »über Lavater.«

»Ach, das ist ja interessant.«

Ja, das fand ich allerdings auch! Bis zu diesem Moment hatte ich es nämlich selbst noch gar nicht gewußt.

»So wahnsinnig viel kann ich Ihnen natürlich noch nicht darüber erzählen.«

»Das verstehe ich.«

»Es soll ein längerer Text werden.«

»Ach ja. Und – wie viele Seiten haben Sie denn schon?«

»Das läßt sich so nicht sagen. Ich arbeite ja nicht direkt daran, *es* arbeitet – in mir.«

»Klar. – Haben Sie denn eventuell schon einen Titel?«

»Einen Titel? Nein, darüber denke ich ja gerade nach.«

»Oh, da will ich nicht stören.«

Damit hätte es eigentlich genug sein können; das alles mußte erst einmal verarbeitet werden. Ich wollte das Gespräch beenden, doch Massolt hatte Witterung aufgenommen.

»Ich frage das nämlich aus einem ganz bestimmten Grund.« Massolt ließ eine kleine Pause – »Haffkemeyer ist an Ihnen interessiert.«

Haffkemeyer! Meine Lippen modellierten tonlos diesen teuren Namen – Haffkemeyer, der Filmonkel! Ich sah auf einmal viel, viel Geld ... »Ach ja?«

»Ja.«

»Und – was will er denn?«

»Das ist doch klar. Er würde gern mal mit Ihnen zusammenarbeiten. Er hat auch Ihr letztes Buch gelesen.«

Beleidigt schloß ich die Augen. Mein *letztes* Buch – das hörte sich so verdammt endgültig an. Doch anstatt Massolt jetzt, wie es pädagogisch richtig gewesen wäre, sanft, aber nachdrücklich zu korrigieren (»Sie meinen bestimmt mein zuletzt erschienenes Buch«), überhörte ich das einfach.

Haffkemeyer! In der handverlesenen Schar meiner Leser! Das gibt es doch nicht.

»Also«, sagte Massolt, »ich sehe mal, was sich da machen läßt. Da müßte auch ein ordentlicher Vorschuß drin sein.«

So kam es, daß ich vier Wochen später nach Zürich fuhr. Im Gepäck »Lavaters Ausgewählte Werke in vier Bänden«, die ich mir über ein Antiquariat besorgt hatte, eine Volksausgabe des Schweizer Zwingli-Verlages, sowie eine Mappe, die zwar leer war, aber grün. Grün – die Farbe der Hoffnung!

Inzwischen hatte ich mich auch über Lavater schon ein bißchen sachkundig gemacht.

Lavater, Johann Kaspar. Philosophisch-theolog.
Schriftst., * Zürich 15.11.1741, †ebd. 2.1.1801,
Pfarrer in Zürich. In der Zeit des »Sturm und
Drang« war L. eng mit Herder und Goethe befreundet (die Freundschaft mit Goethe zerfiel nach 1785
immer mehr). In J. G. Hamann fand L. einen geistesverwandten Briefpartner. – L.s HW »Physiognomische Fragmente zur Beförderung der Menschenkenntnis und Menschenliebe« (4 Bde.,
1775–78, mit Bildnissen, Nachdr. 1969), an dem
Goethe mitgearbeitet hat, gab der Physiognomik
bedeutende Anregungen. Die darin dargestellte
Lehre von der körperl. Ausprägung der Seele in
Merkmalen des Gesichts und des Schädels ist von
dem Genfer Naturforscher und Apologeten

Ch. Bonnet (»Contemplation de la nature«, 1764;
»Palingenesie«,1769) beeinflußt. L. befaßte sich
auch mit dem Mesmerismus (– Mesmer). L.s von
J. W. L. Gleim und Fr. CT. Klopstock beeinflußte
Dichtungen behandeln meist religiöse Gegen-
stände: die patriot.»Schweizerlieder« wurden
volkstümlich.
WW. Aussichten in die Ewigkeit, 4 Bde. (1768–78);
Fünfzig christl. Lieder (1771); Geheimes Tagebuch
von einem Beobachter seiner selbst, 2 Bde.
(1771– 73); Abraham und Isaac (1776, bibl. Drama).
Sämtl. Werke, 6 Bde. (1834–38); Briefwechsel zw.
Hamann und L., hg. v. H. Funck (1894).

Das hatte ich mir aus einem Lexikon herausgeschrieben.
Und so wenig es war – ein Anfang war damit gemacht. Anknüpfungspunkte jedenfalls schien es in diesem Leben
reichlich zu geben.

Ich erinnerte mich auch wieder daran, schon einmal, und
zwar im Zusammenhang mit meinen längst verjährten
Goethe-Studien, ziemlich dicht an Lavater vorübergegangen zu sein, ohne ihn damals jedoch näher beachtet zu haben.

Das war übrigens auch die einzig plausible Erklärung dafür, weshalb mir im Gespräch mit Massolt so spontan – und
völlig unerwartet! – Lavater eingefallen war: er mußte die
ganze Zeit stumm irgendwo in meinem Unterbewußtsein
gelauert und auf diesen, seinen Moment gewartet haben.

Nun war er also da! Und es war müßig, noch langwierige
Erörterungen anzustellen, wie es dazu gekommen war;
Haffkemeyer hatte bereits einen Vorschuß überwiesen.

Erst, so Massolt, schien Haffkemeyer erstaunt, nicht zu
sagen: befremdet, über dieses Thema gewesen zu sein. Er

hielt Lavater, wie er sich ausdrückte, offen gesagt für eine »olle Kamelle«.

Dann aber hatte Massolt alle Register seines Könnens gezogen – und aus dem Dunkel des 18. Jahrhunderts war plötzlich Lavater als schillernde Lichtgestalt aufgestiegen, ein Grenzgänger zwischen Vernunft und Aberglaube, dessen schicksalhafte Obsession für Gesichter durchaus filmische Qualitäten besaß. Und je länger Massolt auf Haffkemeyer eingeredet hatte, desto begeisterter war der von dieser Idee gewesen. Im Laufe des Gespräches hatten sie sich, immer lauter werdend, denkbare Szenen und Situationen des Films zugerufen, und am Ende sah es so aus, als hätte Haffkmeyer zeitlebens nie etwas anderes gewollt, als einen Film über Lavater zu machen.

Es gab also kein Zurück mehr; und, erstaunlicherweise, schon meine allerersten Recherchen brachten mich gut voran.

In »Johann Kaspar Lavaters Lebensbeschreibung von seinem Tochtermann Georg Geßner«, Winterthur, in der Steinerschen Buchhandlung, 1802, war ich auf einen Passus gestoßen, der so merkwürdig war, daß ich ihn mir abschrieb. Was sagt der Schwiegersohn?

Der Schreiber Lavaters hatte ganz munter die ihm gegebenen Aufträge bestellt, und war nach Tische singend und pfeifend auf sein Zimmer gegangen.
Von da unbemerkt in Lavaters Arbeitszimmer, wo er sich auf ein Ruhebettchen hinsetzte – und – sich selbst eine Kugel durchs Herz schoß.

Als ich daraufhin in der Berliner Staatsbibliothek den Katalogband der Handschriftenabteilung der Zentralbibliothek Zürich durchblätterte, entdeckte ich, daß es in der Züricher

11

Sammlung, unter der Nr. 26, sogar ein handschriftliches Dokument Lavaters gab, das explizit auf diesen Vorfall Bezug nahm: »Bericht Lavaters über den Selbstmord seines Schreibers Enslin.«

Deswegen also fuhr ich nach Zürich, das war die Spur, der ich folgen wollte: Warum ermordet sich Lavaters Schreiber? Sofort sah ich vor meinem inneren – dem magischen! – Auge die entsprechenden hochdramatischen Situationen!

Das kam mir sehr entgegen, denn es versprach Abwechslung. Ich hatte nämlich bei meinem *letzten* Buch gemerkt, daß ich mich, wenn ich über Dinge schrieb, die ich selbst erlebt habe, mitunter furchtbar langweile – da bin ich oft nur ein armseliger Buchhalter. Viel besser ist doch die Beschreibung von Sachen, die ich nicht kenne. Die erlebe ich dann bei der Beschreibung. Die Wirklichkeit kann man nur erfinden.

In Zürich wollte ich nur einige Tage bleiben. Von dort aus würde ich gar nicht noch einmal nach Berlin fahren, sondern direkt nach Wühlischheim, ein Nest im ehemaligen Zonenrandgebiet. Für mein *letztes* Buch, die »Nomaden des Abschieds«, war mir das Wühlischheimer Ehrenstipendium zugesprochen worden. Dort, in der Stille der Provinz, hoffte ich, Zeit und Ruhe zu haben, um mit Lavater ins reine zu kommen.

21., abends, Spaziergang durch Zürich. – Enge Fußgängergassen, schönes Durcheinander: Rotlicht und Antiquariate, viele Messerläden, kaum Käse. Eine Wimpelkette mit Schweizer Fähnchen quer über die Straße. Geriet zufällig, als ich schon auf dem Rückweg war, in die Spiegelgasse. Ein kleines Stück bergan, dann ein Brunnenplatz. Links, noch ehe ich die Schrift auf der Tafel richtig lesen konnte, erkannte ich: das Lavaterhaus.

Lauschte in mich hinein, ob sich etwas in mir ereignete. Vorläufig nichts. Nur irgendwo, in einer Bar, wummerten Bässe. Stopfte mir die Pfeife und inspizierte die Umgebung. Überraschung: Auch Büchner und Lenin, kleinere Schilder, zeitweilig Bewohner der Spiegelgasse. Eventuell verwendungsfähig: Genie und Wahnsinn (aber: Who is who?) in enger Nachbarschaft. Kenne das übrigens auch von mir selbst! ... diese gelegentlichen One-night-stands mit dem Wahnsinn. Genius loci. Trotzdem Vorsicht – keine Klischees!

Nebenbei: Warum heißt die Spiegelgasse Spiegelgasse? – Klären!

Vor der Rückkehr ins Hotel lief ich noch einen kleinen Bogen. Blickwinkel: In der Nacht erobern die Häuser die Stadt zurück, Gasse für Gasse. Die Häuserfassaden – das sind die alten verwitterten Gesichter Zürichs. Versteinerte Physiognomien, die auch Lavater schon gesehen hat. Türen und Toreinfahrten – der Mund, der alles schluckt und am Morgen wieder ausspuckt. Jetzt, im Schlaf, fest verschlossen. Die Augen sind Fenster. Zugeklappte Augenlider – die Fensterläden. Oben, im Dachstübchen, noch Licht. Da denkt jemand. Ein paar Dachziegel sind locker. Sternklare Nacht. Geist. Aber eisig.

22. – Leichte Verwunderung des Bibliothekars, die ich mir zunächst nicht erklären kann. Als ich den Bestellschein über die Theke reiche, holt der Bibliothekar – kopfschüttelnd – die bereitgelegten Papiere und Hefte. Plötzlich bin ich unsicher. Ich frage, ob etwas nicht in Ordnung sei?

»Eigentlich nicht. Ich wundere mich nur ...«

Der Grund seines Staunens: Jahrzehntelang lagen die Lavaterhandschriften unberührt im Magazin. Kein Mensch interessierte sich dafür. Aber heuer, eine geradezu permanente Nachfrage. Er blättert im Bestellbuch vor und zeigt mir, daß auch für die kommenden Tage parallel zu mir eine weitere Anmeldung vorliegt, eine Frau Dr. Soundso. Eventuell müßte man sich da terminlich arrangieren. Er jedenfalls wollte versuchen, die Frau Doktor auf den Nachmittag zu legen.

Ich nicke, bin natürlich etwas in Sorge: schreibt da noch jemand über Lavater? Überlege einen Moment, ob ich mich als Autor zu erkennen geben soll, lasse es dann aber. Gehe an meinen Arbeitsplatz – an die Arbeit!

F. A. Lav. Ms. 26
Bericht wegen Gottwald Siegfried Enßlin aus Groß Engersheim, bey Ludwigsburg d. 6. April 1779
Gnädiger Hr. Bürgermeister!
Hochgeachte, Hoch, und Wohledelgeborne,
Wohlgestrenge, Fromme, Vorsichtige,
Weise, gnädig gebietende Her und Vater!
Was soll ich Ihnen in der unbeschreiblichen Bestürzung sagen, in deren mein beklommenes Herz sich befindet über einen Vorfall, über dem ich keine Sylbe ohne bebende Hand schreiben kann? – Ach, Verzeihen Sie mir, gnädigste Väter! wenn ich Ordnung, und vielleicht oft wesentliche Umstände einer traurigen Geschichte vergeße, die mir doch ewig unvergeßlich seyn wird. Ach! Verzeihen Sie, daß Schrecken und Bestürzung, und andere Zufälligkeiten hinderten, gestern schon eine umständliche Anzeige von dem zu thun, was vielleicht über den Grad und die Natur des Verbrechens, welches in meinem Hause begangen worden, einiges Licht geben kann.
Mein Schreiber Gottwald Siegfried Enßlin von

Grosengersheim bey Ludwigsburg, Sohn eines wackern und würdigen, längst verstorbenen Pfarrers, ward mir von Herrn Schulmeister *Hartmann* in Ludwigsburg empfohlen, und da ich letzten Sommer durch das Würtembergsche reisete, von ihm dargestellt.

Handschrift, teilweise schwer zu entziffern. Abschrift geht nur langsam voran, abweichende Varianten und Lesarten müssen ausgefiltert werden. »Groß Engersheim – vermutlich »Groß Ingersheim« (in der Mittagspause hatte ich einen Atlas im allgemeinen Lesesaal konsultiert).

Überhaupt: Vieles so geschrieben, wie es gesprochen wird. Aber – wie wird gesprochen?

Beim Bibliothekar, mit dem ich hin und wieder ein paar Worte wechsle, ist das »ch« auffällig. Er spricht diesen Laut eigentlich gar nicht aus, sondern gibt ihm eine ganz eigentümliche Wendung nach innen, indem er ihn röchelnd im Kehlkopf verschluckt. Das »Ich« zum Beispiel als eine Art Krächzlaut. Ich höre dem Bibliothekar gerne zu.

Ich sah ihn ein paar Minuten, und er schien mir, seiner husarischen Miene ungeachtet, zu meinem Dienste tauglich zu seyn. Die einzige Instanz war, daß er mir zu vornehm schien – Er trat bey mir den 5. Julius 1778 eben am Tage, da ich meine Eintrittspredigt hielt, in Dienst, und hielt sich anfangs die ersten 4 bestimmten Probewochen untadelich, und ließ sich, oft ohne und wider mein Heißen, zu den geringsten, ihm nicht einmal zukommenden Geschäften nieder, denn sein Stolz war damals dehmüthig zu sein, um meine Furcht, daß er mir zu vornehm sey, gänzlich zu besiegen. Wir schlossen unsern Accord, und wir beyde schienen miteinander zufrieden zu seyn.

Kurioser Regelverstoß: Lavater stellt ihn ein, »seiner husarischen Miene (!) ungeachtet«. (Das muß ja schiefgehen!) Auch unklar: Wie verträgt sich die »husarische Miene« mit dem Eindruck, daß er »zu vornehm schien«? Beim Abgeben sehe ich auf dem Tisch des Bibliothekars eine Tüte Schweizer Hustenbonbons – *Ricola*.

23. – Weiter im Text! Schwieriges Geschäft, aber ich bin an einer Quelle. *Der* Quelle?

Nicht lange hernach zeigte er eine unbegreifliche Abwesenheit der Geister, und eine seinem bisherigen untadelhaften Betragen entgegengesetzte Frechheit und Störtigkeit, die alle Gesetze der Höflichkeit beleidigt, und einen dummen Trutz gegen mich, der mir unerklärbar schien. Die Meinigen, und alle meine Freünde ärgerten sich daran.
Da ich ihm einmal bey Anlaß eines harten Wortes gegen meine Kinder ganz trocken sagte: »Gottwalt! Ich kenne Euch nicht mehr und muß hören, daß ihr ungeschickte Worte gegen die Kinder braucht – Seyd wieder, wie ihr wart« – antwortete er mit bedecktem Haupt, und der Miene eines Unsinnigen: »Ich verstehe von dem Allen kein Wort«, und ging weg.

Dito! Im Gegensatz zu Enslin muß ich allerdings noch dableiben. Das Entziffern der Handschrift nimmt viel mehr Zeit in Anspruch, als ich ursprünglich geplant habe. Eventuell muß ich den Rest kopieren lassen, sonst sitze ich noch bis Weihnachten in Zürich fest.

Morgen darauf schrieb ich ihm ein Billiet, wo ich mit gesetzter Entschlossenheit ihm zu verstehen gab: »So kanns in Gottes Namen nicht mehr seyn. Habt ihr etwas wider mich, oder die Meinigen – oder meinen Dienst: So sagts. Seyd nicht tausend Meilen weg von dem, was ihr thut – auf dieses Billiet erhielt ich zur Antwort – Ja, er sey tausend Meilen weit von seinem Berufe, er sey desperat: Sey der unseeligste, hoffnungsloseste Mensch auf dem Erdboden. Keyner sey den zwanzigsten Theil so elend als er. – Er habe nichts wider mich, oder die Meinigen. Aber die Hölle sey in seinem Herzen. Zehenmal habe er sich schon eine Kugel durch den Kopf schießen wollen, sey aber allemal theils in seinem Vaterlande, theils hier, unglücklicher Weise daran verhindert worden. Ich soll aber das noch erwarten. Es gebe für ihn keinen anderen Ausweg.

»Tausend Meilen weg von dem, was man tut.« Kann das nicht jeder von sich sagen? (Ich schon. – Aber das ist ein anderes Thema.) Alles in allem: ziemlich ergreifend.

Ich antwortete ihm denselben Tag schriftlich, machte ihm, wie man denken kann, alle erdenklichen Gegenvorstellungen, und bat ihn, um ihm die Lesung dieser Antwort eindrücklicher zu machen, dieselbe abzuschreiben. Er schrieb ein kurzes Billiet dagegen: Er habe gefehlt. Das Abschreiben aber verbat er sich.

Völlig richtig!!! Lavater hier als blödsinniger Schulmeister: Du sollst zehnmal schreiben »Ich darf den Unterricht nicht stören« usw.

Denselben Abend, nach dem Nachtessen, wollt er nicht vom Platze, und schien zu erwarten, daß ich wieder mit ihm reden werde – Ich gieng mit ihm in meine Stube herab, redete allein mit ihm, und machte ihm mündlich alle nur möglichen bittenden, warnenden, ermuntern- den Vorstellungen, ihn von so rasenden Gedanken ab- zuhalten, und beschwur ihn, durch Gebeth sich Ruhe und Kraft zu schaffen, und mir, oder meiner Frau, oder meinen Freünden, Herrn Pfenniger, und Füßli, sein ge- drübtes Herz zu lären. Er sagte nichts, als Gott erhöhre ihn nicht mehr – Es sey der größte Leichtsinn, wenn er lache.

Nach allem Bisherigen verwundert das nicht.

Es sey unsinnig an ihm – wenn er noch hoffe. Es habe Zeiten gegeben, wo er habe bethen können. Izt sey es aus. Bis 11 Uhr des Nachts kämpft ich mit ihm; gab ihm die Hand, und sagte noch: »Bäym Gebeth habt ihr doch, wenns auch umsonst seyn sollte, nichts zu befah- ren« Und wir schieden. Seit diesem Zeitpunkt (der mag etwa im Anfange des November gewesen seyn) war er wie ein anderer Mensch; seiner Eturderien waren zehenmal weniger. Er war zahm wie ein Lamm; ganz bescheiden, aufmerksam, so daß ich zehenmal zu mei- ner Frau sagte: »Gottwalt beßert sich, und wird mir alle Tage lieber – Ich kann nichts mehr an ihm aussetzen« –.

»Eturderie«??? Im französischen Wörterbuch nicht gefun- den. Was heißt das?

Inzwischen erhielt ich aus dem Würtembergschen von einem seiner und meiner Korrespondenten, und noch von einem Freünd einen Warnungsbrief »Gottwald spreche immer vom Erschießen, und klage über seine Lage; Er habe sich Ruhe beym Aufenthalte bey mir versprochen, aber er finde sie nicht, kein Mensch könne ihm helfen« u. s. w. Ich glaubte aus diesen Nachrichten und allen Zusammengenommenem, die Vermutung auf eine geheime Liebe richten zu dürfen, die ihn quäle, und suchte beyläüfig bey Gelegenheiten ein Wort fallen zu lassen, das ihm den Weg bahnen sollte, mir etwas zu entdecken. Er thats aber nicht.

»Eturderie« doch gefunden, als ich noch einmal im Wörterbuch blätterte! Es heißt richtig *Etourderie* und bedeutet so viel wie Unbesonnenheit, Dummdreistigkeit. (Problem wie oben: geschrieben wie gesprochen, auch im Französischen.)

Nicht lange hernach fand ich ein Billiet auf meinem Pulte an mich adrehsirt, worin er mich mit einer rasenden Entschlossenheit einen anderen Schreiber zu suchen, und um seine Entlassung bat, und amierikanische Kriegsdienste zu nehmen unwiederbringlich versicherte –

That's it! Allmählich kriegt die Sache Schwung. Enslin will nach Amerika! Neue Wendung – unbedingt für das Filmprojekt vormerken, Zeitkolorit. Was hat er dort zu suchen? Flucht? Unabhängigkeitskrieg?

Besser noch die folgende Variante: Enslin will sich *die Indianer,* die Wilden anschauen und überprüfen, ob sie in Lavaters Regelschema passen. Eigentlich ein Liebesdienst für Lavater, wovon dieser aber nichts ahnt. Könnte ein zentraler Plot für den Film werden.

Schriftlich und mündlich stelle ich ihm das Unsinnige dieses Entschlusses vor; anerbot ihm, wofern ihm mein Dienst nicht mehr anständig seyn werde, Empfehlungsschreiben an meine auswärtigen Freünde zu geben, wofern er mich versichere, von dem Kriegsdienst abzustehen.
Schade.

Er blieb aber darauf:

Ein Glück! Amerika, vorerst zumindest, gerettet. Das läßt mir für alles Weitere freie Hand.

Ich soll ihm nur einen Officier nennen, bey dem er sich erkundigen könnte. »Gottwalt, sagt ich, ihr seyd ein Narr, und rasend – ich kann Euch so nicht fortlassen.« Er ging, wo ich nicht irre, ich weiß nicht mehr gewiß, ob mit einem Billiet von mir, zu H. Hptm. *Fünßli,* und ward abgewiesen.
Seit der Zeit sah ich ihn als einen gespornten Menschen an; jedoch wurd er mir, weil ich hofte, daß er nun von seinem Vorhaben abgestanden sey, und er alle seine Sachen mit Treu und Fleiß machte, täglich lieber, und obgleich meine Frau verschiedene Male bemerkt zu haben glaubte: »Es sehe stürmisch in seinem Kopfe aus« – und mehrmals sagte: – »Wir finden ihn einmal todt im Bette« – hatt ich doch keine Ursache, über ihn zu klagen.
Vor etwa 8 oder 10 Tagen, wenn ich mich nicht irre, am Vorbereitungssonntag vermißt ich ihn einen halben Tag, und mir schlug mein Herz. Er kam aber denselbigen Abend wieder (vermuthlich von *Kloten,* woher die Beylage B datiert ist, und ich sagte am Tische: »Gottwald, ich hab Eüch Heute schier den Hals ausgerufen – sagt

mirs künftig, wenn ihr wohin wollt«. Er schwieg und
sagte kein einziges Wort.

Trägt ein großes Geheimnis in seinem Herzen! Die Rothäu-
te ...? – Beilage 13 befindet sich nicht bei den Unterlagen.
Morgen noch einmal nachsehen! – Offenbar ist das hier
eine Abschrift des Lavater-Berichtes.

24. – Fragte den Bibliothekar wegen der Beilagen A und B.
Der versicherte mir, daß die beiden eigentlich im Packen
sein sollten. Versprach, sich diesbezüglich umzutun.

Die ganze Karrwoche durch merkt ich nicht das mindeste Verdächtige in seinem Betragen. Am Hohen Don-
nerstage war er in der Waysenkirche, und kam nach
Hause und rühmte H. Pfrs. Predigt – indem er mir des
abends meine noch vorlas. Am Abend spazierte er im
Platz mit einigen Freünden, und las mit ihnen in Gel-
lerts Liedern, die er gemeiniglich bcy sich zu tragen
pflegte. Am Karrfreytage sah ich ihn mit Pulver beschäftigt, und versprach, da ich dazukam, und Mißver-
gnügen blicken ließ, daß er dem Heinrich, meinem Knaben, zur Freude etwas machen wolle. Ich mißbilligte es
mit kurzen Worten, und ging fort.

Enslin – ein wandelndes Pulverfaß! Überhaupt: seine
Schießwütigkeit. Und vor allem: Was für eine Freude will er
Heinrich machen?
Schluß für heute.

Ich klappte das Heft zu und sah auf, ohne zunächst etwas
zu sehen. Erst langsam, Stück für Stück, gewann die diffu-
se Umgebung Kontur, verwandelte sich wieder in Leselam-

pe, Tisch, Buchregal – und holte mich so in die Gegenwart zurück.

Der Bibliothekar stand an meinem Tisch. Bei ihm war eine junge Frau. Ich sah sie an – und sie mich, augenblicklich verfing ich mich in ihrem Silberblick, der ihre Ausstrahlung wunderbar bündelte, die Strahlen trafen sich genau vor meinem Gesicht, es kribbelte.

Ich wollte etwas sagen, aber zum Glück sprach der Bibliothekar nun, leise, mit heruntergedrehter Lesesaalstimme: Das sei Frau Dr. Szabo, die sich ebenfalls für die Handschriften angemeldet hätte und ob ich denn eventuell mein heutiges Pensum schon –

»Aber ja, natürlich«, sagte ich, ich war ja auch fertig, und schob hastig meinen Kram zusammen.

»Danke!«

Ich lächelte sie an. Eigentlich lag jetzt ein »*Ich glaube, wir haben uns schon mal irgendwo gesehen*« in der Luft; das verkniff ich mir aber. Statt dessen fragte ich, mindestens ebenso dämlich:

»Sie beschäftigen sich also auch mit Lavater?«

»Ja«, sagte sie leise, und ihre über den Onkel gehenden Blicke kamen ganz vertraulich auf mich zu, »– und ich habe auch von Ihnen schon einiges gelesen.«

Ich spitzte die Lippen und nickte abwehrend. Sie kannte mich also. Um so besser. –

Am nächsten Tag kam sie gegen halb vier. Ich hatte so lange ausgeharrt, obwohl mir schon nach der Mittagspause die Augen brannten – ich verglich nämlich noch einmal Wort für Wort meine Abschrift mit dem Originalmanuskript; am Ende standen nur noch schwarze Kringel, irrsinnige Schnörkel, geschwungene Aufstriche, Hieroglyphen auf dem Papier.

Ich sah sie schon an der Tür. Als sie an meinen Tisch trat,

tat ich ganz erschrocken, so als hätte ich ihr Kommen vor lauter Arbeit gar nicht bemerkt.

Am Tag darauf sprach sie mich an.

Sie war viel früher gekommen. Und sie war ziemlich aufgeregt.

Ob wir uns nicht mal unterhalten könnten, ausführlich, unter vier Augen, sie hätte da ein sehr spezielles Problem und –

Da machte der Bibliothekar, er stand hinter seiner Theke, sich bemerkbar. Er ließ oberhalb der Brillengläser seine Blicke im Lesesaal rundum laufen.

Okay, wir sollten die Unterhaltung wahrscheinlich besser woanders fortführen.

»Vielleicht um 6 vor der Bibliothek?« schlug ich vor.

Sie war einverstanden und streckte mir ihre winzige kalte Hand entgegen – und ich? Ich griff einfach zu.

## KAPITEL 2

Nach der Begegnung im Lesesaal war ich in den Limmathof gegangen und hatte dort rasch und merkwürdig beflügelt an dem Filmexposé herumgeschrieben. Meiner Phantasie ließ ich freien Lauf; es gab ja bisher auch noch nicht allzu viele Tatsachen, die ihr störend hätten im Wege stehen können. Zwischendurch fiel mir immer wieder diese Frau ein. Doch das lenkte mich nicht ab, im Gegenteil. Für 18 Uhr hatten wir eine Verabredung. Ich war konzentriert bei der Sache, um rechtzeitig fertig zu werden.

Auf dem Weg, von einer Telefonzelle aus, rief ich Haffkemeyer an. Ich hatte Glück und erreichte ihn direkt. Ich berichtete ihm vom Stand des Filmprojekts und deutete an, daß ich da auf eine unerhört interessante Spur gestoßen wäre.

Gut, sagte Haffkemeyer, sehr gut – in den nächsten Tagen war er ohnehin zu verschiedenen Drehorten unterwegs, da würde er versuchen, einen kurzen Zwischenstopp in Zürich einzulegen. Er wollte mich sowieso gern auch einmal persönlich kennenlernen.

»Kurzer Zwischenstopp in Zürich«, dachte ich bestürzt, das ist sie, die große weite Haffkemeyer-Welt – und diktierte ihm die Nummer des Limmathofes (ich hatte eine Hotelstreichholzschachtel einstecken), damit er mir dort gegebenenfalls eine Nachricht hinterlassen konnte.

Ich war überpünktlich am Treffpunkt. Minutiös rückte der Normaluhrzeiger vor. Eine Zeitzünderbombe.

Es hatte etwas von einem Rendezvous, wie ich vor der Bibliothek hin und her ging, zur Uhr sah und auf diese Frau wartete. Das kam mir albern vor. Also blieb ich stehen, verschränkte die Hände hinter dem Rücken, und wartete wie ein Schullehrer auf seinen Zögling.

Wahrscheinlich irgendeine Journalistin, dachte ich. Vielleicht will sie einen Artikel über Lavater schreiben. Sie macht sich vorher in der Bibliothek ein bißchen sachkundig, und bei dieser Gelegenheit macht sie sich auch gleich noch an einen Autor heran, der ebenfalls über Lavater schreibt. Warum nicht. Bisher, fand ich, hatte ich in meinem Berufsleben ja nicht gerade eine Spur der Verwüstung in einsamen Frauenherzen hinterlassen –.

»Hallo!«

Klein und schwarz, mit einer Kollegmappe unterm angewinkelten Arm, stand sie vor mir. Auf ihre bezaubernd verquere Art funkelte sie mich an: »Ich hoffe, Sie haben jetzt nicht zu lange auf mich gewartet?«

»Ach was«, sagte ich, »es zieht den Verbrecher ja doch immer wieder an den Ort seiner Untat zurück.«

Aufmerksam sah sie mich an. Sie wollte etwas sagen, dann nickte sie aber nur.

Wir gingen nebeneinander her, die Mühle-Gasse hinunter zum Limmat-Quai. Ein kleiner Schweigemarsch. Bald wurde mir das unheimlich. Man muß sich schon sehr gut kennen, um so ausführlich miteinander schweigen zu können.

»Also«, sagte ich, »ich höre. Sie haben Fragen. Zu Lavater, zu mir? Nur zu! Keine Hemmungen, bitte.«

Mein Gott, was für eine Frau! Hinreißend. Und dazu dieser goldige Silberblick! Man müßte sich das ganze umständliche Vorspiel (Esseneinladungen, Blumen, Anrufe) eigentlich sparen. Soll es bei uns zur Sache gehen? müßte man sie fragen. Sind Sie an einer dauerhaften Liebesbeziehung mit mir interessiert? Ich frage das nur, damit ich mich darauf einrichten und entsprechende Vorkehrungen treffen kann.

»Lassen wir doch das Versteckspiel ...«, hörte ich sie leise sagen. Ich blieb stehen. Mein Herz auch.

»Was meinen Sie damit – Versteckspiel?«

»Sie wissen doch, es hat einen Grund, daß ich Sie sprechen mußte.«

»Ach ja?«

»Sozusagen unter Kollegen.« Sie sah mich an.

Ich zuckte die Schultern und tat ganz erstaunt: »Ich weiß es nicht, wirklich nicht. Was wollen Sie denn von mir?«

»Also gut, wenn Sie mich so fragen: Eigentlich habe ich Hunger und will Sie gern zum Essen einladen und dann noch einmal in aller Ruhe mit Ihnen über alles reden.«

»Über alles ...?« Mein Gesicht verzog sich zu einem schrägen Lächeln. Über *was* alles wollte diese Frau mit mir reden?

Ich folgte ihr wie ein ertappter Schuljunge in ein chinesisches Restaurant. Mir war nicht klar, worauf das hinauslief.

Eine große, glänzende Speisekarte wurde gereicht. Ich klappte sie vor meinem Gesicht auf. Dahinter hatte ich wenigstens für einige Momente Ruhe. Dann kam aber schon der Kellner. Ich sagte ihm irgendwelche Nummern auf, beim Chinesen schmeckt sowieso alles gleich.

Frau Szabo lächelte mir zu. Sie nahm Ente.

Ich stopfte mir eine Pfeife und zwischen den kurzen Rauchzeichen, die ich ausstieß, sagte ich: »Entschuldigen Sie bitte, ich bin sehr beschäftigt, zur Zeit arbeite ich an einem Filmprojekt. Also, ich bin jetzt wirklich nicht auf dem laufenden, was wir ...«

*Zerstreuter Professor* – das schien mir der einzig gangbare Weg zu sein, um ohne Gesichtsverlust aus dieser Situation herauszukommen.

»Wenn Sie sich mit Lavater beschäftigen« – Frau Szabo klappte ihre Handtasche auf und reichte mir ihre Karte – »dann haben Sie, nehme ich an, sicher schon von uns gehört.«

Unschlüssig hielt ich ihre Karte in der Hand: *Dr. Magda Szabo – PerCon – Personel Consulting.*

Die Suppe kam.

»Psycho-Physiognomik-Kongreß in Glattbrugg, letztes Jahr –«, gab sie mir als Stichwort.

Ich nickte gedankenvoll und tat jetzt doch so, als würde ich mich allmählich dunkel erinnern. Trotzdem bat ich sie, mir auf die Sprünge zu helfen.

Sie tat es – wenn auch anfangs mit einem gewissen Augenverdrehen, als müßte ich das, was sie mir da erzählte, längst alles wissen. Allmählich aber redete sie sich doch in Begeisterung, und soviel bekam ich löffelweise von *PerCon* mit.

Es ist eine europa- und nordamerikaweit tätige Beratungsfirma. Zu ihren Aufgaben gehört es, Personalbüros bei der Auswahl geeigneter Bewerber zu unterstützen. Normalerweise laufen Bewerbungsschreiben heutzutage in maschinell erstellter Form bei den Firmen ein und lassen allenfalls noch Rückschlüsse auf den verwendeten Druckertyp zu. Die persönliche Handschrift, als graphologisch auswertbares Material, verschwindet fast völlig. Deshalb konzentriert sich *PerCon* auf die Bewerbungsfotos, das Gesicht! Der Gesichtsausdruck – gewissermaßen ein Fingerabdruck der Seele. Ein weites Forschungsfeld! Die sogenannte »Ge-

27

sichtskontrollmethode«, die natürlich ständig vervollkommnet werden muß.

Gegenwärtig arbeitet man übrigens daran, den hochkomplizierten mimischen Code asiatischer Gesichter zu knakken; eine Studie im Auftrag mehrerer europäischer Firmen, deren Mitarbeiter sich darüber beschwert hatten, bei Verhandlungen mit japanischen Geschäftsleuten immer wieder wie vor einer »undurchdringlichen Wand« zu sitzen.

Frau Szabo hatte von einem Moment zum anderen die Stimme gesenkt – der chinesische Kellner war gekommen, um lächelnd die leeren Suppenschüsselchen abzuräumen.

Oder die Probleme, die im arabischen Raum aufträten! Europäische Politiker und Wirtschaftsleute hatten beklagt, daß sie sich bei Gesprächen in Nahost regelmäßig in die Enge getrieben fühlten. Man vermutete zunächst fundamentalistische Ursachen! *PerCon* ging dem nach, und eine Untersuchung vor Ort deckte die wahre Ursache auf: wegen des in der arabischen Welt traditionell geringeren Gesichtsabstandes beim Sprechen wichen die Europäer spontan, aber kontinuierlich vor ihren Gesprächspartnern zurück, um so den europäischen Gesichtsnormalabstand wiederherzustellen. Stumme, für alle Seiten unerklärliche Treibjagden durch die Verhandlungssäle fanden also statt, in deren Ergebnis schließlich die Europäer immer wieder mit dem Rücken zur Wand standen, sich »in die Ecke gestellt« vorkamen.

*PerCon* verstünde sich hier auch als Mittler, als Dolmetscher. Zwar seien Mimik und Gestik internationale Sprachen, kulturspezifische und regionale Besonderheiten müßten aber unbedingt berücksichtigt werden.

Ein weiteres, wenn nicht sogar das zentrale Aufgabenfeld: die Beratung des Managements großer Firmen hinsichtlich verkaufbarer Gesichter. Das betrifft genauso auch

Fernsehsender, Parteien und ähnliche auf Publikumswirksamkeit und Einschaltquoten fixierte Institutionen. Wir leben in einer Piktogrammwelt von Zeichen und Signalen, das Sofortbildprinzip hat sich durchgesetzt; die Folge ist ein latenter Analphabetismus. Deswegen müssen komplizierte Programme weitgehend vereinfacht, visualisiert werden. Die entschlossen gezückte, Machtwillen signalisierende Augenbraue eines Politikers sagt mehr als tausend Worte seines Kontrahenten! Je undurchschaubarer, unpersönlicher die Mechanismen sind, desto wichtiger ist es, ein verständliches Etikett, ein halbwegs vertrautes Gesicht zu finden. Das Gesicht selbst ist dann die Botschaft. So war es übrigens eine der genialen *PerCon*-Ideen, Fernsehshows untrennbar mit Namen und Gesicht des jeweiligen Moderators zu verschmelzen. Die *Max-Mönke*-Show, zum Beispiel! Ein Konzept, das bis heute Erfolg hat und oft kopiert wird – auch wenn die damit einhergehende latente Privatisierung der Öffentlichkeit hier und da Kritiker findet. –

Mit den Stäbchen stocherte ich in meinem scharfen, undurchsichtigen Essen herum. Ich sah Frau Szabo an: Mein liebes Kind – was willst du eigentlich von mir? Du hältst mir hier Vorträge, schön und gut, aber warum? Warum erzählst du mir das alles?

»Ich erzähle Ihnen das alles, damit Sie sehen – ich spiele mit offenen Karten.«

»Mit offenen Karten ... dann ist es ja kein Spiel mehr.«
Schade, ich hatte mir das eigentlich mit uns beiden ganz anders vorgestellt –

»Was ist?«

»Ach nichts, ich habe nur darüber nachgedacht, was Sie gerade gesagt haben.«

»»Man sieht dir doch an der Nasenspitze an, daß du lügst‹ – ›Seine Mundwinkel zuckten verräterisch‹ – und so weiter. Machen wir uns doch nichts vor, auf diesem Trivial-romanniveau bewegen sich doch nach wie vor viele unserer physiognomischen Vorstellungen!«

Ich merkte, daß ich rot wurde und trank einen Schluck Wasser.

»Jedenfalls, Sie sehen, wie aktuell, wie wichtig, gerade bei der fortschreitenden Visualisierung der modernen Gesellschaft Lavater-Studien sind, auch für Wirtschaft und Politik. Das ist schon lange nicht mehr nur ein Thema für Experten. Lavater ist aktueller denn je.«

Ich tupfte sorgfältig meinen Mund ab.

»Liebe Frau Dr. Szabo! Was Sie da machen, mag ja alles sehr interessant sein – aber Sie können mir doch nicht im Ernst einreden wollen, daß das noch irgend etwas mit dem alten Lavater zu tun hat.«

Ihre Blicke wurden auf einmal ganz eng. »Das hat nur deswegen nicht mehr sehr viel mit Lavater zu tun, weil es weit über ihn hinausgeht. Das ist, wenn Sie so wollen, die Kopernikanische Wende in der Physiognomik!«

»Ja, meinetwegen. Aber Sie müssen doch zugeben, daß – egal, worum es da jetzt im einzelnen bei Ihnen geht – das Grundproblem bleibt: Gesicht und Charakter passen eben meistens verdammt schlecht zusammen, oder?«

Ich griente sie an.

»Ja und?«

»›Ja und‹ sagen Sie da? Interessant …«

»Ja! Denn darauf kommt es doch gar nicht an. Sondern: Wie *wirkt* ein Gesicht? Hat es eine Einschaltquote? Ist es mehrheitsfähig? – Wir fragen nicht mehr danach, wie irgendein unbekanntes inneres Wesen und eine äußere Erscheinung auf mysteriöse Weise zusammenhängen, nein, wir fragen ganz pragmatisch: Welchen Eindruck hinterläßt dieser oder jener Ausdruck? Verstehen Sie? Zum Beispiel, statistisch ausgedrückt: würden mehr als 50% der Befragten das Gesicht A für vertrauenswürdig halten? *Das* ist der Punkt. Ganz egal, ob dieser Mensch A nun vertrauenswürdig ist oder nicht, was man im Einzelfall sowieso schwer nachprüfen kann. Wir stellen das also alles auf eine exakte mathematische Grundlage. Ohne jede Spekulation.«

Normalerweise verabscheue ich Exhibitionismus, besonders bei Männern. Aber plötzlich verspürte ich zwanghaft Lust, diese Frau mitten ins Gesicht hinein zu fragen: Wissen Sie eigentlich, Sie kluges Mädchen, wem Sie das alles hier erzählen? Einem absoluten Laien, der nur rein zufällig einer längst verjährten Selbstmordgeschichte im Hause Lavater auf der Spur ist, ansonsten aber null Ahnung hat. Hier muß eine Verwechslung vorliegen! Sie kommen mir mit irgendwelchem verquirlten Psycho-Hokuspokus; meine Absichten, als wir uns verabredeten, waren aber ganz anderer, viel schlichterer Art. Schöner Abend und so.

Der Gedanke, ihr das direkt so zu sagen, verdüsterte angenehm meine Sinne.

Die Wahrheit lag mir auf der Zunge, ich schluckte.

»Ich weiß, was Sie jetzt sagen wollen. – Aber, bitte, ich möchte Sie nur daran erinnern, was Sie seinerzeit über Goethes Farbenlehre geschrieben haben ...«

Mein Blick verdüsterte sich weiter, wurde jetzt richtig finster.

»Sinngemäß hieß es da – ich glaube, es war ein Goethe-Zitat – : Es kommt nicht darauf an, mit der Natur in Breite und Tiefe zu wetteifern, wir halten uns an die Oberfläche der natürlichen Erscheinungen. – Im Grunde geht es bei uns genau um dasselbe! Wir fragen nicht nach dem Rot an sich, sondern: Wie wirkt es auf den Betrachter?«

»Ja, schön und gut das alles – aber, mal im Ernst, was wollen Sie denn jetzt von mir?«

Ich blickte, um meine Frage zu unterstreichen, kurz auf die Uhr.

»Ich meine... Also gut. Erst mal – was wir *nicht* wollen: Wir wollen nicht, daß irgendjemand Schwierigkeiten bekommt. Das muß ja nicht sein! Oder?«

Folgsam, ohne zu verstehen, was sie meinte, nickte ich.

»Natürlich, ich weiß, Lavater war ein Vielschreiber und sein Nachlaß, das ist eine einzige Zettelwirtschaft.«

»Stimmt«, sagte ich. »Das habe ich inzwischen auch schon mitbekommen. Seit Tagen suche ich zwei Beilagen zu einem Dokument, und die sind einfach nicht zu finden.«

»Ach?« – Hocherstaunt hob sie die Brauen; sie holte ein Notizbuch hervor, und ich mußte ihr genau aufschreiben, was ich suchte – die Beilagen A und B zum Dokument F. A. Lav. Ms. 26.

»Na, sehen Sie«, sagte sie, »da werden wir uns, denke ich, gleich auch viel besser verstehen.«

Sie ließ eine kleine Pause.

»Der Lavater-Nachlaß, wie gesagt – eine einzige Zettelwirtschaft. Und da kann auch schnell mal, sagen wir ruhig: zufällig, eine Beilage verschwinden, oder eben auch ein kleines Blatt, nicht wahr... Im blinden Forscherdrang. Oder einfach so. Wenn jemand Autographensammler ist, zum Beispiel, was weiß ich. So ein kleines Blättchen. Das steckt man ein, ganz automatisch passiert das, und nachher, ja, nachher ist es dann schwierig, beinahe unmöglich, die Sache wieder diskret in Ordnung zu bringen, falls man das überhaupt möchte.«

»Ja. Und?«

»Nichts und.«

Verständnislos schüttelte ich den Kopf. »Ja gut, aber warum erzählen Sie mir das?«

»Warum?« – Sie lächelte an mir vorbei.

Ich lächelte auch, aber im nächsten Moment verging mir das. Ich hatte bemerkt, daß ihr Lächeln einen Ausdruck angenommen hatte, den gehobene Unterhaltungsschriftsteller für gewöhnlich mit dem nichtssagenden Wort »vielsagend« bestrafen.

»Also! Sie glauben doch nicht etwa, ich ...«

»Ich glaube gar nichts. Ich weiß nur, letzte Woche war es noch da, ein kleines Handschriftblatt, und zwar genau in der Mappe, die Sie ausgeliehen hatten. Und nun fehlt es plötzlich. – Komisch, nicht wahr? Komischer Zufall.«

»Frau Dr. Szabo!« sagte ich, und meine Hände umfaßten die Armlehnen des Stuhles. »Das finde ich jetzt ganz und gar nicht mehr komisch. Sie können gerne in der Bibliothek Meldung machen. Meinetwegen können Sie auch zur Polizei gehen und mein Hotelzimmer auf den Kopf stellen lassen. Bitte! Kein Problem damit, überhaupt kein Problem.«

Sie nickte. »Klar. Und das Blatt liegt, vielleicht hundert Meter von hier, seelenruhig in irgendeinem Banksafe.«

Ich mußte mich sehr beherrschen und an mich halten. Besonders meinen rechten Zeigefinger! Der war auf dem Weg zur Stirn gewesen, hatte sich aber unterwegs besonnen und stand nun warnend, hoch aufgerichtet in der Luft.

Das war ein Moment, wo man eigentlich aufstehen und alle Türen hinter sich zuschlagen müßte.

Sie beugte sich zu mir über den Tisch: »Damit ist doch niemandem gedient. Warum lassen Sie uns nicht ... zusammenarbeiten?«

»Also«, sagte ich – um dieses Blindekuh-Spiel zu beenden, »ich höre. Was wollen Sie?«

»Das verschwundene Blatt, nichts anderes. Geben Sie uns das Blatt oder wenigstens, wenn es gar nicht anders geht, eine Kopie davon. Arbeiten Sie mit uns zusammen.«

Sie schnaufte kurz aus.

Ich lehnte mich zurück und sagte gar nichts mehr.

»Also?«

Ich mußte Zeit gewinnen! Wenigstens wollte ich jetzt doch herausbekommen, was für ein geheimnisvolles Blatt das war, dem diese Frau so besessen hinterherfahndete.

»Man kann«, sagte ich deshalb geheimnisvoll, »grundsätzlich über alles reden.«

»Ich verstehe«, sagte Frau Szabo, »Sie wollen Geld.«

»Nicht unbedingt.«

Erleichtert lehnte sich Frau Dr. Szabo zurück und warf ein Stück Zucker in den Tee.

»Darf ich Sie mal fragen, Frau Dr. Szabo ...«

»Aber bitte!«

»Dieses ... ä'hm ... Blatt. Ich meine, was soll denn auf diesem Blatt stehen?«

»In den ›Physiognomischen Fragmenten‹ – kennen Sie da dieses Gestell, wo man den Kopf des Probanden einspannt? Das Stirnmeßgestell. Erst wußte ich auch nicht so richtig. Aber dann ... Also, das sieht nun wirklich haargenau so aus wie unsere Computerraster.«

»Und auf diesem verschwundenen Blatt«, folgerte ich nun leicht belustigt, »soll also so ein, wie Sie sagen, Stirnmeßgestell abgebildet sein. Richtig?«

»Nein. Ganz und gar nicht. Von dem Gestell, da gibt es ja x Abbildungen. Das ist uninteressant.«

Frau Szabo trank einen Schluck Tee und stellte vorsichtig die Tasse wieder ab.

»Wir vermessen Gesichter. Wir scannen sie. Wir ziehen sie auf dem Computer in die Länge oder in die Breite und stauchen sie. Wir kombinieren verschiedene Gesichtsteile und mischen Gesichter mit anderen. Das ist ja alles kein Problem. Neuerdings haben unsere Gesichtsdesigner, das wird Sie interessieren, sogar das ›Facial Action Coding

System‹ von Ekman eingespeist. Kennen Sie Ekman? Sollten Sie! Er arbeitet in Kalifornien, ich glaube, an der Uni in San Francisco. Sein Code-System, Sie haben sicher schon davon gehört, ist ja sozusagen das mimische Alphabet ...«

»Sie wissen hoffentlich ...«

» ... die 44 anatomisch möglichen Grundausdrücke, die ›action units‹, aus denen sich dann alles zusammensetzt!«

»Sie wissen hoffentlich«, beharrte ich nun doch, im zweiten Anlauf, auf meinen spärlichen Lavater-Kenntnissen, »Sie wissen, daß Lavater sich gar nicht so sehr mit der Mimik beschäftigt hat. Bei ihm geht es, wenn ich das richtig verstanden habe – nein, das war jetzt nicht ironisch gemeint, Frau Szabo!, auch ich bin schließlich nur ein Suchender, nicht wahr – also, wie gesagt: bei Lavater geht es ja doch mehr um die unveränderlichen Teile des Gesichts: Gesichtsform, Stirnmaß, Augenwinkel usw.«

»Eben. Gerade das interessiert uns ja!«

Sie hatte jetzt – Ausdruck höchster Konzentration – die Augen fast geschlossen. »Damit, mit den statischen Gesichtszügen, wie wir es nennen, wird gewissermaßen der Bühnenraum abgesteckt, auf dem sich dann das Mienenspiel erst entfalten kann.«

Sie senkte ihre Stimme: »Sicher wissen Sie, daß Lavater alles, was ihm wirklich wichtig war, chiffriert hat – eine richtige Manie bei ihm. – Als ich vor einigen Wochen die Mappe in der Hand hielt, die Sie dann hatten, da fiel mir das Blättchen auf, es war nicht einmal mit einer Registriernummer versehen. Nur rechts oben, in der Ecke, ein kleiner Vermerk: ›Zum Zweyten Fragment des IV Bandes gehörend‹. Und dann ein Kryptogramm, rasch hingeschrieben: ein paar Buchstaben, Zeichen, Zahlen.«

»Und?« fragte ich.

»Ja. Und dann kamen Sie. – Ich habe es nicht mal kopiert.«

»Das tut mir wirklich leid.«

»Dann habe ich nachgesehen. Genau dort, im vierten Band, beschreibt Lavater das Stirnmeßgerät!«

Sie sah mich starr an: »Nach allem, was ich weiß, vermute ich, daß Lavater zeitlebens an einer Gesichtsformel gearbeitet hat. So eine Art Verhältnisgleichung. Und wenn, dann hat er die, da bin ich ganz sicher, verschlüsselt notiert.«

Ihre Stimme wurde beschwörend? »Das wäre ein ganz entscheidender Anhaltspunkt für uns. Eine Grundlinie gewissermaßen. Damit könnten, ausgehend von den Gesichtsmaßen, 1. die jeweils optimalen Gesichtsrelationen bestimmt werden und 2. die sich daraus ergebenden mimischen Gestaltungsmöglichkeiten. So etwas ähnliches wie … wie der *Goldene Schnitt*, verstehen Sie?«

Ich sah, daß sie meinen Blick suchte. Doch den konnte sie nicht finden – ich hatte mich zwischenzeitlich in die Betrachtung eines roten Lampions vertieft, auf dem ein goldener Drache sich in den eigenen Schwanz biß.

»Ich habe Ihnen ja schon angedeutet, was wir alles machen, ein ziemlich breites Spektrum. Bisher noch alles sehr empirisch. Jetzt arbeiten wir aber – und das darf ich Ihnen eigentlich gar nicht erzählen – an einem neuen Projekt. Sagt Ihnen der Name *Zorro* etwas?«

»Klar!« Obwohl mir das schwer fiel, verzog ich keine Miene. »Der Mann mit der eisernen Maske.«

»Genau. – Und noch genauer: das ist ein Programm, mit dem wir über tausend Gesichtsmerkmale speichern können. 200 mehr übrigens als *Phantomas*, der bisher Marktführer ist. Kann man bei Polizeifahndungen einsetzen oder als elektronischen Pförtner. Und in diesem Zusammenhang ist uns klar geworden, daß wir eine Theorie brauchen, gewissermaßen eine Gesichtsnormalform, von der ausgehend sich die Besonderheiten jedes einzelnen Gesichts als Abweichung beschreiben lassen. Verstehen Sie?«

Ja, jetzt hatte ich das ungefähr begriffen.

»Das Gesicht kann sich ja in Freude oder Wahn völlig verändern, ›entgleisen‹, wie man so sagt. Auch, zum Beispiel, in der Ekstase.«

Sie sah mir fest in die Augen.

»Und dann wird es schwierig.«

»Ja«, sagte sie, »dann wird es schwierig.«

Wahrscheinlich hatten sie nächtelang Nasen, Augenbrauen, Jochbögen und was es sonst noch zwischen Hals und Haaren gibt, hin und her geschoben, endlos an flimmernden Gesichtsteilen herumgedoktert, ohne hinter deren Geheimnis zu kommen – und nun waren sie mit ihrem Computerlatein am Ende, und sie richteten alle Hoffnungen auf irgendeine obskure Gesichtsformel, die Erlösungsformel.

Das verstand ich. Mir war nur noch nicht klar, wie ich jetzt am elegantesten die Kurve kriegen konnte. Ich erklärte Frau Szabo hoch und heilig, daß ich wirklich keine Ahnung hätte, wo das Blättchen sein könnte.

»Wirklich nicht! Ich habe es nicht!« sagte ich – und drehte zu diesem Zweck sogar spielerisch meine leeren Hände in der Luft herum.

Sie ging gar nicht darauf ein und sagte, ich müßte doch verstehen, wie wichtig dieses Blatt für sie sei. Ob ich es nicht vielleicht gegen eine andere Lavater-Handschrift tauschen würde.

Ich schüttelte nur den Kopf.

Das schien sie endlich zu begreifen.

Dafür steckte ich jetzt ihr Kärtchen sehr sorgfältig, begleitet von einem wichtigen Nicken, in meine Brieftasche. Unbedingt, sagte ich, würde ich mich bei ihr melden, sollte ich auf etwas stoßen, was ihr helfen könnte.

Sie war nicht zufrieden, das sah man. Nach einer Weile wurde klar, weshalb. Sie hatte nämlich gewisse Informationen, daß inzwischen auch andere Firmen die enorme Bedeutung der Gesichtsoptimierung erkannt hätten. Das Angebot der *PerCon* zur Zusammenarbeit, wie gesagt, stünde, und ich mußte ihr in die Hand versprechen, daß ich die Formel nicht an die Konkurrenz verkaufen würde. Ich versprach es ihr. In die Hand. Sie sah mich dabei so treuherzig an, daß ich ihr am liebsten gesagt hätte: Mein liebes Mädchen – ich kann dir das aus reinstem Herzen versprechen, weil ich diese Formel ja gar nicht habe.

»Darf ich Sie mal etwas ganz Persönliches fragen?«

»Ja … bitte«, sagte ich.

»Wie stehen Sie zu dem Problem der Stirnperpendikularlinie?«

Ich zog die Brauen hoch – Wie stehe ich zu dem Problem der Stirnperpendikularlinie? Eine gute Frage …

»Das läßt sich natürlich mit einem Satz nicht sagen.«

Sie nickte. »Ja, das habe ich mir schon gedacht, daß Sie so antworten würden.«

Enttäuscht lächelnd griff sie nach ihrer Handtasche.

Auf einem durchbrochenen Porzellanteller brachte der dünne chinesische Kellner die Rechnung; er stellte ihn vor mich auf den Tisch. Ich griff langsam nach der Brieftasche, Frau Szabo zog den Teller zu sich heran und legte ihre Kreditkarte auf den Tisch.

»*PerCon*«, sagte sie zu mir. »Danke«, sagte ich. Der Chinese lächelte süß-sauer und zog mit der Karte ab.

Auf dem Tellerchen waren noch zwei kringelige Gebäckstücke, in denen zusammengerollte Zettel lagen.

»Was steht denn bei Ihnen drauf?« wollte Frau Szabo wissen.

»*Gedanken, die sich ändern*«, sagte ich kauend, »*leben.* – Und bei Ihnen?«

Sie schüttelte den Kopf: »Sehen Sie, ich glaube, da haben wir sogar die Zettel verwechselt. Ich habe nämlich Ihren ...« Sie reichte den Zettel über den Tisch, ich faltete ihn auseinander: *Es ist später, als du denkst.*

»Ich heiße übrigens Magda.«

KAPITEL 3

Zwei Tage später in Zürich-Kloten, auf dem Flughafen.

Haffkemeyer hatte mir eine Nachricht im Hotel hinterlassen: er würde sich sehr freuen, mich um 16.30 Uhr treffen zu können. Erkennungszeichen: »Nomaden des Abschieds«.

Ich strich um die VIP-Lounge herum.

Ein Inder, der aufrecht sitzend schlief oder wenigstens so tat. Ein Barkeeper, der andächtig hellgrüne Servietten zu Stoffblüten faltete. Eine Stewardeß, die mit einem blauen Rollkoffer durchs Bild lief; es sah aus, als würde sie einen fetten braven Hund hinter sich herziehen. Ein letzter Aufruf der Air Malta für Herrn und Frau Sturzenegger nach Valletta. Ein Geschäftsmann im schwarzen Mantel, der, die aufgeschlagene Wirtschaftsseite einer Zeitung über den Knien, sich mit Notizbuch und Handy um einen Anschluß bemühte. Ein älteres Ehepaar. Ein Mann ohne Eigenschaften –.

Dem schickte ich, die rechte Augenbraue hochgezogen, einen fragenden Blick zu, worauf der Mann sich pikiert abwandte und hinter seinem Buch versteckte. Es war aber das falsche.

Ich zog Pfeife und Tabakdose aus der Tasche und harrte hinter einer Grünpflanze der Dinge, die da kommen würden. Es kam aber nichts. Nur der Banker kam nach einer Weile auf mich zu.

»Wie ist es«, erwiderte er meinen erstaunten Blick, »sind Sie soweit?«

»Herr Haffkemeyer?«

»Ja, und irgendwo hab ich auch Ihr Buch. – Ich freue mich.« Er schüttelte meine Hand. Ich hatte mir Haffkemeyer viel größer vorgestellt.

»Ich freue mich auch. Sehr.«

Er zog mich am Ärmel zu einem ruhigen Wandtisch, halb hinter einer Säule.

»Na dann, erzählen Sie mal. Wie geht es Ihnen. Was machen Sie. Und – was macht unser Projekt?« Er sah auf die Uhr. »Wir haben reichlich Zeit. Mein Flieger geht erst – ach, irgendwann.«

Er legte die Hände brav wie ein Erstklässler aufeinander und hielt mir sein offenes Gesicht hin.

Ich ließ mich nicht lange bitten. Schließlich hatte ich bis zum letzten Moment an meinem Drehbuchexposé gearbeitet und in der Nacht zuvor noch einmal alles umgeschrieben. Ich zog meine Blätter hervor.

Nachdem ich Haffkemeyer vorgewarnt hatte, daß das alles selbstverständlich nur ein Anfang, ein allererster Anfang sein könne, kreiste ich meinen Hauptgedanken ein: ins Zentrum des Films wollte ich zwei Protagonisten stellen – nämlich Lavater und seinen Schreiber Enslin. Auch zeitlich wären wir damit begrenzt. Also nicht wie in einem Bilderbogen das ganze Leben Lavaters, sondern nur – pars pro toto – diese eine hochdramatische Episode Enslin.

Haffkemeyer legte den Kopf schief, hochdramatisch – gut, sehr gut.

Der Plot, den ich mir ausgedacht hatte, sah nun ungefähr folgendermaßen aus: Wir sehen Enslin, wie er mit hochgeschlagenem Kragen durch Zürich schleicht. Es ist Nacht. Zwei, drei Gassen, dann klopft er an eine eisenbeschlagene

Tür, er wird eingelassen. In einem Hinterzimmer hat er ein Treffen mit einem Fremden. Das ist ein Makler aus Amsterdam.

»Aus Amsterdam?« fragte Haffkemeyer.

»Ja, aus Amsterdam. Sie werden gleich sehen, warum.« Enslin knüpft nun seinen Beutel auf. Geld kommt zum Vorschein, viel Geld ...

Ich zwinkerte Haffkemeyer verschwörerisch zu.

Der Makler, er hat übrigens eine Augenklappe, sieht also das viele Geld und hört sich an, was Enslin von ihm verlangt: per Schiff soll er ihm einen Irokesenhäuptling aus Amerika herbeischaffen! – Mh. Und warum?

Ich ließ eine kleine Pause und senkte die Stimme. Enslin, der etwas unbeholfen und zerstreut wirkende Schreiber Lavaters, ist nämlich, so erfahren wir, in Wahrheit ein begeisterter Physiognomiker! Und er hat es sich in den eigensinnigen Kopf gesetzt, die Lehre seines Herrn und Meisters grundlegend zu verbessern.

Eines Abends kommt dann auch wirklich der Häuptling in Zürich an. Inkognito, nämlich: in einer Holzkiste mit einigen dezenten Luftlöchern. Die Kiste wird, ohne daß Lavater, der an seinen schöngeistigen Allerweltskorrespondenzen feilt, es bemerkt, in den Keller getragen, wo Enslin ein Versuchslabor eingerichtet hat, das sieht ein bißchen à la Frankenstein aus. Wir sehen ein Kabinett der Entstellten: in den Wandregalen stehen Glaskolben mit in Spiritus eingelegten Föten, Köpfen von Wahnsinnigen, Mördern usw.

Haffkemeyer kniff die Augen zusammen, sein Mund stand halboffen.

Tagsüber versieht Enslin weiterhin »oben«, bei Lavater, seinen Dienst. Nachts aber, im Keller, versucht er dem unglücklichen, in Ketten liegenden Indianer europäisches Wissen einzutrichtern, ihm Lesen, Rechnen und so weiter beizubringen. Enslins Plan ist es, Lavaters Methode, die sich bislang auf die bloße Betrachtung lebloser Kupferstiche beschränkte, zu vervollkommnen und die Physiognomik in eine moderne experimentelle Wissenschaft zu verwandeln. Von der Beobachtung zum Test! Mit Hilfe des Lavaterschen Stirnmeßgestells mißt Enslin nun Nacht für Nacht nach, ob sich infolge massiver Wissenseinwirkung Teile des Gesichts verändern und sich so eine schrittweise Verwandlung des Wilden in ein denkendes Wesen beobachten läßt. Der Indianer, in seinem angeborenen Stolz, schweigt dazu. Enslins Schädelvermesserei – das ist gewissermaßen die Nachtseite der Physiognomik und bereits eine düstere Vorschau auf kommende Jahrhunderte ... Oben geht das Leben wie gehabt weiter: Besuche, Briefe, Bälle. Doch Lavater ahnt dunkel, daß im Keller, im Unterbewußtsein seines Hauses, etwas vorgeht. Einmal folgt er heimlich seinem Schreiber und entdeckt den angeketteten Indianer. Er ringt die Hände und verlangt unverzüglich Aufklärung. Es kommt zum lautstarken Disput mit Enslin, als dieser ihm das Ziel seiner sonderbaren Untersuchungen offenbart. Beider Ansichten prallen unversöhnlich aufeinander: Enslin will die schicksalhafte Verkettung von Innen und Außen sprengen, für Lavater ist sie ein göttliches Axiom. Der Indianer versteht von alledem nichts, er grimassiert nur wild und rüttelt wohl auch schüchtern an den Ketten. Lavater verlangt kategorisch von Enslin, bis zum nächsten Tag den Keller in Ordnung zu bringen. Enslin, innerlich gebrochen, verspricht es – Lavater reist entrüstet ab. Enslin hat aber noch einen winzigen Funken Hoffnung – seine letzten Messungen hatten nämlich ergeben, daß der Irokese tatsächlich Fortschritte gemacht hat. Er lockert dessen Ketten und steigt hinauf in Lavaters Arbeitszimmer, um eine Schädelvergleichstabelle zu holen. Unterdessen befreit sich der

Häuptling, schleicht Enslin durchs dunkle Haus hinterher und erschießt diesen mit einem Schweizer Präzisionsgewehr. Darauf flüchtet er unerkannt in die Alpen.

Soweit, in groben Umrissen, mein Filmplan.

Ich stauchte die Blätter längs und quer und legte sie auf dem Tisch ab, meine Hände legte ich daneben.

Haffkemeyers Gesicht war schwer zu deuten. Während meiner Erzählung hatte es sich immer mehr verzogen. Das konnte vieles bedeuten: gespanntes Interesse, aber ebenso auch ein bekümmertes: nein, so geht das alles nicht.

»Frauen?« fragte Haffkemeyer nach einer Weile.

»Jede Menge«, sagte ich, »aber eben oben, in der Oberwelt.«

»Tja … und Enslins Motiv?«

Ich deutete an, den Enslin-Darsteller mit einem etwas verkorksten Gesicht zu versehen, so ein Hauch Glöckner von Notre Dame, wenn er verstünde, was damit gemeint sei?

Ja, das verstand er.

Das würde Enslin, den begeisterten Anhänger der Physiognomik, zwangsläufig in einen tiefen inneren Zwiespalt bringen. Deswegen ja auch die Versuche mit dem Indianer.

»Der Irokese«, erklärte ich vertraulich, »ist also gewissermaßen ganz auf meinem Mist gewachsen.«

Haffkemeyer sah mich nachdenklich an. Sein Handy piepte, mit einem Knopfdruck brachte er es zum Schweigen.

Noch während meines Vortrages hatte ich gemerkt: richtig begeistert war er von diesem Exposé nicht. Zwar nickte er immer wieder, doch wie unter einer schweren Last.

Schließlich: »Es ist vielleicht etwas eigenartig, wenn gerade ich Sie das frage … aber, sagen Sie mal … wie ist es denn mit den historischen Tatsachen?«

Bei »historische Tatsachen« hatte Haffkemeyer rasch und mit wie zum Schwur aufgerichteten Zeige- und Mittelfingern unsichtbare Anführungszeichen in die Luft gestrichelt; es sah albern aus, wie ein Begrüßungsritual bei Außerirdischen.

Ich winkte lässig ab. Letztendlich käme es doch auf den fertigen Film an, nicht wahr. Und außerdem: »Enslin, das ist verbürgt, wurde tatsächlich erschossen. Ich weiß bloß noch nicht genau, von wem.«

»Na, dann finden Sie das doch mal heraus.« Haffkemeyer sah mich listig an.

Ich machte mir eine entsprechende Notiz. Okay, da war noch jede Menge Spielraum.

»Finde ich übrigens sehr gut, sehr professionell, daß Sie sich da nicht so an einzelnen Buchstaben festklammern. Wirklich. Und auch was Ihre bisherigen ... ähm ... Überlegungen betrifft: da wären Sie doch, nehme ich an, prinzipiell auch bereit, das alles noch einmal von Grund auf neu zu überdenken?«

Er hatte das ganz vorsichtig gefragt.

»Da bin ich für alles offen«, sagte ich zu allem entschlossen, legte den Kopf zurück und machte die Augenlider schmal – wenn ich ihm jetzt entgegenkomme, habe ich im Gegenzug sicher auch einen Wunsch frei – »Allerdings ...«

»Ja?« fragte Haffkemeyer freundlich.

»Wie finden Sie eigentlich den Indianer?«

»Ich meine, gut – das können wir ja noch sehen, wenn die Sache weiter gediehen ist, da kann man ja über alles noch mal reden. Momentan sehe ich ihn, offen gesagt, noch nicht so richtig.«

Noch nicht so richtig, mh-mh, ich nickte.

»Ich finde es übrigens ganz toll«, meinte Haffkemeyer zum Abschied, »wie Sie sich schon in diese ganze Geschich-

te eingedacht haben. Massolt hat mir nicht zuviel versprochen.«

Bescheiden wehrte ich ab: »Nur so entsteht wahre
Kunst – wenn man noch den Blick für den anderen hat. Der
Horizont, nicht wahr, sollte schon ein bißchen über den eigenen Tellerrand hinausgehen. Und außerdem, mir kommt
es da vor allem auf die verborgene, auf die unsichtbare Geschichte an.«

»Unsichtbare Geschichte?« Haffkemeyers Blick blitzte
auf. »Das ist, gerade auch für einen Film, ein interessanter
Ansatz.«

Lange nickte er.

Dieses Nicken erinnerte mich sehr an Waldi, den treuen
Reisebegleiter meiner Kindheit. Das war ein rehbrauner
Kunststoffdackel, der auf der Hutablage unseres Autos saß.
Für jede Lebenssituation – Vollbremsung, Straßenlöcher,
Umleitung – hatte Waldi eine stets passende Antwort parat:
stoisches, unendlich wissendes Nicken.

Wir verabschiedeten uns, und schweigend, bis in mein Innerstes von der Erinnerung an Waldi gerührt, schritt ich
durch die lärmige Haupthalle davon.

46

## KAPITEL 4

Es fiepte.

Erst hatte ich gemeint, es wäre der Wecker und im Dunkeln in diese Richtung getastet. Aber auch als ich ihn endlich zu fassen bekommen, ausgeschüttelt und ans Herz gedrückt hatte – es fiepte immer weiter. Ich knipste die Nachttischlampe an, setzte mich auf, schnaufte aus und nahm den Hörer ab. Ich überlegte kurz – dann meldete ich mich.

»Schön, daß ich Sie erreiche!« quäkte geradezu widerlich munter mir der Telefonhörer entgegen.

Was für ein Idiot ist denn das! Ich wollte schon wütend auflegen, aber allmählich wurde ich wach.

»Ach ...«, sagte ich.

Einen Moment lang – Stille in der Leitung.

»Störe ich Sie?«

»Nein«, sagte ich, » – es ist halb zwei.«

»Nachts? Oh, sorry. Soll ich später noch mal anrufen?«

»Nein, nein, dann schlafe ich ja vielleicht.«

»Das tut mir aber leid. Ich wollte auch gar nicht lange stören.«

»Macht doch nichts, Herr Haffkemeyer, wirklich.«

»Wissen Sie, was ich sehe?« rief Haffkemeyer plötzlich begeistert durchs Telefon.

Nein.

»Ich sehe den Anfang! Ein Maskenball. Musik, tanzende Paare. Teufelsfratzen, Idiotenlarven usw. Und der einzige im Saal ohne Maske, bewegungslos, allein – und alles tanzt um ihn herum: Lavater.«

Ich schloß die Augen – ja, jetzt sah ich es auch.

»Er beobachtet nur, verstehen Sie? Und erstarrt. Sein Gesicht wird zur Maske. – Dann der Vorspann.«

Ich nickte.

»Hören Sie mich noch?«

»Mh, ja.«

Das hörte sich nicht schlecht an. Ich versprach Haffkemeyer, mir darüber Gedanken zu machen.

»Sind Sie erkältet?«

»Nee. Wieso?«

»Sie hören sich so an.«

»Nur ein bißchen.« Ich hustete.

»Sie müßten hier sein, in Kalifornien. Hier scheint jetzt gerade die Sonne in mein Fenster. Unten das Meer ...«

Ich horchte aufmerksam. Doch nicht einmal ein Rauschen war in der Leitung. Transatlantische Stille.

»Ja dann – gute Besserung und viel Erfolg! Wir hören voneinander. Und entschuldigen Sie bitte nochmals die späte Störung.«

Späte Störung – früh, halb zwei ...

Einschlafen konnte ich nicht mehr. Daran war gar nicht zu denken. Dafür gingen mir andere Sachen im Kopf herum: so vieles, was ich Haffkemeyer eigentlich hätte fragen müssen. In den letzten Tagen hatte ich mir ausgiebig Notizen zum Lavater-Projekt gemacht; viele, viele Fragezeichen.

Ich lag da als unfreiwilliger Nachtwächter, war hellwach und zugleich zerschlagen, konnte nicht mehr auf dem Rücken liegen und wälzte mich von einer Seite auf die andere, boxte mir mein Kopfkissen zurecht und dämmerte zwischen Wachen und Schlafen ratlos dahin.

Aus der grünen Mappe zog ich einen kleinen Zettel hervor und notierte darauf die Stichwörter, die Haffkemeyer mir für den weiteren Fortgang der Handlung gegeben hatte.

Unten in der Altstadt schlug die Kirchturmuhr. Fünfmal. Sie schlug die Nacht in die Flucht.

Ich stand auf, verpaßte mir eiskalt einige Kneippsche Wassergüsse, zog mich an und kochte mir eine Tasse Tee. Dann ging ich ein paar Schritte vor die Tür.

Der »Hühnerstall«, wo ich untergebracht war, heißt Hühnerstall, weil er nur über eine Außentreppe, die sogenannte Hühnerleiter, zu erreichen ist. Eine kleine Zweizimmerwohnung im ersten Stock des Wirtschaftsgebäudes, die der artgerechten Haltung von Künstlern während der Zeit ihres Stipendiums auf Burg Wühlischheim dient.

Vor mir mußte ein Maler in diesen Räumen gehaust haben. Seinen Namen kannte ich nicht; ich konnte ihn auch auf den Bildern nicht entziffern. Aber er mußte Schlimmes durchgemacht haben. An den Wänden hingen seine pinkfarbenen Hinterlassenschaften, die traurigen Überbleibsel eines Vierteljahres. Eine Porträtserie, offenbar Selbstporträts. An und für sich ein ganz harmloser Titel, »Ansichten zu W.«, jeweils mit Datum versehen; und im Hintergrund waren auch richtig einige markante Punkte der Wühlischheimer Skyline versammelt: katholische Pfarrkirche, Rathaus, die Doppeltürme der Stadtkirche.

Sah man aber genauer hin, war es eine Chronologie des Schreckens! Der Gesichtsausdruck des Malers wurde von Bild zu Bild irrer. Auf dem letzten Bild war die Ölfarbe zu einem regelrechten Gesichtsgebirge aufgespachtelt, die roten Augäpfel glühten in nachtschwarzen Höhlen ... Ein fester Bestandteil aller Bilder war übrigens ein unförmiges dunkles Ding, mal neben, einmal auch direkt im Kopf des Porträtierten. Es sah aus wie ein schwarzer Todesflügel. (Erst an diesem Morgen sollte ich übrigens erfahren, was für eine Bewandtnis es damit hatte.)

Weitaus mehr noch, offen gesagt, aber störten mich die vielen Farbspritzer (Ölfarbe!), die er im Bad, vor allem in der Badewanne, hinterlassen hatte. Der Maler mußte dort seine Pinsel und Paletten ausgespült haben. Ich bekam die Flecken einfach nicht weg. Nur manchmal, wenn man Glück hatte und mit dem Fingernagel genau den richtigen Punkt erwischte, sprangen sie, ganz leicht auf einmal und wie von selbst, ab.

Kurz vor halb sechs, ich stand im gepflasterten Rund des Burghofs. Alles – Brunnen, Torhaus, Burgruine nebst Burgfried – lag noch im Dunkel und zeigte nur einen schwarzen Umriß. Ich wandte mich nach rechts, schritt schnell durch das Burgtor, über die Zugbrücke. Davor war ein kleiner Parkplatz, gleich neben der Straße. Die hieß »Burgstraße« und führte nach einem scharfen Knick auf der Hälfte direkt hinunter in die Stadt.

Oben funkelten ein paar kalte verirrte Sterne. Unten lag Wühlischheim; es lag noch im Schlaf. Nur hinten am Bahnhof war schon etwas Betrieb. Vor zweieinhalb Wochen war ich dort angekommen. Ich hatte nicht viel erwartet – und ich sah mich in meinen Erwartungen auch nicht getäuscht! Mit meiner Reisetasche und meinem Rollkoffer, mutterseelenallein auf dem Bahnsteig A – es gab ja nur diesen einen! –, da war mir plötzlich klargeworden, weshalb das Wühlischheimer Ehrenstipendium mit einer Anwesenheitspflicht verbunden war.

Bis dahin hatte ich noch nie etwas von dieser Stadt gehört und deshalb zu Hause gleich im Lexikon nachgeschlagen.

In gediegener Brockhaus-Prosa, anno 1885, stellte sich die Sache so dar: Wühlischheim, 52 m. ü. M., liegt am südwestlichen Ufer der ganzjährig schiffbaren Poelke, besteht aus einer Altstadt sowie mehreren Vorstädten. Auf der gegenüberliegenden, nordöstlichen Flußseite ist die Burgruine Wühlischheim gelegen. Die Burg wurde im Dreißigjährigen Krieg weitgehend zerstört, verschiedene Versuche, sie wieder aufzubauen, scheiterten bis in die Gegenwart hinein. Die Stadt verfügt über drei evangelische und eine katholische Pfarrkirche, unter denen die Stadtkirche mit der Gruft der Grafen von Wühlischheim hervorragt. Wühlischheim hat 19 708 Einwohner, darunter 1296 Katholiken. Industriell ist Wühlischheim bedeutend für seine Wollgarnherstellung. Darüber hinaus liefert die Industrie Filzwaren, Schirme und Baustoffe. Ferner gibt es eine Dampfschneidemühle, eine Ziegelbrennerei und einen Schlachthof. An öffentlichen Einrichtungen hat Wühlischheim ein Gymnasium, ein Waisenhaus, eine Taubstummenanstalt und eine Strafanstalt und ist Sitz eines Landgerichts. Seit dem 13. Jahrhundert war die Stadt Residenz der Grafen Wühlischheim, bis zum Erlöschen dieses Geschlechts im Jahre 1705. Die Reformation wurde hier 1528 eingeführt. Vgl. auch »Historisch-topografische Streifzüge an den Ufern der Poelke« (Wühlischheim, 1881).

Soweit der Stand 1885. Auf den ersten Blick hatte sich seitdem nicht viel verändert.

Fröstelnd ging ich zurück.

Aus dem Schwarz der Toreinfahrt löste sich plötzlich ein vierbeiniges Etwas und trabte – Vorder- und Hinterläufe schräg versetzt – auf mich zu. Vor meinen Füßen machte es halt, drehte sich um die eigene Achse und schritt nun vor mir her, als gehörten wir beide schon seit Menschengedenken zusammen. Nur ganz leicht, ganz flüchtig setzte die

Katze ihre Pfoten auf; der Boden war noch kalt, er glitzerte vor Rauhreif.

Wie ein Lotse führte sie mich über den Burghof, an meiner Hühnerleiter und dem vergitterten Brunnen vorbei, bis wir schließlich vor der Tür des Verwalterehepaares Schikkedanz standen.

Dort setzte sie sich auf die Hinterpfoten, schickte einen sehnsuchtsvollen Blick zur Klingel hoch, dann einen zu mir. So ging das mit den flimmernden Katzenaugen hin und her.

Da saß nun also das bißchen Katze auf dem Fußabtreter, sah zu mir auf und mauzte mich bittend an.

Wie stellte sie sich das vor! Sollte ich jetzt, kurz vor sechs, das Verwalterehepaar aus dem Schlaf klingeln? Ich bückte mich nach ihr, um sie zu streicheln. Sie entwand sich und blickte trotzig an mir vorbei auf die Tür.

Was sollte ich machen? Ich ging. Beleidigt, mit deutlicher Distanz, folgte sie mir.

Unten, am Fuß der Hühnerleiter aber, blieb sie endgültig stehen. Wie festgefroren. Sie machte einen Buckel.

»Miez! Miez!« Ich versuchte, sie nach oben zu locken. Im Vorraum hätte sie sich ja trotz meiner Katzenhaarallergie ruhig ein bißchen aufwärmen können.

Sie fauchte die Treppe an – und war plötzlich mit einem schrillen Aufschrei in den letzten Resten der Nacht verschwunden.

Der Tag brach herein. Während die Bergrücken schon im rosa Frühlicht lagen, dämmerte es in der Stadt erst. Nur allmählich sickerte das Sonnenlicht nach unten durch.

Gegen halb zehn war es in der Stadt hell. Die Sonne des Spätsommertages, die auf Rathaus, Marktplatz und Brunnen lag und, soweit das ging, in Toreinfahrten und Nischen hineinleuchtete, machte sich zum Erfüllungsgehilfen der Handvoll Standardansichtskarten, die von Wühlischheim existierten und die man am Bahnhofskiosk zum Stückpreis von 1,20 DM kaufen konnte.

Für 20 Uhr war im Großen Rathaussaal die Festlesung des diesjährigen Herbststipendiaten angesetzt, und ich hatte noch nicht einmal eine Ahnung, was ich eigentlich lesen sollte.

Ich setzte mich an den Schreibtisch und schlug daher zunächst die grüne Mappe auf, vorsichtig, damit keiner der Zettel, die ich in den letzten Tagen hineingesteckt hatte, herausrutschte.

Ziellos blätterte ich in meinen Papieren herum, und um mich ein bißchen einzustimmen, zog ich bald meine Dünndruckausgabe von »Dichtung und Wahrheit« aus der Reisetasche; ich hatte sie in Berlin eingepackt.

Im Personenverzeichnis suchte ich alle Lavaterbetreffenden Stellen heraus – und im dritten Teil entdeckte ich schließlich die Episode, die den Auftakt der Freundschaft Lavater-Goethe bildet. Eine kleine Verwechslungskomödie, die mir gefiel und mit der eventuell etwas anzufangen war.

Es dauerte nicht lange, so kam ich auch mit Lavatern in Verbindung. Der »Brief des Pastors« an seinen Kollegen hatte ihm stellenweise sehr eingeleuchtet, denn manches traf mit seinen Gesinnungen vollkommen überein. Bei seinem unablässigen Treiben ward unser Briefwechsel bald sehr lebhaft. Er machte soeben ernstliche Anstalten zu seiner größern »Physiognomik«, deren Einleitung schon früher in das Publikum gelangt war. Er forderte alle Welt auf, ihm Zeichnungen, Schattenrisse, besonders aber Christusbilder zu schicken, und ob ich gleich so gut wie gar nichts leisten konnte, so wollte er doch von mir ein für allemal auch einen Heiland gezeichnet haben, wie ich ihn mir vorstellte. Dergleichen

53

Forderungen des Unmöglichen gaben mir zu mancherlei Scherzen Anlaß, und ich wußte mir gegen seine Eigenheiten nicht anders zu helfen, als daß ich die Anzahl der meinigen hervorkehrte.

Die Anzahl derer, welche keinen Glauben an die Physiognomik hatten oder doch wenigstens sie für ungewiß und trüglich hielten, war sehr groß, und sogar viele, die es mit Lavatern gut meinten, fühlten einen Kitzel, ihn zu versuchen und ihm womöglich einen Streich zu spielen. Er hatte sich in Frankfurt bei einem nicht ungeschickten Maler die Profile mehrerer namhafter Menschen bestellt. Der Absender erlaubte sich den Scherz, Bahrdts Porträt zuerst statt des meinigen abzuschicken, wogegen eine zwar muntere, aber donnernde Epistel zurückkam mit Trümpfen und Beteuerungen, daß dies mein Bild nicht sei, und was Lavater sonst alles zur Bestätigung der physiognomischen Lehre bei dieser Gelegenheit mochte zu sagen haben.

Mein wirkliches nachgesendetes ließ er eher gelten ...

Was für eine Geschichte!

Lavater erkennt auf den ersten Blick die Täuschung. Eigentlich sollte das für Goethe doch Grund genug sein, beschämt innezuhalten, schließlich hatte er – und nicht irgendein Frankfurter Schattenrißmaler – die Vertauschung der Köpfe veranlaßt, um Lavaters neue Lehre einer Probe aufs Exempel zu unterziehen. Und nun das! Lavater hat die Probe glänzend bestanden. Goethe aber, im mitleidig-absprechenden Tonfall, geht munter darüber hinweg.

Wobei man noch wissen muß, daß es sich bei Bahrdt, den Lavater damals gleichfalls *nicht* von Angesicht kannte, ausgerechnet um einen seiner grimmigsten Widersacher handelte! – Schwarzer goethescher Humor.

Wirklich, so stellt man sich den Beginn einer wunderbaren Freundschaft vor! Der eine macht sich gerade mit großem Ernst an sein physiognomisches Lebenswerk; der andere, aus einer Laune heraus, macht sich einen Witz und kratzt mal ein bißchen daran.

Über dieser Lektüre war der Vormittag schnell herumgegangen. Mir blieb nicht einmal Zeit, wegen der am Abend bevorstehenden Lesung richtig Lampenfieber zu haben.

Nur einmal, halb zwölf, eine kleine Unterbrechung. Das Fax-Gerät stotterte eine Einladung nach Hannover aus, Buchhandlung »Silberblick«. Ich faxte umgehend mein Einverständnis und meine Honorarvorstellungen zurück und sortierte die beiden Blätter in die Tournee-Klarsichtfolie ein.

Gegen Mittag klingelte es an der Tür. Es war Herr Schickedanz, der Verwalter. Er wollte sich nur noch einmal erkundigen, ob jetzt auch alles zu meiner Zufriedenheit sei. Ich wunderte mich erst. Dann begriff ich: natürlich, der Verwalter wußte, daß ich am Abend den Bürgermeister, Schickedanz' obersten Chef und Dienstherrn, treffen würde.

»Alles klar«, sagte ich.

Schickedanz lächelte diskret, was mir mißfiel. Es war eine Spur zu vertraulich, so als sähe er mit diesem Lächeln stillschweigend über alle möglichen Eskapaden meinerseits hinweg.

Er war, so hatte man mir am ersten Tag im Kulturamt gesagt, »die gute Seele des Hauses«. Na gut, hatte ich damals gedacht, solange ich die schlechte nicht kennenlernen muß.

Ich führte ihn dann noch ins Arbeitszimmer, wo ich den Schreibtisch, abweichend von der bisherigen Ordnung, zwischen die beiden Fenster an die Wand gerückt hatte. (Dort störte er nicht so sehr, wenn ich mir den Stuhl ans

Fenster rückte, um mich zu sonnen.) Herr Schickedanz war damit einverstanden, prüfte aber vorsichtshalber noch einmal mit einem raschen Griff die Standfestigkeit, worauf seine Hand wieder in der Strickjackentasche verschwand.

Die Schickedanzsche Strickjacke! Eigentlich ein Kapitel für sich.

Herr Schickedanz trug ausschließlich, geradezu hingebungsvoll Strickjacken. Meist waren es ältere Fabrikate. Anfangs hielt ich das bloß für eine Marotte dieses kleingewachsenen rundlichen Mannes. Später verstand ich, daß sich weit mehr hinter dieser Passion verbarg. Die Strickjacken verschafften Schickedanz einen Heimvorteil. Ihre Botschaft war klar und eindeutig, man konnte sie sich gewissermaßen an den fünf Hornknöpfen abzählen: Er, Schickedanz, war hier auf Burg Wühlischheim zu Hause – während man selbst und alle anderen sich als Eindringlinge vorkommen mußten. Insofern war die unvermeidliche Schickedanzsche Strickjacke eine Art Schutzweste gegen die unkontrolliert hereinschießende Welt.

Eines war klar: der langjährige Umgang mit Künstlern aller couleur war nicht spurlos am Gemüt des Herrn Schickedanz vorübergegangen. Etwas Wachsames, beinahe Lauerndes, lag in seinem Blick.

Auch daß er grundsätzlich alles zweimal und wie für Idioten erklärte, paßte in dieses Bild. Als er mir am ersten Abend das Schlüsselbund aushändigte, bestand er darauf, mir jeden Schlüssel einzeln vorzuführen. Also, er steckte den jeweiligen Schlüssel ins Schloß, drehte zweimal um, zweimal wieder zurück – dann zog er den Schlüssel ab. Nicht, ohne nach jeder einzelnen Phase zu mir aufzuschauen, ob ich auch alles richtig mitbekommen hätte. Viel hätte wohl nicht gefehlt und er hätte mich noch gefragt: Haben Sie schon jemals in Ihrem Leben vor einer Tür gestanden?

Eine Tür aufgeschlossen? Wollen wir das noch mal gemeinsam probieren?

Ich glaube, er ging davon aus, daß Künstler normalerweise auf der Straße und in Kneipen herumstrolchten und nachts unter zugigen Brücken schliefen. Jedenfalls mußte er schon sehr einschlägige Erfahrungen gemacht haben. (Stichwort: Maler!)

Brauchte ich etwas oder kam ich mit irgendeiner Frage zu ihm, lächelte er – egal, was es war – zunächst erst einmal hintersinnig, wahrscheinlich, um die verborgene Bedeutung, den wahren Sinn der Frage herauszuhören. Dann legte er den Kopf schief und sagte: »Also, auf gut deutsch gesagt, Sie wollen...« Ohne diese Übersetzung, dieses Zurechtrücken schien bei ihm offenbar gar nichts zu gehen.

Meist waren es ja nur Kleinigkeiten, um die ich ihn bat, und er erledigte das dann auch. Viel gab es für ihn ohnehin nicht zu tun, die Saison war zu Ende. Seit ich hier war, hatte sich nur ein einziger Bus die steile, enge Burgstraße heraufgequält. Aus dem waren ein paar orientierungslose Touristen herausgetaumelt, die Schickedanz nach kurzer Begrüßung treppauf, treppab durch die Burganlage geführt hatte.

Als die Mannschaft unter dem Kochnischenfenster des »Hühnerstalls« vorbeitrottete, hörte ich Schickedanz sagen: »Wir haben hier auch, zweimal im Jahr, eine Art Burggespenst.«

Dann gab es einen Fototermin. Zwei Besucherinnen – ihren Apparat hatten sie einem älteren Mitreisenden in die Hand gedrückt – stellten sich nebeneinander am Fuße des Söllers, vor dem Eisengitter, auf. Der Herr, dessen Gesicht sich um das zugekniffene Auge zusammenzog, brauchte ein bißchen, um mit der Technik klarzukommen. Auch hochkant oder nicht, war nicht ganz klar. Geduldig warteten die beiden Fotoobjekte. Es sah aus, als trainierten ihre reglos lächelnden Gesichter schon mal für die Ewigkeit, und der Fotograf war ihr Maskenbildner. Die beiden blickten fragend Richtung Apparat, als würde dort tatsächlich ein Vögelchen herausgeflogen kommen. Es kam aber nur ein mattes Blitzchen – und die Aufnahme war im Kasten.

Ein Höhepunkt des Rundganges – ich beobachtete es beim Teekochen – war die Besichtigung des Burgbrunnens. In erwartungsvoller Stille umstand man die Einfassung, während Schickedanz aus einer Blechdose Wasser in die Tiefe schüttete. Andächtiges Lauschen –.

Endlich, nach einer langen Weile mußte das Wasser tief unten im Schacht aufgeschlagen sein – das wurde mit Kopfschütteln, dann mit staunendem Applaus begrüßt. Zugleich war das auch das Ende der Besichtigung. Wenig später schaukelte der Bus die Eindringlinge wieder hinunter in die Stadt.

Herr Schickedanz hatte mir noch die »Neuesten Wühlischheimer Nachrichten« dagelassen. Auf der Kulturseite – neben einem Bericht über drohende Finanzierungslücken beim Ausbau der Altstadtgalerie – in großer Aufmachung die Ankündigung meiner Lesung. Ein altes Foto, darunter ein kurzer Lebenslauf. Allerdings, was die Veröffentlichungen betraf, mit einigen Fehlern versehen.

Den Nachmittag verbrachte ich mit der Vorbereitung auf meine Lesung, das heißt: ich griff mit einem tiefen Seufzer nach den »Nomaden des Abschieds« und ging noch einmal Satz für Satz den Text durch, markierte heikle Wörter, besondere Betonungen und so weiter. An einigen Stellen setzte ich auch Ausrufezeichen an den Rand; das waren solche Passagen, die mir beim Probelesen etwas zu flüssig geraten waren.

Später posierte ich noch ein bißchen vor dem Badspiegel und retouchierte an meinem Äußeren herum. Ich schnitt auch verschiedene Gesichter, ohne aber ein richtig passendes für die Rolle »Herbststipendiat« zu finden.

Als ich davon genug hatte, ging ich spazieren. Genauer gesagt: stiefelte ich im Eilschritt die Wege rund um den Burgberg ab.

Zum Teil waren sie unbefestigt. Zurück im »Hühnerstall«, mußte ich mir die Schuhe putzen. Auf der Suche nach Schuhputzzeug entdeckte ich im oberen Regalfach der Vorratskammer eine halbvolle Flasche Wein, der sich in Essig verwandelt hatte; ich mußte daraufhin wieder lange über das Schicksal des Malers nachdenken und rasierte mich gründlich.

Beim Schnurren des Rasierers fiel mir die Katze ein, und ich machte mir zum Thema Tier-Physiognomien eine entsprechende Notiz für die Lavater-Mappe: »Hast du schon einmal einem Affen ruhig in die Augen gesehen? Nein? Ich weiß schon, warum. Du hast Angst.«

## KAPITEL 5

Ich spürte die Blicke des Publikums im Nacken.

Der Bürgermeister hatte eben das Rednerpult geräumt und mir zugenickt. Das Wasserglas wurde ausgewechselt.

Ich stand auf und ging nach vorn. Immer noch Applaus. Auf halbem Wege begegneten wir uns, ein Händedruck, dann stieg ich schnell das kleine Treppchen zur Bühne hoch. Die bleichen Blumen am Fuße des Pultes sahen nach Trauerfeier aus. Ich legte das Buch ab und nahm einen tiefen Schluck aus dem Wasserglas.

Erst hatte ich überlegt, ob ich nicht kurz auf die Rede des Bürgermeisters eingehen sollte. Was der von Wühlischheim gesagt hatte – daß es den meisten im Lande noch immer lediglich aus den ADAC-Verkehrsmeldungen vom Wühlischheimer Dreieck ein Begriff war (»ein beliebter Staupunkt in den Hauptreisezeiten«), leider aber überhaupt nicht wegen seiner reichen kulturellen Ausstrahlung –, das wäre kein schlechter Anknüpfungspunkt gewesen.

Aber ich ließ es dann doch. »Danke«, sagte ich in Richtung Bürgermeister, »vielen Dank«, verbeugte mich und fing an.

Die Lesung lief gut; ich war zufrieden und kam immer mehr in Fahrt. Vereinzelt gab es sogar Lacher; ich lächelte und genoß die Aufmerksamkeit. Auch an der Stelle, wo mir beim Vorlesen unbegreiflicherweise immer wieder Tränen in die Augen steigen, kam ich diesmal trocken vorbei.

Nach der Lesung mußte ich noch Bücher signieren. Der Verlag hatte eine ganze Kiste geschickt. Die Buchhändlerin riß die Frischhaltefolie ab und legte mir die aufgeschlagenen Exemplare vor. Ich setzte rasch die Unterschrift aufs Papier.

Nur einmal gab es ein Problem. Eine ältere Dame bat mich »Für Willi zum 70.« ins Buch zu schreiben. Ich konnte mich schlecht für eine Schriftart entscheiden – so wurde es nur ein Gestrichel, aus dem einzig die »70« deutlich herausragte. Sichtlich gerührt bedankte sich die Dame für die persönliche Widmung. »Aber ja doch«, sagte ich, als wären Willi und ich alte, unzertrennliche Blutsbrüder.

Als der Bücherstapel abgearbeitet war, näherte sich Herr Wannsiek, der Bürgermeister. Im Kleinen Ratssaal gab es für geladene Gäste noch einen Empfang.

Als ich den getäfelten Ratssaal betrat, warf ich sofort ein scharfes Auge auf den Teller mit den Lachsbrötchen. Die Unterhaltungen schwirrten links und rechts an mir vorbei; allein auf diesen ovalen Silberteller konzentrierte ich mich jetzt. Wenn alles vorbei ist – ich kann darauf warten –, meldet sich regelmäßig bei mir der kleine Hunger.

Meine Position zum Tisch war gut, und beinahe hatte ich mich auch schon auf Griffnähe herangearbeitet – zartrosa Filetstückchen mit Sahnemeerrettichhäubchen, darübergestreuselten Dillspitzen, Zitronenscheiben –, sobald ich aber den letzten, entscheidenden Schritt Richtung Buffet tun wollte, fand sich garantiert jemand, der mir in den Weg trat (»Das ist ja nicht schön, daß Sie hier so allein herumstehen«), um mich in ein umständliches Gespräch über moderne Literatur, Wühlischheim und seine sehenswerte Umgebung oder sonst etwas in der Art zu verwickeln.

Ich hörte geduldig zu, ließ dabei aber die Lachsbrötchen nicht aus dem Auge.

Niemand schien zu merken, daß alle anderen schon aßen und nur ich, der Alleinunterhalter, noch immer mit dem Sektglas von der Begrüßung herumstand. Der Sekt, mittlerweile handwarm, schwappte bestimmungslos im Glas.

Gerade hatte die Dame vom Kulturamt, deren Namen ich immer wieder vergaß, mir lang und breit erklärt, warum sie eigentlich ins 18. Jahrhundert gehörte – allein schon der Musik wegen, der Malerei – so daß sie im Grunde ihres Herzens, was sie betraf, an eine versehentliche Wiedergeburt glaubte ...

»Oder war das jetzt ganz dumm, was ich gesagt habe?« fragte sie auf einmal, sie sah mich erschrocken an.

»Nein, nein«, sagte ich. Es war nur mein Bauch, der so wütend geknurrt hatte.

Auch ihren weiteren Offenbarungen war ich mit ernster, bekümmerter Miene gefolgt; meine Gedanken umkreisten die Frage, wer von den Herumstehenden sich wohl als nächster an meinen Brötchen vergreifen würde, wachsam schwebte mein Geierblick über den schwindenden Vorräten –.

Plötzlich merkte ich, daß die Frau vom Kulturamt meine Hand ergriffen hatte. Sie bedankte sich für das außerordentlich interessante Gespräch, das ihr sehr, sehr viel gegeben hätte. Sie hätte gar nicht geglaubt, daß man sich mit mir so unkompliziert unterhalten könnte. Aber leider, sie müßte sich jetzt auch um die auswärtigen Gäste kümmern, sie entschuldigte sich.

»Aber bitte«, sagte ich freundlich und wandte mich um ... Da stand, aus dem Nichts emporgewachsen ein großer vollbärtiger Mann vor mir; ich sah schon alle Hoffnungen schwinden. Die Lage wurde allmählich kritisch – eben, das hatte ich noch erspäht, war wieder im Handumdrehen eines der Lachsbrötchen verschwunden.

»Ich bin hier am Gymnasium der Deutsch-Pauker«, so stellte der Mann sich vor. Er griente dazu schuldbewußt in seinen Bart. Insgesamt machte er einen etwas ikeahaften Eindruck, 68er Spätlese. Aber, ich sollte mich in ihm getäuscht haben! Auch der Lehrer schien keine Lust auf langwierige Erörterungen zu haben. Nachdem wir uns einen Moment lang lächelnd angeschwiegen hatten, machte er eine kurze Verbeugung, drehte mir seinen breiten Rücken zu und – griff nach dem letzten Lachsbrötchen! Er biß kräftig hinein und begab sich, nicht ohne mir noch einmal freundlich zuzukauen, zu den anderen.

»Da staunen Sie, was?«

Ich staunte.

Neben mir war ein kleiner Mann aufgetaucht. Schon länger hatte ich beobachtet, wie er um mich herumgestrichen war und unverständliche Signale von sich gegeben hatte: mal ein nervöses Augenzwinkern, mal ein Kopfwackeln.

»Hassen Sie mich eigentlich immer noch?« fragte der Mann mitfühlend.

Ich sah ihn mir genauer an und überlegte, ob ich ihn eventuell hassen sollte. Mir fiel aber nichts weiter ein. Großzügig schüttelte ich den Kopf. Der Mann schüttelte nun ebenfalls den Kopf – neckisch nachäffend, aber auch ungläubig. Er fixierte mich. Die Augen fest zusammengekniffen, sein Gesicht angestrengt, wie von Schmerz verzerrt. »… ›Ausufernde Selbstdarstellungsexzesse eines zweitrangigen Kopisten‹«, gab er mir nun als Stichwort, »das können Sie mir nicht vergessen haben, das stand im Untertitel, *Literarische Rundschau.* Erinnern Sie sich? – Mein Name ist Höfler, Heinz Höfler.«

Er lauerte mich an.

Auch wenn er das wie 007 gesagt hatte (»Mein Name ist Bond, James Bond«), Höfler ... der Name sagte mir nichts.

Sollte ich nun wahrheitsgemäß den Kopf schütteln? Aber ich hatte ja gar keine Lust, diesen Menschen um seine zusammengeraubte Lebensfreude zu bringen. Also nickte ich, langsam, als würde ich mich erst jetzt allmählich an das ganze Ausmaß der Höflerschen Schandtaten erinnern.

Das schien ihm aber nicht zu genügen. Erwartungsvoll hing sein Blick an mir, fast hilfesuchend.

Ich war von diesem Anblick geschüttelt, nicht gerührt.

Was wollte dieser Winzling denn noch! Ich legte meinen Kopf schräg. Sollte ich ihn nun anschreien, »Du mieser kleiner Masochist, du!«, ihn aus dem Jackett heben, oder was?

Ich grinste ihn voller Verachtung an und knurrte mit leiser Stimme: »Ach, Sie, Sie sind das ...«

Höfler saugte diese Worte förmlich mit seinen Glupschaugen auf, nickte aufmunternd. Er war erleichtert. »Ich wußte es. Ich wußte, daß Sie mir das niemals vergessen würden.« Versonnen blickte er in sein Bierglas. Dann hieb er es mir kampfeslustig entgegen. »Prost!«

»Prost«, sagte auch ich.

Höfler trank sein Bier mit einem Zug aus, sagte »ah« und wischte sich den Schaum vom Mund. Ich schüttete den lauwarmen Sekt in mich hinein. Jeder von uns hing seinen Gedanken nach. Zumindest tat ich so.

»Ihr letztes Buch liegt noch bei mir zu Hause auf dem Rezensionsstapel.«

»Na prima«, knurrte ich.

Hinter seinem breiten Lächeln konnte ich sein Gesicht kaum noch erkennen.

»Was ich Sie schon immer mal fragen wollte«, fing Höfler nach einer Weile an, »haben Sie eigentlich jemals Derrida gelesen?«

»Hm«, sagte ich unbestimmt.

»Der Text, jeder Text, ist ein pretext. Er – und das ist seine Bestimmung – ist nur der Anlaß für die Interpretation.«

Ja, was sollte man nun dazu sagen. Ich nickte gedankenvoll.

»Nun sagen Sie mir bloß nicht, daß Sie das auch so sehen.«

»Natürlich, natürlich sehe ich das auch so. Was glauben denn Sie!«

Bloß weil dieser Dingsda-Derrida offenbar ein Säulenheiliger Höflers und seiner zwielichtigen Komplizen war, mußte ja noch lange nicht alles, was der so von sich gab, Unsinn sein. Im Gegenteil, die Sache mit der Interpretation – das war meines Erachtens sogar ein ganz vernünftiger Gedanke. Ich dachte an den Enslin-Text und nahm mir vor, bei irgendeiner Gelegenheit mal, wenn ich mit meinem Drehbuch fertig war, Derrida zu lesen.

Durch dieses unerwartete Einschwenken war Herr Höfler doch etwas aus dem Konzept geraten. Er holte erst einmal Bier. Auch für mich. Das fand ich immerhin nett. Wir stießen an.

Danach wurde Höfler aber mit einem Male wieder sehr ernst. Dienst ist Dienst, Schnaps ist Schnaps, so ungefähr. Jetzt also wieder Dienst. Besorgt sah er mich an: »Sie wissen, das ist nie persönlich gemeint. Aber ich darf Sie nicht schonen. Auch in Ihrem eigenen Interesse nicht. Ich bin der Wahrheit verpflichtet.«

»Nur keine Hemmungen, bitte.«

Schiefflächelnd, mit einem »Na, Sie hören von mir«, wandte Höfler sich ab.

Der Bürgermeister bat mich dann noch in den hinteren Teil des Saales, wo sich vor dem Säulengang eine größere Runde zusammengefunden hatte. Plötzlich, unversehens

stand ich im Mittelpunkt der Wühlischheimer Kleinstadt-
mafia, und trotz meines felsenfesten Vorsatzes, mich jenseits der Lesungen weitestgehend zurückzuhalten, mußte
ich nun auf alle möglichen Fragen antworten.

Wie mir denn Wühlischheim gefiele?

Gott! Gerade auf dem Weg ins Rathaus, vorbei an den
Fassaden der kunstgewerblich aufgeputzten Mittelalterhäu-
ser, durch das Fleischhauergässchen, die Salzgasse, war mir
Wühlischheim wie eine geklonte, schon x-mal gesehene
Stadt vorgekommen.

»Ja«, sagte ich, »die Altstadt – wie soll ich nun sagen:
frisch hergerichtet oder frisch hingerichtet?«

Ich hielt das für einigermaßen witzig. Zumindest für angemessen. Das war so eine Äußerung, wie sie für einen
Schriftsteller wohl durchaus in Frage kam, fand ich. Es kam
aber nicht so gut an. Nur Höfler, mein treuer Schatten, nickte sachverständig, als dürfte man von mir – beim Stande
meiner geistigen Dinge – auch nicht viel anderes erwarten.

Die Dame vom Kulturamt wollte wissen, ob ich denn hier
in Wühlischheim schon wieder an einem neuen Werk arbeite?

Ich sah sie scharf an: »Ich muß Sie enttäuschen – ja!«
Mein Blick streifte dabei Höfler, dessen Augenbraue kurz
aufzuckte.

»Darf man denn auch schon erfahren, worum es da
geht?« fragte der Deutschlehrer.

»Eigentlich nicht«, sagte ich leise, »aber wenn es unter
uns bleibt: es geht um Lavater«, worauf der Deutschlehrer
bedeutungsschwer nickte.

Jemand interessierte sich angelegentlich dafür (»Ich hoffe, diese Frage ist jetzt nicht zu indiskret?«), was ich denn
mit dem Geld für das Wühlischheimer Ehrenstipendium
anfangen würde?

»Ich werde es, wenn Sie es genau wissen wollen, wahrscheinlich ausgeben.«

Die Dame vom Kulturamt war entzückt und deutete mit vor der Brust gefalteten Händen einen falschen, selbstverliebten Applaus an.

So ging es weiter.

Ich war nicht direkt betrunken, nein, das nicht. Ich hatte nur den ganzen Abend noch nichts richtiges gegessen. Deshalb wahrscheinlich – obwohl ich äußerlich noch einen ganz zusammenhängenden Eindruck machte – schwirrten meine Gedanken und waren ein bißchen außer Kontrolle geraten.

So kam es, daß ich mich auf die Frage des Deutschlehrers nach Rolle und Bedeutung Lavaters für den Sturm und Drang zu einem kleinen Stegreifreferat hinreißen ließ, das in der Feststellung gipfelte: »Die meisten Leute haben eine Vorliebe dafür, sich mit Sachen zu beschäftigen, von denen sie absolut keine Ahnung haben. Ich nenne das: den utopischen Rest.«

Das fanden alle interessant. Ich eigentlich auch.

Später unterhielt sich noch die Buchhändlerin ein bißchen mit mir. Erst war es nett, ein Small-talk über dies und das. Dann aber: »Es ist immer schön, wenn man den Autor selbst hört. Sicher, ein professioneller Schauspieler würde das alles viel besser lesen können.«

Unergründlich lächelte ich sie an. Doch das verging mir bald.

»Haben Sie sich eigentlich schon mal überlegt, Sprechunterricht zu nehmen?«

Ich starrte der Frau, die mir bis vor wenigen Sekunden noch sehr sympathisch gewesen war und mit der ich – in Anbetracht dessen, daß ich für ein Vierteljahr nach Wühlischheim verbannt war – insgeheim schon die allerwildesten Zukunftspläne geschmiedet hatte, fassungslos ins Gesicht. Ganz nüchtern auf einmal. Mein Gott, was hatte diese Frau nur für eine schlecht sitzende Brille!

»Das ist ja keine Schande«, sagte sie vorsichtig. »Es ist aber wirklich so, daß viele Autoren ihre Texte durch schlechtes Lesen geradezu zerstören. Überlegen Sie sich das.«

Ich nickte resigniert. Jaja, das könnte man sich ja mal durch den Kopf gehen lassen. Warum nicht.

Heilfroh war ich, als ich spätabends endlich wieder oben, auf meiner Burgfeste, fernab der Menschheit war.

Rückzug! Rückzug auf ganzer Linie. Ich sah nur noch das Bett, in das ich mich fallen ließ. Es knarrte. Ein Sarg auf Probe!, das war mein vorläufig letzter Gedanke, dann klappte ich die Decke über mir zu und fiel von einem Augenblick zum anderen in den Scheintod eines tiefen schwarzen Schlafes.

## KAPITEL 6

Ich saß auf meiner Burg, und es folgten einige stille, unverdächtige Herbsttage, an denen sich – mich eingeschlossen – nicht viel ereignete; eine Eintagsfliege im Bernsteinlicht des Oktober. Oft stand ich reglos am Fenster.

Der Ahorn unten hatte eines Tages, aus einer Laune heraus, seine roten Blätter an die umliegende Gegend verteilt. Nun, mit seinen leeren Ästen und Zweigen, stand er da, als würde er diese voreilige, unüberlegte Flugblattaktion schon bereuen.

Oben, am Bildrand, zogen achtlos und eilig ein paar zerfetzte Wolken vorüber.

Einmal beobachtete ich Herrn Schickedanz, wie er seine Arbeit unterbrach und lange, umständlich an die Burgmauer urinierte. Mit wippenden Knien kam er zum Abschluß, zog den Reißverschluß hoch und entfernte sich, über seine Schubkarre gebeugt, andächtig schaukelnd aus dem Fensterbild.

Später, auf dem Burgbergrundweg, am unteren Bildrand noch ein einsamer Joggingläufer beim Versuch, seinen Bauch zur Strecke zu bringen.

Am selben Tag ertappte mich Schickedanz übrigens mit dem Kugelschreiber! Es hatte geklingelt, und ich war, gleich vom Tisch auf, an die Tür gelaufen.

»Oh, ich wollte Sie nicht bei der Arbeit stören!« sagte Schickedanz. Er hatte die Augen wissend nach unten gerichtet. Unwillig folgte ich seinem auf halber Höhe hängenden Blick und entdeckte in meiner rechten Hand den Kugelschreiber.

»Ach was«, sagte ich und steckte den Stift schnell ein. »Was gibt es denn?«

Am nächsten Vormittag würde es für einige Stunden kein Wasser geben, die Pumpenanlage mußte vor dem Winter gewartet werden.

»Kein Problem«, sagte ich – und schritt wieder nachdenklich an meine Arbeit. Die allerdings, das war mir in den letzten Tagen klargeworden, steckte voller Probleme. Vor mir lag die Kopie des »Berichtes wegen Enslin«. Ich saß gerade an den letzten Seiten und erhoffte mir davon noch einige Aufschlüsse für mein Drehbuchexposé.

Am Ostermondtag Morgen war er nicht in der Kirche, bat aber die Magd, ihm für 2 Tage das Haar fest zu binden.

Über dem Eßen war er, fast wider seine Art, gegen die Kinder sehr gefällig; – wäre gern, sagt er, in die Kinderlehr gekommen, habe sich aber, weil ich ihn wohin schickte, versaümt.

Nach der Kinderlehr schrieb er noch einige Osterliederchen, und vertrug sie einigen Freünden. Ums andere Zeichen las er mir, wie gewöhnlich, ohne Zerstreutheit, den Text so lange vor, bis ich mich angezogen hatte. Sodann entließ ich ihn. – Er ging in die Abendpredigt – kam nach Hause, wo weder ich, noch die bey mir gegenwärtigen Personen, die mindeste Spur von Verwirrung bemerkten. Ich machte ihm meine Bestellungen – hieß ihn, weil ich des Abends und Morgens frühe ins

Spital zu dem kranken Scheerer, und inzwischen zu Höngg bey H. Landschreiber von Drell ausruhen wollte, die Leüte auf 9. Uhr bestellen, und meine Dienstags-Gesellschaft, die ich haben sollte, anderswohin bitten. – Er versprach, ordentlich zu thun, hatte die ruhigste, froheste Miene – und um 5 Uhr ungefähr verließ ich ihn, und die Reblaube. Ich blickte ihn noch einmal mit besonderem Wohlwollen an, weil er mir so außerordentlich zahm und gutwillig schien.

Merke: ohne Zerstreutheit, ohne Verwirrung, »die ruhigste, froheste Miene«. Diese dauernden Beschwörungen Lavaters steigern eher die Unruhe. Ruhe vor dem Sturm. Spannung, wie das ausgeht. Man hat den Eindruck: gleich knallt's!

Er soll nachher im Platz spaziert, seinen Namen auf die Mauer bey der Schanz, beym Bogen angeschrieben, im Schützenhaus einen Schoppen rothen Wein auf einmal ausgeleert haben – bey H. Profeßor Tobler im Waldreis ...

Tobler – Toblerone? Lektüre, obwohl spannend, ermüdet zunehmend.

... wo ich ihn hingeschickt hatte, sich aller vormaliger Meüblen und Lagen der Sachen erinnert, Abschied genommen, von seiner Sterblichkeit geredet, und die Worte fallen lassen – »Meine gantze Hand (er gab nur drei Finger) geb ich niemand, aber meiner Braut, die todtkrank ist«.

Neuer Aspekt! Eine erstmals erwähnte todkranke Braut. Vor diesem Hintergrund verblaßt natürlich die tapfere Rothaut. Frage: Ist der Irokese noch zu retten? Das wird die Zukunft zeigen.

Übrigens: das Wasser wird doch nicht abgestellt. Die Pumpenfirma kann nicht. Letzte Meldung von Schickedanz! –

In diesem Zusammenhang gab es einen kleinen Zwischenfall.

Als ich das von der Braut gelesen hatte, mußte ich an Frau Szabo denken. Ich versuchte, mir die Begegnung mit ihr in allen Einzelheiten zu vergegenwärtigen. Eines aber wußte ich nicht mehr: mir fiel nicht mehr ein, was sie beim Abschied zu mir gesagt hatte. Da war doch noch etwas, erinnerte ich mich nur dunkel –.

Als es klingelte und ich in Gedanken zur Tür ging, merkte ich, daß ich der Lösung ganz nahe war. Ich öffnete die Tür – und da wußte ich es plötzlich wieder! Meine finstere Miene hellte sich auf, leise, beschwörend flüsterte ich es vor mich hin: »Ich heiße übrigens Magda.«

Schickedanz wich vorsichtig zurück. Vom Treppenabsatz aus machte er nur kurz, fast militärisch-schnarrend, Meldung über den neuesten Wasser-Stand (»Wasser wird nicht abgestellt!«) und trat darauf unverzüglich, ohne sich noch einmal umzudrehen, den Rückzug an.

Er kam zur rechten Zeit nach Hause – ohne daß man eine Spur einer Unruhe merkte – setzte sich zu Tische, schnitt, wie gewöhnlich, Brod ab, und erzählte von einem Knaben, der bey uns des Mittags eine Art von Predigt gehalten hatte. Kurz, alle am Tische merkten nicht das Mindeste. Er nahm noch, wie gewöhnlich nach dem Nachtessen, Rebholdertee, und ging singend und pfei-

fend die Laube auf und nieder – und sah die Magd, die
Kleider behielt, einigemal starr an.

Meine Frau hatte ihm gesagt: »Gottwald, wenn ihr
Morgen früh erwacht: So weckt mich an der Thür«.
Lächelnd soll er geantwortet haben: Ja, wenn ich er-
wache!

Alarmstufe 1 – und keiner merkt etwas!

Hiermit verabschiedete er sich sogleich – rief zweymal
gute Nacht – und that, wie einiger Nachbarn Aussage,
und meiner Frau plötzliches Erwachen als von einem
Erdbeben, wie sie glaubte, vermuthen läßt, Nachts um
1/2 11. Uhr in meiner Studierstube, im Alkove, auf einem schmalen Bette sitzend, mit einer Flinte, die mit
zwey Kugeln geladen war, jenen unglücklichen Schuß –
deßen bloßes Andenken mir heiß durch die Seele geht.
Vermuthlich drückte er mit dem noch beschuhten Fuß
den Hahnen los, und die zwo Kugeln giengen durch
Leib und Wand.

Zweimal »gute Nacht!«, zwei Kugeln – hat das eine tiefere
Bedeutung? Oder einfach »doppelt genäht, hält besser«?
Unklar.

Das Licht fand sich auf einem leinernen Seßel ausge-
brannt stehend, an, neben ein kleines Pulverfläschgen –
die Fensterladen waren wider Gewohnheit bis an einen
zugemacht. Osten lag die Bibel auf dem Tische und bis
man dazu kam, dachte niemand an die entsetzliche Vergangenheit. Morgen um 1/2 6 Uhr verreiste meine Frau
mit H. Römer auf Greifensee, ihre kranke Schwester zu
besuchen und zu trösten – ging vor dem etwas offnen

73

Zimmer, wo der Unglückliche lag, ohne es zu merken, vorbey, und ahndete nichts.

Ungefähr um 1/2 7 wollte mein bald siebenjähriges Kind *Nattelein* dem Bruder *Heinrich* bey Gottwald ein Bleystift hohlen; der Vorhang vom Alkove war vorgezogen – das Kind ging hinein, sah den Liegenden auf dem Bette – und glaubte, daß er sich aus Scherz so stelle, oder schlafe – schlug ihn sanft auf die kalte Hand, und verließ ihn mit einigem Schrecken, ohne jedoch im mindesten an Tod zu denken. Sein Bruder *Heinrich* ging sogleich nach, um das Bleystift zu holen; der Vorhang war noch gezogen – Er gieng zu dem Todten hin, sah ihn an und glaubte, er schlafe – nur seine bleichgelbe Farbe, und die Flinte machte ihn stutzen; da er wieder hinaufkam, kam die Magd in die obere Stube – Mein Knabe schickte sie herunter, um den sonderbar Schlafenden, wie er glaubte, anzusehen, und zu wecken. – Sie gieng – und kam schnell zurück – Er sieht bleich aus, wie todt, und dann pulverts – im Zimmer! – Sogleich lief mein Knabe zu H. Präzeptor II...r, als Gottwalds Freünd, der kam, und sah gleich, daß er todt war – lief zu H. Pfr. Pfenniger, der schickte sogleich zu H. Doctor Lavater, meinem Bruder, der sogleich, eh' er kam, meinen Knaben zu H. Operator *Wiser* schickte, um vielleicht noch, weil er den Todten nicht gesehen hatte, einige Rettung zu schaffen. Sobald Bruder Doctor ins Haus kam, schickte er zu meinem Nachbarn H. RatsH. Und Stadtarzet *Hirzel* und gieng inzwischen ins Zimmer, und fand ihn wirklich, und lange todt. Sogleich eilte er selbst zu H. RatsH. *Hirzel*, es ihm anzuzeigen welcher dann die Gütigkeit hatte, ohn' Anstand mit ihm hinüberzukommen. Beyde fanden sich verpflichtet, augenblicklich Ihro Gnaden des Vorfalls zu benachrichtigen, und die nahmen die Freyheit in meinem Namen, um den Schmerz mir einigermaßen zu erleichtern, Hochdieselben zu bitten, den Leichnam anderswohin zu ordnen; damit aber von dem traurigen Vorfalle desto unpartheyischer, und gleichsam ex Officio, Bericht gegeben werden könnte, übernahm Hr. Operator Wiser, als Chirurgusjuratus die Mühe, statt meines bestürzten Bruders, der im Hause, bey dem Leichnam und den Kindern blieb, und meine Rückkunft erwartete, den Bericht zu erstatten.

Die Kugel – der bleierne Schlußpunkt unter Enslins Lebenslauf. So also sah das im einzelnen aus. Von interessanter Vorbedeutung: auch Lavater wird schließlich, zwanzig Jahre später, mitten im normalerweise friedlichen Zürich, durch eine Gewehrkugel sterben. – Vereint im Tod usw., eine romantische Liebe?
Etliche Fragen.
Variante 1: Die Umstände seiner Selbstermordung sind der Kulminationspunkt der Auseinandersetzung Enslins mit Lavater. Alles äußere Gebaren (singend, pfeifend usw.) steht im direkten Gegensatz zu dem, was er nachher tut. Also kein in sich gekehrt herumschleichender Selbstmörder, dem man auf den ersten Blick ansieht, was er vorhat – im Gegenteil. Als wollte Enslin noch im Sterben einen Gegenbeweis liefern: man kann es dem Menschen nicht ansehen, was er in seinem Innersten trägt. Durchaus möglich.
Aber die Hauptfrage: Wie kann man mit einem *beschuhten Fuß* einen Gewehrhahn drücken? Schwer vorstellbar. Es könnte ein als Selbstmord getarnter Mord gewesen sein. Enslin wußte zuviel. (Was?) Passend dazu: Lavater ist während der Tatzeit auffällig abwesend. Sein Bruder, ehe er sich an den Ort des Geschehens begibt, beordert zunächst alle

möglichen Zeugen dorthin, als traute er (der Verbrecher?) sich selbst nicht an den Ort seines Verbrechens zurück … Ein bißchen zu sehr an den Haaren herbeigezogen? Vielleicht. Trotzdem: die Frage Schuh-Gewehrhahn – und wie das zusammenpaßt – bleibt.

Nach meiner Rückkunft begab ich mich sogleich zu Ihro Gnaden, und erzählte das Hiergeschriebene, soviel mir damals im Wißen war. Seit meiner Nachhausekunft durchsuchte ich seine Schubladen, und fand unter seinen Papieren nichts, das auf den gegenwärtigen Vorfall sich beziehen, oder einiges Licht geben konnte, – als sein Tagpromemorial fortgeführt bis zum Nachteßen – worinn aber nichts als seine Tagegeschäfte mit einem Wort angezeichnet sind – sodann die Beylage A. die längst muß geschrieben, und mit auf Zürich gebracht worden seyn; dann, seit er bey mir war, schrieb er, auf meine Bitte, viel kleiner. Ferner die Beylage B. ein Projekt eines Briefes an mich von Kloten aus, vermuthlich an dem Nachmittage geschrieben, wo ich ihn vermißt hatte, und das er, weil es so beschmutzt war, in der Tasche herumgetragen haben muß. In derselben Schublade, wo diese Papiere lagen, fand ich noch ein Päckgen Schießpulver. In seinem Sonntagsrock ein Scheermesser, zwey Taschenmeßer und 3 Federmeßer.

Enslin, bis an die Zähne bewaffnet … mit Taschenmessern! Gruseliges, komisches Bild.

Von allen von ihm an mich, und von mir an ihn geschriebenen Billiets fand ich keine Spur mehr. Er muß sie aus seinen und meinen Schriften geflißentlich ausgesucht und vernichtet haben.

Das ist die offene Tür womöglich, hinter der das Reich der Freiheit beginnt.

Ich kann mir Gnädigste Herrn! keine andere Ursache seiner unsinnigen Übereilung gedenken – als eine mißlungene, oder unbefriedigte Liebe.

Was, wenn Enslin nun unerwidert Lavater geliebt hat? (Siehe oben.)

Sein Charakter war die *Eturderie* selbst, wie's auch alle Umstände dieser erbärmlichen Geschichte zeigen. Daneben hatte er, wenn er wollte, guten Verstand, war genau, und treü, sagte die Wahrheit – war sehr keck, und was sonderbar ist, unendlich abergläubisch. Er hatte Sorgfalt für mich, und war früh und späte; hatte Ordnung in seinen Geschäften – und verrichtete alles schnell ohne Anstand und Widerrede. Kam der Sturm der Eturderie, so war alles, was er sagte, und schrieb, und that, unbegreiflich dumm – Sehr leicht aber, oft mit einem einzigen gütigen Blick war er wieder weise und zahm gemacht.
 Man konnte ihn, den eigensinnigsten Kopf, lenken, wie man wollte, wenn man ihn nur ein wenig ermunterte. Aber es war nie von langer Dauer
. An seine fromme Mutter, und etwa 6. Bis 7. Geschwister, unter denen ein Bruder Kammerrath in Stuttgardt seyn soll, darf ich nicht ohne Entsetzen gedenken.
Das ist alles, was mir zu sagen möglich ist; auch weiß ich nicht mehr, was Licht geben könnte. Ich lege die Hand anbetend vor Gott, und eherbietig vor Ihnen, gnädigst gebietende Herrn und Väter auf den Mund, und ersterbe mit den Gesinnungen des kindlichsten

Zutrauens, und Wünschen fur Höchstderoselben
Wohlfahrt
Gnädigster Hr. Bürgermeister. Ew.
Ehrfurchtsvoller Diener
Johann Kaspar Lavater
Helfer bey St. Peter
Zürich, 6. Apr.
1779

Bevor ich mich an den neuen Entwurf machte – nach den letzten Seiten hatte ich mich innerlich völlig vom Irokesen verabschiedet, der, wie mir jetzt doch schien, etwas zu weit hergeholt war –, resümierte ich noch einmal still für mich, mit gelegentlichen Blicken aus dem Fenster, Lavaters Lebensstationen.

Was wußte ich eigentlich bisher über ihn?

KAPITEL 7

Johann Kaspar Lavater wird am 15. November 1741 in Zürich als Sohn des Arztes Hans Heinrich Lavater und seiner Ehefrau Regula, geborene Escher, im Haus zum Waldris geboren. Nach Absolvierung der Lateinschule besucht er von 1754 an mit Erfolg das Collegium Humanitatis, wo unter anderem, in den Fächern Vaterländische Geschichte und Politik, Bodmer sein Lehrer ist. Die ebenfalls am Collegium unterrichteten mehr oder weniger exakten Wissenschaften, Physik und Metaphysik, stoßen hingegen bei dem sensiblen jungen Mann eher auf ein lebhaftes Desinteresse. »Leibniz, Wolff und Newton tragen nichts zu meiner größeren Glückseligkeit bei«, heißt es mit jugendlicher Bestimmtheit in einem Brief des Achtzehnjährigen. Seine Blicke schweifen haltsuchend um. Da macht sich an ihm eine sonderbare Veranlagung bemerkbar. Weit über das gewöhnliche Maß hinaus wird er vom Anblick fremder Gesichter affiziert: »Eine bloße Miene eines gewissen zum Aufseher oder Exactor gewählten Müllers, ein einziges Mal gesehen, eine Eigensinn und Bosheit verratene Miene war eine so tiefe Verwundung für mein wachsweiches Herz, für meinen innersten Menschen, daß ich mich tagelang davon nicht zu erholen wußte.«

Zunächst ist es nur eine gesteigerte Empfänglichkeit, für die er keine Worte hat – ein sprachloses Empfinden. Noch versteht er es nicht, in diesen Gesichtern zu lesen, weil er ihre Sprache nicht versteht.

Erholung und Trost findet er dagegen bei der Lektüre religiöser Schriften, denen er bald seine ungeteilte Aufmerksamkeit widmet. Eines Tages liest er, wie so oft, in der Bibel. Und da ist es ein schon hundert Mal gelesener Satz, der Lavater plötzlich ganz unmittelbar, ganz wörtlich vor Augen steht und der ihm zur Offenbarung wird: »Und Gott schuf den Menschen ihm zum Bilde.«

Lavater hält inne.

Wenn dem wirklich so ist, folgert er erschrocken, muß also jeder Mensch ein verkleinertes Abbild Gottes sein, muß folglich im Studium der Gesichter, der Physiognomien, der kürzeste und direkte Weg liegen, um in Gottes Angesicht zu sehen. Die Reise zu Gott führt also über die Gesichtszüge unserer Mitmenschen.

Von da an werden alle Bestrebungen Lavaters in eine Richtung laufen: eine universelle Gesichterenzyklopädie zu schaffen! Diese gleichermaßen der Menschenerkenntnis wie dem Studium Gottes dienende Sammlung könnte dem oft nur sporadisch auftretenden Vermögen, in fremden Gesichtern wie in aufgeschlagenen Büchern zu lesen, ein sicheres, ein empirisch erarbeitetes Fundament geben.

Jedes Gesicht ist ein Rätsel, und es wartet auf eine Auflösung. Oft vergebens. Denn es ist ein schwieriges Rätsel! Gott steckt zwar in den Menschen, aber offenbar hält er sich dort gut verborgen.

Was, zum Beispiel, verrät uns eine eckige Stirn? Oder – ein vorspringendes Kinn? Wovon sprechen wulstige Lippen? Was verschweigt ein schmaler Mund?

Anstatt bei der Klärung solcher und ähnlicher Fragen

weiterhin den Launen einer unerklärlichen seherischen Fähigkeit ausgeliefert zu sein, könnte man nun im Zweifelsfalle einfach in einer Bibliothek der Gesichter, einem universellen Verbrecheralbum der Menschheit nachschlagen!

Wie immer, wenn ein großer Gedanke kometengleich auf einen kleinen Menschen niedergeht: die Folgen sind immens. Ungeahnte Perspektiven, immer neue Anwendungsbereiche der Physiognomik tun sich auf: von der Schule über das Ehe- und Geschäftsleben (Lavater: »Jeder Mensch hat sein Empfehlungsschreiben im Angesicht.« – was ganz auf der Szabo-Linie liegt!) bis hin zur Unterrichtung Taubstummer. Lavaters Gedanken verlassen die Reihe der Folgerichtigkeit und gehen durcheinander. Wo anfangen? Wo aufhören? Solange man sich auf dem Gebiet des Gesichterlesens noch im Stadium des reinsten Analphabetentums befindet, ist schon jeder kleine Schritt viel, ein Fortschritt.

Dennoch, gewisse historische Anknüpfungspunkte gibt es. Schon in der Antike beschäftigte man sich intensiv mit physiognomischen Phänomenen. Und seit dem Jahre 1532 gilt in weiten Teilen des Deutschen Reiches die *Carolina*, ein von Kaiser Karl erlassenes einheitliches Strafrecht, das im Artikel 71 ein später so genanntes »Gebärdenprotokoll« vorschreibt. Protokolliert wird nicht nur, *was* Angeklagte und Zeugen sagen, sondern auch, *wie* sie das tun, ob also etwa Rede und Gebärde der Betreffenden von Wankelmut und Unbestimmtheit gekennzeichnet sind. Später, bei der Auswertung, können diese Beobachtungen unter Umständen nützlich sein.

Wenn zum Beispiel der Angeklagte zwar den Vorwurf bestreitet, seine Frau mit dem Hackebeil erschlagen zu haben, dabei aber errötet und in auffälliger Weise die Zähne fletscht, so sollte das einem aufmerksamen Gericht zu denken geben.

Aber auch zu Lavaters Zeiten liegen physiognomische Fragen in der Luft und gehören zum alltäglichen Leben. So ist es etwa, in Ermangelung aussagekräftiger Fotos, üblich, wichtigen Briefen einen Scherenschnitt des Absenders beizufügen, damit der Empfänger sich ein Bild vom unsichtbaren Schreiber der Zeilen machen kann. Es entwickelt sich die Fähigkeit, aus Silhouetten und Scherenschnitten etwas über den anderen herauszulesen.

Lavater sammelt Schattenrisse, wo immer er sie finden kann. Er kauft Stiche, unter anderem vom berühmtesten Kupferstecher seiner Zeit, von Daniel Nicolaus Chodowiecki. Er stellt eigens Künstler zum Zeichnen und Stechen von Porträts in seinen Dienst. Was immer sich über die Lebensläufe und Charaktere der Porträtierten in Erfahrung bringen läßt – Lavater notiert es akribisch. Er führt diesbezüglich auch eine umfangreiche Korrespondenz, und da er keinen Brief ohne Kopie abgehen läßt, ist es eine Notwendigkeit für ihn, immer einen Schreiber bzw. Abschreiber in der Nähe zu haben. Der Enslin-Strang!

Stets ist Lavater auf der Suche nach einem Gesetz, ob nicht bestimmte Charakterzüge sich ganz zwangsläufig in bestimmten Gesichtszügen widerspiegeln.

Die dünnen Lippen lächelnd gespitzt, notiert er als wichtigen Lehrsatz: fleischige Lippen deuten auf einen lebenslangen Kampf mit Trägheit und Prasserei hin.

Zieht man nun alle Bestandteile eines Gesichtes richtig in Betracht, wird man als Idealform die folgende finden:

»Je gedrängter, kürzer, fester die Stirn, umso gedrängter und fester der Charakter des Menschen. Fliehende Stirnen zeigen eine größere Auffassungs- und Vorstellungskraft, Witz und Feinheit.

Augen, die, wenn sie offen und nicht zusammengedrückt sind, lange, scharfe, spitzige Winkel gegen die Nase haben, habe ich fast nur bei sehr verständigen oder sehr feinen Menschen gefunden.

Die Nase mit einem breiten Rücken, er mag hohl, gebogen oder gerade sein, ist Ausdruck von ganz außerordentlichen Menschen.

Wie die Lippe, so der Charakter. Feste Lippen zeigen einen festen Charakter. Ruhig und ohne Anstrengung wohl geschlossene Lippen sind ein sicheres Zeichen von Überlegung, Klugheit und Festigkeit.«

Lavater sieht in den Spiegel.

Und – überraschenderweise: das leibhaftige Ebenbild dieses Idealmenschen ist kein anderer als er selbst, Lavater – Inhaber einer extrem gedrängten, fliehenden Stirn, spitzwinkeliger Augen, einer Nase mit sehr breitem Rücken, fester, dünner Lippen.

Besonders hervorragend an ihm selbst ist die Nase! In ihr, so hat er nämlich festgestellt, wohnt das Empfinden. Ähnliches war ihm zu seiner Beglückung auch am Bild des Frankfurter Dichters Goethe aufgefallen: »Man bemerke vorzüglich die Lage und Form dieser nun gewiß gedächtnisreichen, gedankenreichen warmen Stirne, bemerke das mit einem fortgehenden Schnellblicke durchdringende, verliebte, sanft geschweifte, nicht sehr tiefliegende, helle, leicht bewegliche Auge, die so sanft sich darüber hinschleichende Augenbraue, diese an sich allein so dichterische Nase.«

Eine Zeitlang sind Herder und Goethe, zwar mit durchaus skeptischem Interesse, an den gelehrten Unternehmungen Lavaters beteiligt. In den Jahren von 1775–1778 findet das Werk schließlich seinen vorläufigen Abschluß. Die »Physiognomischen Fragmente zur Beförderung der Menschenkenntnis und Menschenliebe« erscheinen. Vier voluminöse, mit zahllosen Kupferstichen versehene Bände.

Daß im Titel »Menschen*liebe*« und »Menschen*kenntnis*«

in einem Atemzug genannt werden, deutet auf unverbrauchte Hoffnungen im Theologen Lavater, auf einen unverbesserlichen Hang zum Optimismus hin – trotzdem, das Werk ist ein sensationeller Erfolg! Die Adresse Haus zum Waldris, Spiegelgasse, Zürich, wird zeitweilig zur Zentrale des Weltgeistes! Unzählige Briefe gehen ein, viele begeisterte, zustimmende. Aber auch einige kritische. Johann Heinrich Merck schreibt am 20.1.1775 an Lavater: ihm gefalle an dem Buch vor allem der hohe Preis von 8 Carolin, so könne die Sache nicht allgemein werden und keinen wesentlichen Schaden anrichten.

Er irrt. Die Physiognomik ist bald etabliert, sie wird europaweit Salongespräch und ist jahrelang beliebtes Gesellschaftsspiel. Lavater – ein Modephilosoph des ausgehenden 18. Jahrhunderts. Er ist auf dem Höhepunkt angelangt – von nun an geht es bergab.

Sein missionarischer Eifer schreckt die vormaligen Freunde ab. Mit dem irren Elan einer religiösen Nervensäge versucht er, noch den letzten Ungläubigen zu bekehren. Er reist als Agitator von Hof zu Hof. Sein Blick, sagen Zeitgenossen, geht durch und durch. Wahrscheinlich, weil er hinter der Gesichtsmaske noch ein anderes, ein höheres Wesen erspähen will. Religiöse Überzeugung in Tateinheit mit abstrakter Menschenliebe bilden die hochexplosive Mixtur, die ihn umtreibt. Immer öfter findet man ihn nun in befremdlicher, metaphysischer Missionarsstellung gegenüber der restlichen, leidenden Menschheit. Eine Art liebenswürdiger Raserei hat ihn erfaßt.

Schon 1777 war ein anonymer Steckbrief über ihn erschienen:

»Siehst du vorüberwandeln mit Hastigkeit und Schnelle den langen, schmächtigen Mann, blassen Gesichts, großer Nase, rollender Augen, spitzen Kinns und dünner Waden!

Den Mund in süßes Lächeln gezwungen, den Blick zum Himmel, und die oben gewölbte, unten eingedrückte, gerad über der Nase gefurchte Stirn am Auge vorgedrungen? – Siehst du ihn, und erkennst nicht aus Allem, den Seher, den Schwärmer, den Leichtgläubigen, den abändernden, allumfassenden planlosen Schriftsteller, so hast du Lavaters Physiognomik nicht gelesen.«

Lavater wird den böswilligen Karikaturen, die von ihm kursieren, immer ähnlicher.

Wo sich ihm der Zusammenhang zwischen Seele und Körper hartnäckig ins dunkel entzieht, muß Magnetismus – als geheimnisvolle Natur- *und* Seelenkraft – eine Verbindung stiften. Statt mit Herder und Goethe hat er es jetzt mit anderen Kalibern zu tun: Cagliostro und Mesmer.

Als seine Frau einmal krank ist, magnetisiert er sie, und im Trancezustand, schlafredend, diktiert sie ihm auch richtig alle nötigen Therapien, welche dann auch sofort anschlagen und zu ihrer völligen Gesundung führen.

Die Frau gesund – Lavater aber krankt jetzt an der unheilbaren Vorstellung, ein von höchster Stelle – Gott selbst! – Berufener zu sein. Fortan erspart er sich und der Welt langwierige Erörterungen, zumal Genius, das hat er selbst festgestellt, etwas ist, was »nicht gelehrt und nicht gelernt werden kann«. Anstelle große Traktate zu schreiben, verlegt er sich nun darauf, alle Welt mit kleinen, handgeschriebenen Billetts zu traktieren. Er leidet unter einer Art furchtbar fruchtbarer Dauerinspiration. Hunderte von Kärtchen, an Freunde, Fremde und Feinde versandt, mit Sätzen wie »Weniger ist mehr« oder »Der Herr lobt den Tag und Der Tag lobt den Herrn – gilt auch umgekehrt!« Solche Satzbröckchen wirft er der Welt zu. Er wird langsam wunderlich und spricht in Orakeln.

1797 – Goethe, der einstige Freund, ist in Zürich!

»Goethe sah ich nur von ferne. Er will in keinem Verhältnisse mehr mit mir stehen. Indes – Saulus ist Paulus geworden –, Goethe kann wohl noch ein Christ werden, so sehr Er über dies Wort lachen würde …«, schreibt Lavater traurig in einem Brief.

Um sich gegen solche und ähnliche Wechselfälle des menschlichen Lebens zu wappnen, stellt Lavater diverse Regeln zur Selbst- und Menschenkenntnis auf. So macht er zum Beispiel die folgende hilfreiche Entdeckung: »Ich bin sehr oft, wenn ich neue Schurkenstreiche von Menschen höre, in Versuchung, die Menschheit bald in allen Individuen zu verachten. Sobald ich aber den Schurkenstreich genau in der Nähe, nach allen Umständen und Veranlassungen zergliederte, fand ich, daß der Schurke nur ein Schwärmer war, oder ein *momentaner Narr.* Die Entdeckung einer *momentanen Narrheit,* vor deren Anwandlung sich auch die Weisesten, Beßten, Heiligsten nicht allemal verwahren können, hat mir beruhigenden Aufschluß über die sittliche Natur des Menschen gegeben.«

Während der französischen Besetzung Zürichs im September 1799 wird Lavater von der Gewehrkugel eines Grenadiers getroffen. Noch kurz vorher hatte Lavaters ihm ein Glas Wein und Brot gebracht. Dann gibt es einen Streit. Die Kugel durchschlägt lebensgefährlich Lavaters Arm und Brust. »Ich umarme Dich, Freund! Du thatst unwissend mir Gutes« – mit diesen dunklen Worten kommentiert Lavater später die Tat.

Die Schmerzen der Wunde sind oft unerträglich, sichtbar nehmen seine Kräfte ab. Die Predigten, die er mühsam schreibt oder vom Krankenlager aus diktiert, müssen andere vorlesen. Am 2. Januar 1801 macht er das einzige, was er in dieser Situation noch tun kann: er stirbt.

So in etwa. Das ganze Leben im Schnelldurchlauf. Viel war das bisher wirklich noch nicht.

Außerdem, das alles kam mir wie eine Karikatur Lavaters vor. Unweigerlich wird jede biografische Skizze »romanhaft«. Weil man viel weglassen muß und es sich durch das Weglassen verdichtet, entsteht so unter der Hand eine Kunstfigur, die leblos an einigen dünnen Lebensfäden baumelt. Der Lavater, so wie er sich hier präsentierte, war bislang nur ein Konstrukt aus fixen Ideen und Jahreszahlen.

Ich kramte meine Papiere durch und endlich fand ich den gesuchten Zettel – ein kleines Registraturblättchen aus der Zentralbibliothek Zürich, auf dessen Rückseite ich mir nach dem nächtlichen Telefongespräch mit Haffkemeyer als richtungsweisende Stichworte notiert hatte: »Maskenball«, »Frauengeschichten«. Beides doppelt unterstrichen.

Schleierhaft, willig schleierhaft, wo und wie ich das unterbringen sollte!

Der einzige Weg, der ungefähr Richtung »Liebesleben« führte, war ein Artikel, den ich mir noch in Zürich aus einem Buch zur Geschichte der Physiognomik kopiert und mit dem Vermerk »Lavater / Sex!!!/Kryptogramme« versehen hatte. (Die Kryptogramme bei Lavater waren seit Frau Dr. Szabo ein Thema für mich.)

Kryptogramme kommen aus dem Griechischen und bedeuten soviel wie: Schrifttexte mit geheimer Nebenbedeutung, Geheimtexte. Das war klar. Und sie standen im 18. Jahrhundert in großer Mode. Unklar blieb jedoch, weshalb ausgerechnet Lavater ein geradezu leidenschaftlicher Chiffrierer seiner Texte war. Ob es da einen inneren Zusammenhang mit der Physiognomik gab? Wir haben die Oberfläche eines Textes, gewissermaßen sein Gesicht, und darunter verborgen liegt eine geheime Bedeutung, die es zu entschlüsseln gilt.

In dem besagten Artikel von Stefan Rieger jedenfalls ging es um Lavaters »Geheimes Tagebuch. Von einem Beobachter seiner selbst«. Um schonungslos offen berichten und beichten zu können und sich dabei nicht selbst im Wege zu stehen, verschlüsselte Lavater alle mehr oder weniger heiklen, ihn möglicherweise kompromittierenden Passagen des Tagebuchs. So sind es zwar Geständnisse, aber eben kryptische. Ein erstaunliches Doppelspiel, das Lavater da mit seinen Kryptogrammen und dem Publikum treibt: Offenbarungen – doch in einer Sprache, die kein Mensch versteht.

Nein, einer dann schließlich doch!

C. A. Kortum (1745–1824), einem Bienenzüchter, Dichter und Sachverständigen in puncto Geheimschriften, war es gelungen, den Schlüssel zu Lavaters Geheimschrift zu finden.

Das Brisante an einer dieser Stellen, die Rieger zitiert, liegt nun nicht so sehr in der beschriebenen Sache selbst, sondern vielmehr darin, daß sich das Vorkommnis zu einem Zeitpunkt zuträgt, wo Lavater eigentlich in tiefer Trauer über den Tod eines geliebten Jugendfreundes sein sollte. (Ähnlich auch eine weitere chiffrierte Stelle des Tagebuches, wo es um eine Frau geht, die »sich über die Leichenunkosten viel mehr kränkte als über den Verlust ihres Mannes«.)

Wie auch immer man die folgende Stelle interpretiert: Lavater, der fromme Prophet, war sich des Risses bewußt, der durch sein Ich geht.

Das Spiel der Diskretionen hat seinen Anlaß in jener geheimnisumwitterten Seite 130, auf der ein für Lavater kränkendes Kryptogramm den Abend des 11. Januar 1769 ebenso unfromm wie folgenreich beschließt. Der chiffrierten Passage, bestehend aus den Zeichensätzen des lateinischen und griechischen Alphabets sowie dem Leerzeichen +, ist der Schlüssel gleich mit eingeschrieben. Ignoriert man die blinden Buchstaben des Griechischen und das Leerzeichen +, tritt zweierlei zutage: *valent omnes litterae, nur die griechischen nicht.* Was im Anschluß an die chiffrierte Leseanleitung folgt, ist ein von sämtlichen Beteiligten zum Skandalon hochgespieltes und gleich dreisprachig formuliertes Schlafzimmergeheimnis: *Schambrassoi ma femme und vergoß meinen Saamen an ihr. A me bruta eques vis!!! ...*

In der Wohnung unten setzte Frau Schickedanz ihren Staubsauger in Gang.

Das erinnerte mich wieder lebhaft an das Domestikenelend.

Nein, nein – wenn ich nun schon, schlimm genug, auf den Irokesen verzichtete, wollte ich doch wenigstens an Enslin, als Gegenspieler Lavaters, festhalten und nicht auch hier noch alles umstellen. Die Kryptogramme legte ich also wieder zuunterst.

Ich seufzte. Eine Liebesgeschichte also ... und setzte mich an die Arbeit. Ein Telefonanruf erlöste mich.

Es war Frau Zandel vom Verlag. Es ging um meine nächste Lesereise, die Tickets lägen im Reisebüro am Altmarkt zur Abholung für mich bereit.

»Gut«, sagte ich, »gut, das erledige ich gleich.«

Froh über die Störung, klappte ich die Mappe zu und machte mich auf den Weg. Ich ließ meine Beine einfach laufen, sie gingen ihre eigenen Wege, folgerichtig ging es, Schritt für Schritt, bergab, die verschlungenen Burgbergwege hinunter in die Stadt. Meine Füße schwebten weit oberhalb der Dächer.

Ich erinnerte mich daran, wie ich mit Magda Szabo durch

Zürich gelaufen war und versuchte, mir die Einzelheiten der nächtlichen Stadtszenerie wieder vorzustellen.

Eine für Enslin unerreichbare Frau. Etwas muß ungesagt und schicksalhaft zwischen ihnen stehen. Ein Geheimnis, das sie (oder er?) nicht kennt.

Da ich mich, was die Tickets betraf, um nichts weiter kümmern mußte, hatte ich, als ich auf den Altmarkt einbog, den Blick frei und konnte das Reisebüro *als solches* betrachten. In Berlin war mir das so noch nie aufgefallen, aber hier, in Wühlischheim, erkannte ich: Reisebüros mit ihren Karibikstränden auf Pappstellwänden, mit New York und London zum Spartarif und Heidepark Soltau im Schaufenster, sind eine Art Fluchthilfeorganisation, ein über das ganze verregnete Land geworfenes Netz von Schlepperbanden, die unter Decknamen wie THOMAS COOK oder REISE-WELT agieren und pausenlos damit beschäftigt sind, Singles, ältere Ehepaare, Familien, wen auch immer, für ein paar Tage, ein paar Wochen nach dem Motto »Nix wie weg!« aus dem grauen, nieseligen Alltag herauszuschleusen und außer Landes zu bringen.

Ob es wirklich vernünftig war, den Irokesen mitsamt dem ganzen Amerika-Komplex wegzulassen? Das brachte doch einen Hauch Exotik ins miefig-piefige Abendland.

Wieder oben auf der Burg, setzte ich mich gleich an die Arbeit.

Nach zwei Stunden stand der neue Entwurf, zumindest in seinen Grundzügen, auf dem Papier.

Ausgangspunkt: Enslin will die Liebe einer Frau gewinnen.

Wir sehen Enslin, wie er mit hochgeschlagenem Mantel durch Zürich schleicht. (Das ist noch wie im ersten Entwurf.) Es ist Nacht. Plötzlich – ein Haus, hellerleuchtete Fenster. Dort findet ein Ball statt. Enslin steht draußen und schaut sehnsüchtig hinein. Er beobachtet eine Frau! Es ist ein Maskenball, und sie trägt eine kleine schwarze Larve – trotzdem, man sieht, man ahnt: sie ist wunderschön.

Unter einem Vorwand gelingt es Enslin, Einlaß zu bekommen. Im Vorraum, auf einem Frisiertisch, entdeckt er eine achtlos beiseitegelegte rote Teufelsmaske, die er sogleich aufsetzt. Bis zu diesem Moment haben wir sein wirkliches Gesicht noch nicht gesehen! Das ist ganz wichtig.

Er reiht sich bei den Kavalieren ein, und irgendwann ist es soweit: Er tanzt mit der schönen Frau. Nach dem Tanz verschwindet er augenblicklich. Die Frau sucht ihn, doch sie findet ihn nicht.

Schnitt. Draußen, auf der regnerischen Straße. Wir sehen Enslin davongehen, die Teufelsmaske fällt zu Boden, sie liegt grinsend in einer Pfütze. Und jetzt erst sehen wir Enslins Gesicht: es ist – das wollte ich unbedingt aus dem ersten Entwurf noch herüberretten! – entstellt. Aha! Jetzt ahnen wir den Konflikt, in dem sich Enslin befindet.

Tag. Enslin wird bei Lavater vorstellig. Es geht um den Posten des Schreibers. Lavater stellt Enslin, »seiner husarischen Miene ungeachtet«, wie wir aus Lavaters Bericht wissen, ein. Da klingt ja schon sachte so ein Motiv an, auch wenn es natürlich ein Kunstgriff von mir war, aus der »husarischen« (verwegenen?) Miene ein verunstaltetes Gesicht zu machen.

Was Lavater nicht ahnt: Enslin hat bei ihm angeheuert, weil er einen Plan hat. Er will hinter das Geheimnis der wahren Schönheit kommen, irgendwie muß er also Lavaters Kabinett mit einer Art Schönheitsinstitut verwechseln. Das müßte man noch ausbauen, wie er auf diese Idee kommt usw. Anknüpfungspunkt wäre hier u.a. das 16. Fragment, wo Lavater von der Befreiung aus mißgestalteten Körpern spricht.

Wir haben es also nicht mehr wie im ersten Entwurf mit der Menschheitsverbesserung im allgemeinen zu tun, sondern mit der Verbesserung eines einzelnen, eines ganz speziellen Gesichts. Etwas in dieser Richtung gab es zwar auch schon bei der Variante mit dem Irokesen, und mir tat es noch immer leid, daß ich ihn nun doch hatte opfern müssen, aber der Liebesgeschichte stand er wirklich etwas im Wege.

Enslin versieht also seinen Dienst – nebenher spioniert er Lavaters physiognomische Wissenschaft aus.

Hier etliche Dialoge zwischen Lavater und Enslin, z. B. über das schöne Antlitz des Satans, über die Kunst des Porträtzeichnens, über die Liebe. (Vormerken für die Dialoge: Porträtsitzen heißt bei Lavater »Jemand sitzt schmollen«.)

Lavater übrigens, was das tägliche Leben betrifft, absolut *kein* Menschenkenner – im Unterschied zu seiner Frau, die ganz richtig vermutet, Enslins oft sonderbares Verhalten rühre womöglich aus einer unglücklichen Liebe her.

Enslin, als er das hört, lacht grimmig: »Das klingt ja beinahe so, als könnte man glücklich verliebt sein ...« Er geht schnell ab. Blick aus dem Fenster, schwarze Bäume im Regen.

Einmal sortiert Enslin Kupferstiche, es sind Gesichter von Wahnsinnigen: »Oh, diese armen Irren in Kupfer!« ruft er aus, worauf Lavater ihn korrigiert: »Nein, die *reichen* Irren. – Sie sind noch ganz sie selbst, ungeteilt, reine Geschöpfe.«

Ihr Grinsen habe aber durchaus etwas Blödes, bemerkt Enslin. Lavater hingegen nennt es »seelig«. Weiter, sinngemäß: die Lüge kommt erst mit den Wörtern in die Welt, das Verstummen sei mithin der direkte Weg zu Wahrheit und Glückseligkeit. Hier auch der Konflikt mit Goethe & Co. vorgezeichnet.

Enslin, im Kabinett Lavaters, inmitten klassisch schöner

Gesichter, wird nun immer schweigsamer, glückselig wird er dabei allerdings nicht. Er bohrt sich in der Nase, schneidet seine Nägel.

Lavater wirft Enslin vor, daß er nur noch mit sich selbst beschäftigt sei.

Ja, antwortet Enslin – ist das denn etwa kein großes Thema? Nachts experimentiert er mit Pulvern und Schönheitswassern, auch mit Messern: er will sein Gesicht abziehen, dahinter soll eine schöne Maske zum Vorschein kommen.

(Enslin: »Es ist mir so, daß ich aus meiner Haut fahren möchte.«)

Lavater, als er einmal unfreiwillig Zeuge dieser Selbstverstümmelungen wird, fragt Enslin, ob er nun zu allem Überfluß auch noch wahnsinnig geworden sei?

Lange überlegt Enslin, dann antwortet er: Nein. – Aber genau könne das natürlich niemand von sich wissen.

Wenig später – die jähe Wendung! Enslin erfährt zufällig, daß seine schöne Ballbekanntschaft sich einem anderen zugewandt hat.

Alles aus, alles vorbei! Das ist Höhepunkt und Tiefpunkt zugleich. Enslin geht singend und pfeifend durchs Haus –

In diesem Moment klingelte das Telefon. Es war noch einmal Frau Zandel vom Verlag. Etwas an den Terminen hatte sich geändert.

»Großartig«, rief ich durchs Telefon.

Sie diktierte mir die neuen Anfangszeiten.

»Ja, jetzt habe ich es.«

Großartig, dachte ich, als ich den Hörer auflegte, jetzt hab ich's.

Ich stand auf. Singend und pfeifend ging ich durchs Zimmer.

Geisterhaft huschte im Flurspiegel mein idiotisch lächelndes Gesicht an mir vorüber. Ich selbst war auf dem

Weg in die Küche, zum Kühlschrank. Dann saß ich wieder feierlich, mit dem Atem eines Feuerschluckers, bei mir im Zimmer.

Nur ganz, ganz allmählich meldeten sich die ersten Gedanken wieder zum Dienst zurück. Oh, du Tanzmaus des Daseins, rief es in mir. Die ganze Szenerie, das dramatische Auf und Ab der Enslin-Liebesgeschichte vor dem bizarren Hintergrund der Lavaterschen Physiognomik, das alles stand deutlich und handgreiflich vor meinen geschlossenen Augen ... – Du hast es!

In einem plötzlichen, unerwarteten Anfall von Vernunft gelang es mir dennoch, mich zu bremsen: folgsam legte ich den Telefonhörer wieder auf. Nein, vorerst gab es überhaupt gar keinen Grund, Haffkemeyer anzurufen. Das alles mußte sich erst setzen, und es war auch noch in Reinschrift zu bringen.

Ich legte die fertigen Papiere ordentlich zusammen.

Mit versteinerter Miene, die Hände in Feldherrenmanier auf dem Rücken, durchschritt ich nun den »Hühnerstall«, mein Reich. Meine Fußspitze räumte herumliegende Weinflaschen und Zeitungsreste aus dem Weg. Mir kam meine Klause auf einmal viel zu winzig vor. Eine Ausnüchterungszelle! Ich muß hier raus, sagte meine innere Stimme.

Ein letzter verliebter Abschiedsblick auf die grüne Mappe, dann stand ich auf dem Burghof. Irgendwo, hörte ich, werkelte Schickedanz.

Eigentlich sollte ich mich ja über meine Lesereise – diesen mir, trotz meiner Aufenthaltspflicht, von Amts wegen erlaubten Freigang – freuen. Doch ich wußte ja, was mich erwartete. Früher hatte ich immer noch geglaubt: Lesereise – o ja, da kommt man ein bißchen herum, sieht etwas von der Welt, durchaus romantisch, ein letzter »fahrender Sänger« oder so ähnlich.

Je länger ich aber unterwegs war, desto weniger sah ich von der Welt. Im Grunde war es ein magisches Dreieck, in dem ich mich da bewegte: Bahnfahrt – Lesung – Hotel. Und an Arbeit war nicht zu denken. Eine, in jeder Hinsicht verfahrene Geschichte.

Um es kurz zu machen: Neben allem anderen sollte ich mir auf der folgenden Lesereise zusätzlich zu meinem wahrscheinlich schon unheilbaren Waschzwang noch eine panische Angst vor Sitzplätzen im Abteil zuziehen.

Warum?

Das erkläre ich gleich!

## KAPITEL 8

Später Vormittag. Im Interregio nach Wolfenstedt.

Mit einer älteren Dame im Abteil. Die Dame hat einen Regenmantel an. Sie sitzt am Fenster. Ich, schräg gegenüber, zum Gang.

Es war ein Dienstag, als ich zu einer mehrtägigen Lesereise nach Norddeutschland aufbrach. Am Wochenende war ein Abstecher nach Berlin vorgesehen – »Heimaturlaub«. Darauf freute ich mich am meisten.

Bei der Abfahrt hatte die Dame im Regenmantel einer anderen älteren Dame (vielleicht ihrer Schwester) ausgiebig vom Abteilfenster aus zugewinkt. Zuvor, als der Zug noch stand, hatten die beiden sehr konzentriert aneinander vorbei, in entgegengesetzte Richtungen geblickt. Erst als der Zug sich in Bewegung setzte, sahen sie sich wieder an, und es begann die Winkerei. Es sah aus, als würde die Frau im Regenmantel das Bild der Zurückbleibenden von der nassen Scheibe wegwischen wollen. Und richtig, wenig später sind die fragliche Schwester, der Bahnhof und das verregnete, verrostete Gewerbegebiet verschwunden und haben den Ansichtskarten einer gleichförmig wechselnden Überlandfahrt Platz gemacht. Mit einem Gesichtsausdruck, als gelte es ihr Leben, widmet die Dame im Abteil sich nun dem Kreuzworträtsel in einer glänzenden TV-Zeitschrift.

Ich döse vor mich hin. Weite Teile meines Gemütes sind von wohltuender Gleichmütigkeit erfaßt. Die Landschaft im Fenster und die Landschaft im Spiegel über der gegenüberliegenden Sitzreihe fahren unaufhörlich aufeinander zu, sie verschwinden lautlos ineinander.

Ich mache mir einige unzusammenhängende Gedanken über die bevorstehenden Lesungen – da geht die Abteiltür auf, eine junge Frau schiebt sich herein.

Natürlich, das sieht man doch, hier ist noch frei. Ihre Frage war also nur rhetorisch gemeint. Jetzt erscheint noch ein kleines Kind in der Türöffnung.

Ich will der Frau helfen, Reisetasche und Plastebeutel ins Gepäckfach zu hieven. Aber solange Platz ist, will sie das lieber unten behalten. Bald darauf sehe ich, warum. Die junge Mutti beginnt damit, sich häuslich im Abteil einzurichten. Aus dem Plastebeutel quillt Spielzeug heraus und wird rund um das Kind, das mir gegenüber hingesetzt worden ist, verteilt. Gut, warum nicht, ich habe nichts dagegen.

Eine andere Sache – in unbeaufsichtigten Momenten tritt das Kind mir immer wieder probehalber kurz und kräftig gegen das Schienbein. Darüber kann man geteilter Meinung sein. Ich verziehe aber keine Miene. Meine eisig-blauen Augen blicken nur unsagbar streng. Das bleibt ohne Folgen. Also schließe ich die Augen wieder – weg.

»Guck doch mal, was ich hier habe!« Ich hebe die Lider halb und sehe etwas Viereckiges, Buntes in den Händen der Mutti. Die Hände ragen gespenstisch weiß aus den weiten Ärmeln eines selbstgestrickten Pullovers heraus. Aha, die Mutter scheint sich nun endlich ihrer Erziehungspflichten zu erinnern, was ich innerlich begrüße.

Gerade will ich mich beruhigt wieder meiner Innenansicht widmen, da beginnt die selbstgestrickte Mutti vorzulesen. Was heißt »lesen«! Sie deklamiert: sehr laut, sehr deutlich, sehr langsam. Offenbar ist man mit dem Kinde auf dem Weg in ein Schwerhörigenheim! Ich balle sanft die Fäuste und presse meinen Hinterkopf in die Nackenstütze.

Es ist die Geschichte von zwei völlig debilen Zwergen, Humpel und Pumpel, die beständig in irgendwelche Schwierigkeiten geraten, worüber man sich als denkender Mensch eigentlich gar nicht wundern muß – die beiden blöden Zwerge selbst, so dämlich wie die sich anstellen, übrigens am allerwenigsten!

Im letzten Moment aber, immer wenn man hofft, die Dampfwalze würde sie überrollen und ihrem idiotischen Treiben ein vorzeitiges Ende machen oder die böse Katze von Opa Müllers Bauernhof würde sie endlich ratz-batz mit Haut und Strubbelhaaren auffressen – im allerletzten Moment retten sie sich oder werden auf unbegreifliche Weise gerettet.

»Das war …«, ruft Humpel. »Knapp …«, ruft Pumpel.

Das ist das Finale, das refrainartig jedes einzelne Kapitel ihres abenteuerlichen Lebens beschließt.

Die Mutti will das nun aus unerfindlichen Gründen mit verteilten Rollen lesen. Eben waren die beiden lustigen Burschen um ein Haar dem Rasenmäher, der sie köpfen und zerstückeln wollte, entkommen. »Das war …«, ruft die Mutti mit aufsteigend begeisterter Stimme – und als das Kind einfach nicht darauf antworten will, bin ich nahe daran, »Knapp!« zu brüllen.

Übrigens scheint auch das Kind nicht völlig vom Tun der beiden Zwerge überzeugt zu sein. Es blickt während der Vorlesung sehr ernst aus dem Fenster. Wenigstens in diesem Punkt sind wir uns also einig.

Als ich gerade bereit bin, diese kleine, wacklige Verständigungsbrücke auszubauen – vielleicht kann mir in dem

Kind ja ein natürlicher Verbündeter gegen die hemmungslos mit Kleinkinderstimme weiterlesende Mutti erwachsen –, stürzt wieder alles zusammen. Die Mutter hat nach einem weiteren Kapitel aus dem bewegten Zwergenleben, einem knapp überstandenen Häckselmaschinenmassaker, das Buch zugeklappt – da kommt ganz und gar unerwartet aus dem Kindermund ein vernichtendes: »Noch mehr Humpel-Pumpel.«

»Na gut, weil du so lieb zugehört hast!« Und mit einem – mir fällt kein anderes Wort dafür ein – *verschmitzten Lächeln* nimmt die Mutti sich wieder beherzt der Zwergengeschicke an, der ganze pausbäckige Irrsinn geht weiter.

Wahrscheinlich denkt das Kind: Mutti ist beschäftigt, da kann ja auch ich ungestört die Aktion mit dem Fuß fortsetzen. Was es dann auch tut! Und zwar immer dann, wenn ich denke, die Sache ist ausgestanden, es ist endlich vorbei damit. Schon wieder!

Ich schnelle nach vorn und schüttele freundlich-drohend den Kopf: Neinnein.

Das Kind nickt.

Wenigstens ist damit für einen Augenblick die Vorleserei unterbrochen. Das nutze ich auch sofort aus und frage wie ein netter Onkel, mit dem man besser nicht mitgehen sollte: »Wohin geht denn die Reise, kleiner Mann?«

Die Mutter sagt: »Sag, daß wir zur Oma fahren.«

Das Kind: »Oma fahren.«

Ich nicke ahnungsvoll – und will lieber gar nicht wissen, wo genau die liebe Oma wohnt. Wahrscheinlich in einer Stadt irgendwo ganz, ganz am Ende dieser Reise, im Lande taubstummer Wahnsinniger.

Die Mutter blättert mit spuckefeuchtem Zeigefinger die Seite um und liest weiter vor.

Jetzt sprechen zu allem Überfluß auch noch die Regenwürmer!

Ich schicke einen letzten hilfesuchenden Blick zu der Dame im Regenmantel, die sich bisher völlig zurückgehalten hat. Doch die, inzwischen auch schon völlig infantil, lächelt nur stillvergnügt in unsere viereckige Runde.

Es geht also weiter.

Da ich nicht unbedingt darauf brenne zu erfahren, was Humpel und Pumpel, die beiden Kumpel, noch alles erleben, greife ich demonstrativ in die Reisetasche und hole einen Band mit dem Briefwechsel von Lavater und Lenz hervor.

Die Mutti bemerkt das und, ohne im Lesen innezuhalten, nickt sie mir aufmunternd zu, so als hätte sie mich durch ihre alberne Vorleserei zu einer sinnvollen Freizeitbeschäftigung animiert.

Ich muß mich mit beiden Händen am Buch festhalten. Ich würge es gewissermaßen.

Ich versuche zu lesen. Aber, natürlich, ich kann mich auf nichts konzentrieren. Die beiden widerwärtigen Zwerge humpeln und pumpeln unsichtbar über die Seiten meines aufgeschlagenen Buches und bringen alles durcheinander. Zwischen den Briefzeilen – das Hohngelächter der bösen Gnome! Ich verstehe nichts mehr. Die schwarzen Buchstaben vor meinen Augen werden vor Entsetzen blaß, verlieren ihren Verstand und geraten in eine schwere Sinnkrise. Wie Irre, ohne Zusammenhang, stehen sie auf dem Papier herum.

Warum wird in Eisenbahnen nicht ein allgemeines Sprechverbot erlassen? Gab es nicht früher in jedem Abteil eine Notbremse? Und einen Feuerlöscher?

Mir ist heiß. Ich sehe mich um. Ich überlege, ob ich der Dame im Regenmantel zur Strafe für ihr extrem unsolidarisches Verhalten nicht einfach mal so, ganz ohne Vorwarnung, ein, zwei Briefe von Lavater an Lenz vorlesen sollte – laut und deutlich, wie die Mutti. Damit sie es endlich lernt!

Eine abenteuerliche Vorstellung, die mir in ihrer Boshaftigkeit für ein paar Momente Ruhe, Kraft und Seelenfrieden gibt.

Das tue ich dann aber doch nicht. Ich klappe das Buch zu und stopfe mir eine Pfeife.

»Hier ist aber Nichtraucher«, meldet sich eine Stimme. Es ist die Dame im Regenmantel.

»Ich weiß. Ich stopfe sie ja nur.«

»Ich fahre nämlich immer Nichtraucher!«

»Ich auch«, sage ich, verlasse das Abteil und schwanke davon.


»Ich habe Sie gleich erkannt!« Mit diesen Worten trat mir auf dem Bahnhof Wolfenstedt eine ziemlich rothaarige Frau entgegen. Sie war, wie sich herausstellte, eine Mitarbeiterin von BENNOS BÜCHERBORD. Ich sah mich auf dem leeren Bahnsteig um. Ich war der einzige, der überhaupt mit diesem Zug angekommen war.

Die Buchhändlerin brachte mich mit ihrem japanischen Kleinwagen, der ebenfalls rot war, zum »Hotel am Wall«. Dort würde sie mich kurz vor halb acht zur Lesung abholen.

Vom Bahnhof zum Hotel war es eigentlich nicht weit, vielleicht fünf Minuten. Doch Wolfenstedt verfügt über ein hochmodernes Verkehrsberuhigungssystem – mit sehr ausgeprägtem Einbahnstraßencharakter! Es war im Grunde ganz einfach: man mußte zunächst nur genau in die entgegengesetzte Richtung fahren, um dann, nach einem weit ausholenden Bogen, am Ende doch noch seinen Bestimmungsort zu erreichen.

Auf diese Weise wurde es so etwas wie eine kleine Stadt-rundfahrt. Den obligatorischen Erkundungsgang am Nach-mittag konnte ich mir also sparen. Das war auch gut so. Ich hatte nämlich noch zu tun. Das sagte ich auch so der Buch-händlerin: »Ich habe nämlich noch zu tun.« Sie nickte, als wäre das ganz selbstverständlich. So selbstverständlich war das natürlich nicht – aber: es stimmte tatsächlich.

Die Sache hatte ganz harmlos angefangen. Unter den zahl-reichen Glückwunschschreiben zum Wühlischheimer Eh-renstipendium war mir ein längerer handschriftlicher Brief aufgefallen und zwar von Dr. Kien, Herausgeber der »Süd-deutschen Monatshefte«.

Er hatte mich zum Wühlischheimer Ehrenstipendium be-glückwünscht und auch volles Verständnis dafür gezeigt, daß ich mich noch nicht bei ihm gemeldet hatte.

Dennoch, er wollte und müßte mich nun dringend an mein Versprechen erinnern, den damals – »bei unserem un-vergeßlichen Spaziergang in der Schwäbischen Alb« – ver-einbarten Gastkommentar für die »Gedanken zur Zeit« – Kolumne (Septembernummer!) zu schicken.

Richtig, richtig – eine Sache, die ich völlig vergessen hat-te.

Die Ankündigung sei schon – wie besprochen – in den Vorschauteil des Augustheftes eingerückt worden. Sicher hätte ich diese marginale Sache im festlichen Trubel der letzten Wochen vergessen, aber da der Abgabetermin nun schon um 14 Tage überschritten sei ... also, im Klartext: Bitte um schnellstmögliche (drei Ausrufezeichen) Übersen-dung besagter Kurzkolumne (»Kurz« – einfach unterstri-chen). Zur Erinnerung: 50 Zeilen à 36 Anschläge. – Mit be-sten Grüßen: Unterschrift.

Ich tippte ein kurzes Schreiben und sagte mit äußerstem

Bedauern wegen einer bevorstehenden Reise und absoluter Terminüberlastung – vor meiner Abfahrt wollte ich ja noch den neuen Entwurf an Haffkemeyer losschicken – ab. Das faxte ich an die Monatshefte. Dann ging ich, wie immer um diese Zeit, ein bißchen spazieren – die Burgbergrunde.

Schon auf dem Burghof hörte ich das Telefon. Es hörte gar nicht auf.

Ich rannte hoch.

Die Chefsekretärin der Monatshefte war am Apparat. Ich atmete schwer – o ja, mir war klar, was jetzt kommen würde.

Ich brüllte in den Hörer: »Was? Wie? Ich kann Sie nicht verstehen?«

Sie wiederholte es.

»Die was?« brüllte ich außer Atem.

»Die Mooo-nats-hef-te!« brüllte jetzt auch die Sekretärin zurück.

So ging das hin und her, bis ich den Stecker zog. Kurz darauf steckte ich ihn wieder ein. Wieder das Telefon. Ich nahm gar nicht ab. Ich starrte auf die pinkfarbenen »Ansichten zu W.«, die im Moment haargenau meine Stimmung ausdrückten.

Wenig später ein Fax. Schon von weitem grüßte drohend das Monatshefte-Logo. Ich ging, plötzlich schwach, vor dem Fax-Gerät in die Knie und las Zeile für Zeile den sich aus dem Fax-Gerät herausquälenden Text – ein einziger Hilferuf, erschütternd.

Lavater und unsere Zeit – Menschenskind, so was müßte doch zu machen sein, überlegte ich mir. Ich rief bei den Monatsheften an – die Sekretärin, als sie meinen Namen hörte, wimmerte nur leise auf; ich erklärte kurz und bündig, daß meine Absage ein Versehen wäre und mein Text selbstverständlich in den nächsten Tagen kommen würde. Ende.

Das »Hotel am Wall« war, wie der Name versprach, tatsächlich ruhig gelegen. Zuversichtlich rollte ich meinen Koffer in das reservierte Zimmer ein. Bis zum Abend waren es noch vier Stunden – genügend Zeit also, um sich erste »Gedanken zur Zeit« zu machen und diese wenigstens grob zu sortieren.

Die Äste der Kastanie vor dem Fenster reichten fast bis in den Raum hinein, wodurch dieser zugleich größer und kleiner wurde. Einige Zweige streiften das angekippte Fenster.

Zunächst sondierte ich das Zimmer. Während meiner Lesereisen hatte ich mir eine Art Schnelldurchlauf angewöhnt, mit dem ich die jeweiligen Hotelzimmer auf ihre Bewohnbarkeit hin überprüfte. Ich klappte rasch die Schranktüren auf und zu, vergewisserte mich vor Beginn der Ziehung (man konnte nie wissen, wie der Abend ausgehen würde …) von der Vollzähligkeit der im Bestand aufgeführten Minibarflaschen, ließ mich aus dem Stand kurz und probehalber aufs Bett fallen, schnellte wieder hoch und kontrollierte schließlich die Dusch-WC-Zelle. Diese war offenbar nachträglich bei einer Modernisierung eingebaut worden und stand etwas fremd als weißer abwischbarer Plasteklotz rechts vorn im Zimmer.

Zum Schluß knöpfte ich noch schnell die TV-Programme durch.

Unterm Strich: das war gute Mittelklasse, hier konnte man es aushalten.

Zu beanstanden war zunächst lediglich ein klobiges kniehohes Tischchen aus furniertem Eichenholz. Seinem Aussehen nach gehörte es eher in ein Sargmagazin. Und seine Hauptbestimmung schien darin zu bestehen, daß der Hotelgast (zumindest sein Knie!) sich bei bestimmten Bewegungen im Zimmer, zum Beispiel beim Fenster auf- oder zuklappen, zwangsläufig daran stoßen sollte. Ich löste das Problem durch Umgehung, indem ich einfach meinen Koffer darauf ablegte.

Und wenn ich beim Klogang darauf verzichtete, das Licht anzumachen, blieb auch die an den Lichtschalter gekoppelte Entlüftungsanlage – vom Geräusch her tippte ich beim langsamen Aufheulen zunächst auf eine pensionierte Flugzeugturbine! – stumm. Erst dachte ich, sie würde überhaupt nie wieder aufhören wollen. Auch nachdem ich erschrocken sofort das Licht ausgeschaltet und die Tür geschlossen hatte, brauchte sie noch Minuten, ehe sie endlich zum wohlverdienten Stillstand kam.

Daß das Licht im Bad kategorisch aus bleiben würde, war auch in einer anderen Hinsicht vernünftig. So kam ich wenigstens nicht in Versuchung, in den tellergroßen, an einem beweglichen Stahlarm über dem Waschbecken befestigten Rasierspiegel zu blicken. Ein einzigartiges optisches Folterinstrument! Ein Blick genügte, um sich furchtbar zu verletzen. Das Gesicht wurde augenblicklich in eine blutrote, zerklüftete, von grauen Grasstoppeln bewachsene Kraterlandschaft verwandelt.

– Soweit also die Mängelliste.

Froh war ich vor allem über die praktische TV-Konstruktion! Der Fernseher war auf einer schwarzen Stahlschiene dicht unterhalb der Zimmerdecke angebracht. Ich hatte diese Variante schon mehrfach gesehen und mich darüber gewundert. Das erinnerte zwar immer ein bißchen an US-amerikanische Gefängniszellen, und es veranlaßte den Zimmerinsassen, selbst beim kurzen Blick auf die Wetterkarte sich flach auf das Bett strecken zu müssen (anders ging es gar nicht) – aber jetzt konnte mir das gute Dienste leisten! Auf diese Weise beanspruchte der Fernseher nämlich nicht, wie es sonst, in anderen Hotelzimmern, üblich ist, die Hälfte des ohnehin schmalen Hotelzimmerschreibtischs. Ich hatte also genügend Platz und konnte, nachdem ich die kunstlederne Hotelmappe mit einem flotten Schwung aus dem Handgelenk Richtung Doppelbett befördert hatte, bequem die Arbeitspapiere ausbreiten.

Was ich allerdings auf den ersten Blick übersehen hatte: den Spiegel über der Schreibtischplatte!

Dieses Problem bemerkte ich in seiner ganzen Tiefe erst, als ich ratsuchend von meinem noch willig ungeschriebenen Artikel aufblickte – unverhoffter Blickwechsel mit mir selbst, überraschtes Wiedererkennen, blauäugiger Kurzschluß! Ich lehnte mich im Stuhl zurück und musterte mich kritisch. Welcher Idiot ist eigentlich dafür zuständig, daß in Hotels grundsätzlich die Spiegel über der Schreibtischplatte angebracht werden? Das ist doch nur was für Leute mit eisernen Nerven. Langanhaltendes, schonungsloses Blicketauschen. Du lieber Gott –.

Ach, übrigens! Es konnte ja nichts schaden, sich mal in dieser Richtung wegen einschlägiger »Gedanken zur Zeit« umzutun. Großes Manko jedoch dieses Zimmers: weder im linken noch im rechten Nachtschränkchen fand ich eine Bibel. Sonst lag doch regelmäßig, in jedem Hotelzimmer, ein rot eingebundenes Exemplar der Hl. Schrift für entsprechende Bedürfnisse bereit! Statt dessen nur ein gelbes regionales Telefonbuch, womit mir im Moment allerdings weniger gedient war.

Ich ging zurück zum Tisch.

Doch weder der Ausdruck äußerster Nachdenklichkeit, den ich nun sehr überzeugend auf mein Gesicht zauberte, noch die versonnene Pose des Rodinschen Denkers, dessen gedankenschweres Haupt wie ein überreifer Apfel auf meinem Handrücken lag – bereit, sofort loszurollen –, brachten mir irgendeinen brauchbaren Gedanken aufs Papier. Nichts.

Ich stand auf, ging hin und her, kam dabei aber zu keinem Ziel, setzte mich also wieder hin und vertiefte mich still in die Betrachtung meiner ratlosen Gesichtszüge. Immerhin, man konnte ja dieses gerade beobachtete Phänomen – nämlich daß mein versonnen-grüblerisches Gesicht die trügerische Oberfläche einer absoluten Gedankenleere gebildet hatte – durchaus zum Ausgangspunkt für einige lavaterhafte Gedanken machen.

Vertiefen wollte ich das dann aber doch nicht weiter, da ich ohnehin durch Spiegel leicht zu gefährden bin. Da verstand ich manchmal die einfachsten Dinge nicht mehr. So konnte ich Stunden meines Lebens damit zubringen, der Person im Spiegel zuzuwinken und zwar, ganz deutlich, mit der *rechten* Hand. Die Person im Spiegel winkte auch ganz brav zurück. Soweit noch alles in Ordnung! Doch sie tat es – und da setzte es regelmäßig bei mir aus – ganz ohne Zweifel mit der *linken* Hand.

Nun gibt es dafür sicher eine Erklärung, die man mit dem Kopf, Physik und so weiter, verstehen kann; aber es bleibt doch eine schwer zu leugnende Tatsache, daß meine rechte Hand sich geheimnisvoll und wie von selbst in eine linke Hand verwandelt hatte. – Alles irgendwie sehr verkehrt, in diesem Spiegelkabinett.

Um nun bei der Arbeit nicht durch Spiegeleffekte, Faxenmachen oder den Anblick eines denkzerknitterten Gesichtes abgelenkt zu sein, stieg ich auf den Stuhl und befestigte mit Klebestreifen eine Zeitungsdoppelseite vor dem Spiegel. Der tröstliche Anblick freundlicher Börsenzahlen.

Man unterschätzt oft, daß Schreiben durchaus auch eine *körperliche* Arbeit ist. Ich jedenfalls springe auf, wenn ich einen Einfall habe. Wenn mir nichts einfällt, springe ich auch auf. Eigentlich bin ich da ständig in Bewegung!

Kurz vor sieben legte ich den Stift nieder. Unter der Überschrift »Gedanken zur Zeit« stand bislang, als Resultat langwieriger Überlegungen, lediglich: Zur Zeit keine Gedanken.

## KAPITEL 9

Aus der Oberfläche des sprudelnden Selters wurden immer nette winzige Perlen in den Lichtkegel der Leselampe geschleudert, wo sie für einen schwerelosen Moment bewegungslos in der Luft standen – sich auflösten, verschwanden, um neu aufliegenden Kügelchen das Luftfeld zu räumen. Ein faszinierender Anblick, in dessen Betrachtung ich mich still vertiefte. So ungefähr mußte man sich wohl die Arena eines Flohzirkus vorstellen.

Seltersglas und Leselampe standen auf einem wackligen Mittelfußtisch im hinteren Teil von BENNOS BÜCHER-BORD – einem zum Verkaufsraum hin offenen Karree, das durch die über Eck gestellten Themenregale *Freizeit, Tiere* und *Frauen* begrenzt war.

»... geboren und aufgewachsen in der Industrieregion Mitteldeutschlands, stand die Wiege der deutschen Klassik, stand Weimar, in Ihrer unmittelbaren Nähe, gewissermaßen vor Ihrer Haustür! Dieser Umstand soll nicht ohne Folgen bleiben. Gerade das Fluidum dieses einzigartigen Ortes und all dessen, was wir mit dem Begriff Weimar verbinden, wird für Sie in späteren Jahren immer wieder ein Anknüpfungspunkt, aber auch ein Reibungspunkt sein, Anlaß kritischer Reflexion. ›Klassikerpflege klingt wie Körperpflege‹, haben Sie einmal ironisch-distanziert gesagt – und ganz falsch ist das ja wohl nicht. Ich denke hier speziell an Ihr Buch ›Goethe. Ein Abriß‹. Es ist übrigens auch als Taschenbuch erschienen, wir haben es vorn auf dem Büchertisch.«

Ich nippte an dem Selters und hörte mir interessiert an, wie Benno, der Chef des Ladens, den heutigen Abend einleitete.

»Doch zunächst, um noch in der biographischen Ordnung zu bleiben: Studium. Danach verschiedene, man kann sagen: sehr verschiedene Tätigkeiten. 1981 schließlich Beginn einer Aspirantentur an der Universität Leipzig bei Professor Kranebitter, die aber nicht beendet wird. 1983 scheiden Sie ganz aus dem, wie Sie es später einmal pointiert in einem Rundfunkinterview nennen, ›VEB Wissenschaft‹ aus. Was auf den ersten Blick wie ein Bruch aussieht – wir hier im Westen würden sagen: wie ein Karriereknick –, hat sich jedoch länger vorbereitet. Bereits mit Ihrem Debüt, der Novelle ›Warum immer ich‹, machen Sie, zunächst einen kleineren Leserkreis, auf sich aufmerksam. Später ...«

Sonst war mir das immer der peinlichste Teil des Abends, und ich schloß dabei für gewöhnlich die Augen, weil ich nicht wußte, wohin ich gucken sollte, oder ich ließ diese alberne Vorstellung einfach mit unbewegter Miene über mich ergehen. Doch das hier war etwas anderes! Die Quelle, aus der der Buchhändler sein Wissen für den Einführungsvortrag bezogen haben mußte, kannte ich nicht.

Manches von dem, was Benno sagte, war mir auch durchaus neu. Etwa die Sache mit der klassischen Körperpflege.

Gedankenvoll nickte ich – ja, das hörte sich doch alles ganz interessant an.

»Für Ihre Arbeit erhielten Sie mehrere Auszeichnungen, zuletzt das Wühlischheimer Ehrenstipendium, zu dem ich Ihnen heute und hier sehr herzlich gratulieren möchte. – So. Ich hoffe, ich habe jetzt nichts vergessen.«

110

Ich zuckte lächelnd die Schultern, was eine gewisse Heiterkeit hervorrief.

»Gestatten Sie mir bitte noch, bevor wir zum Thema des heutigen Abends übergehen, eine kleine Reminiszenz.« Der Buchhändler nahm die Brille ab. »Es gibt eine Stelle in Ihrem Goethe-Buch, die ist mir, seit ich sie das erste Mal las, bis heute in Erinnerung geblieben.«

Er setzte die Brille wieder auf und las einen Passus vor, in dem es sinngemäß darum ging, daß Goethe erst im Spiel, im Drama den Charakter seiner Figuren erschafft, um ihn später zu erkennen – ein »Erschaff es, um es zu besitzen«.

»Sie haben diese Stelle«, sagte Benno mit nachsichtiger Stimme in mein erstauntes Gesicht hinein, »vielleicht schon vergessen … Mir aber, mir haben diese Zeilen immer sehr, sehr viel bedeutet.«

Ich nickte ihm zu – er schloß dabei kurz die Augen.

Stimmt, an diese Passage konnte ich mich nicht mehr erinnern. Dabei – ein hochinteressanter Anknüpfungspunkt, genau das Kontrastprogramm zu Lavater. Bei dem wird der Charakter, als sei der ein für alle Male festgeschrieben, ja nur herausgelesen.

Ich machte mir eine entsprechende Notiz.

»Jetzt aber – Sprung in die Gegenwart. Sie lesen heute abend aus ›Nomaden des Abschieds‹, einem Roman, dessen einzelne Kapitel, wie ein Kritiker schrieb, ›in periklinaler Weise‹ um das Thema ›Abschied‹ gelagert sind. – Bitte!« Seine ausgestreckte Hand wies auf mich. Es gab Beifall.

In das abklingende Klatschen hinein sagte der Buchhändler noch: »Ich will nicht vorgreifen, aber Sie werden uns sicher am Ende der Lesung auch noch Fragen beantworten …« Er schickte ein Lächeln an meine Adresse. Ich gab es, kaltlächelnd, zurück.

Dann begann ich, und zwar wie immer mit dem furiosen

Auftakt zum zweiten Kapitel: »Als ich mit meiner barbusigen Eskimofrau Yo-Yo in unserem bildhübschen Iglu auf dem Eisbärenfell saß, mußte ich an die Worte meiner Großmutter aus der Radebeuler Ernst-Thälmann-Straße denken: Du sollst nie nie sagen.«

Bei Lesungen achte ich immer darauf, die vereinbarte Zeit so weit wie möglich zu überziehen. Eindeutige Signale aus dem Publikum, stumme körpersprachliche Hilfeschreie wie Fußscharren, entnervtes Brilleputzen, schwere Entgleisungen der Gesichtszüge, fassungslose Blicke des Buchhändlers zur Uhr usw. – das alles ignoriere ich. Ich übersehe und überlese das gnadenlos. Der Zweck der Sache ist klar: ich will auf diese Weise das Publikum mürbe machen, um möglichst die Abschlußdiskussion zu vermeiden oder doch auf ein erträgliches Minimum zu reduzieren.

Manchmal wußte ich nicht, ob der heftig einsetzende Schlußapplaus meiner Lesung galt oder nicht doch eher dem Umstand, daß ich nun endlich, endlich mit einem leisen Seufzer das Buch zugeklappt und aufgehört hatte.

»Oh, jetzt habe ich wohl ein klein wenig überzogen ...« Mit diesen, halb zum Publikum, halb zu meiner Uhr gesprochenen Worten mache ich der Sache für gewöhnlich ein Ende.

»Das macht doch nichts«, sagt dann der Buchhändler mit unverzagter Stimme.

Meine Lesung kam allmählich zum Schluß.

Gerade hatte ich wieder diese todtraurige Stelle gelesen, wo der Held seinen Hausschuh sucht, nicht findet, rasend auf Knien über den Fußboden rutscht und vergeblich versucht, in den Teppich zu beißen – ein Moment blinder Erregung!, sonst hätte er das unterlassen, denn als er wieder klar sieht, bemerkt er, daß es sich da um einen gemusterten Linoleum-Fußbodenbelag handelt.

»Ich will sterben«, sagt der traurige Held, auf einmal ganz müde.

Und die Frau erwidert: »Solange man noch Wünsche hat, ist ja nichts verloren!«

Allgemeines Gelächter, wie immer an dieser Stelle. Und wie immer verstand ich das nicht: da steht oder kniet ein Mensch am Abgrund. Und wir lachen darüber. Wir verstehen nicht, daß jemand mit seinem geliebten Hausschuh auch seinen Verstand verlieren kann.

Ich kam mir vor wie ein Schauspieler, wie ein untauglicher Darsteller meiner Selbst. Ich las einen Text vor, den ich zwar irgendwann geschrieben hatte, dessen Einzelheiten und innere Bezüge mir aber längst abhanden gekommen waren. Doch ich tat so, als wüßte ich immer noch genau Bescheid, als entstünde dieser Text gerade eben, im Moment des Lesens.

Um nun nicht ganz zum willenlosen Vollstreckungsgehilfen des Textes zu werden, nahm ich mir alle möglichen Freiheiten. Ich hatte nämlich ein Gesetz entdeckt. Für den Privatgebrauch nannte ich es das »Gesetz der kreativen Umkehrung«. Und zwar hatte ich herausgefunden, daß es den meisten Sätzen gut bekam und sie ungemein gewannen – an Tiefe zum Beispiel –, wenn man sie einfach in ihr Gegenteil verkehrte. Eine platte, durch Wiederholung abgeschliffene Wahrheit wie zum Beispiel »Sein oder Nicht-Sein, das ist hier die Frage«, an der ich noch *jeden* geistig einigermaßen intakten Schauspieler mehr oder weniger grandios hatte scheitern sehen, gewann unheimlich an Dimension, wenn man sie etwa durch »Sein oder Nicht-Sein, das ist *nicht* die Frage« ersetzte.

An diesem Abend begriff ich übrigens zum ersten Mal die ganze Tragweite des Schlußsatzes vom 7. Kapitel, mit dem ich schon mehrfach, und ziemlich effektvoll, meine Lesungen aus den »Nomaden des Abschieds« hatte ausklingen lassen. Das dumme, allwissend-feuilletonistische Lächeln allerdings, mit dem ich diesen Satz für gewöhnlich las, war mir inzwischen vergangen und in frischer Erinnerung an Humpel & Pumpel einer tiefen, dunklen Einsicht gewichen: »Nur als Eremit kann man ein wahrer Menschenfreund sein.«

Schütterer Applaus, als ich nach genau einer Stunde und fünfundzwanzig Minuten (ich hatte auf die Uhr gesehen) meine Lesung beendete.

Stille trat ein. Man könnte auch sagen: eisige Stille.

»Am besten, um das Eis zu brechen, mache vielleicht ich mal den Anfang.« Ein Mann erhob sich aus der zweiten Reihe. Er hatte sich während der Lesung hin und wieder Notizen gemacht und knetete nun sorgfältig den Rosenkranz seiner Finger.

»Bitte«, sagte ich und leerte mit einem Zug das Glas bis zur Neige.

»Sie haben im dritten Kapitel eingehend beschrieben, wie der Held Ihres Buches in eine andere Stadt umzieht. Alles ungemein detailliert, das hat mir sehr gefallen. Warum aber – das ist jetzt meine Frage –, warum sprechen Sie da in diesem Zusammenhang nur so andeutungsweise von dem ›unglückseligen Verlust‹?«

Ich sah den Mann mit unbewegtem Gesicht an. Unglückseliger Verlust …?

»Ich meine«, setzte er, nun schon etwas kleinlauter, wieder an und stand noch einmal auf, »ich kann mir nicht erklären, weshalb Sie das so … Sie übergehen das ja gewissermaßen! Aber das spielt doch dann im 11. Kapitel noch einmal eine entscheidende Rolle –.«

»Ja, ich habe Ihre Frage verstanden«, unterbrach ich ihn schroff, worauf der Mann sich schnell wieder hinsetzte.

Einzig ein Ausfall, ein überraschender Angriff konnte mich jetzt retten! Stimmt, stimmt, verdammt! Auch ich hatte beim Lesen wieder an dieser Stelle gestutzt.

»Es gibt mehrere Möglichkeiten, Ihnen darauf zu antworten«, begann ich; ich lehnte mich im Stuhl zurück.

»Einmal – «, beifallheischend sah ich mich um, »es ist ja nur eine Detail. Mir kam es nicht so wichtig vor.«

Der Mann, mit emporgetriebenen Augenbrauen, nickte mir wie unter Eingeweihten zu.

Gut, das war es wohl noch nicht. Was aber dann?

Ich beugte mich vor, nun wieder ganz ernsthaft auf den aufmerksamen Zuhörer, dieses sonderbare Stehaufmännchen, eingehend: »Ist nicht gerade durch die Auslassung das Interesse geschärft? – Jeder weiß ...«, ich hustete kurz und explosionsartig, »daß es ... nun ja ... diese Sache gab. Und nun lasse ich sie plötzlich weg. Warum wohl?«

»Aber Sie lassen sie ja gar nicht weg!« beharrte der Aufdringling; er blieb vorsichtshalber gleich sitzen. »Im nächsten Kapitel beziehen Sie sich ja an mehreren Stellen ausdrücklich auf das verschwundene Diktiergerät.«

»So? Tue ich das?« Erheitert blickte ich mich um. (Diktiergerät? Das war ein Anhaltspunkt, aber ...)

»Ja«, sagte der Mann, schon nicht mehr ganz so sicher wie vorher.

Er wußte offenbar nicht, ob das jetzt Spaß oder Ernst war. (Und ich – ich wußte noch immer nicht, was es mit diesem verdammten Diktiergerät auf sich hatte; irgendwo war das mal erwähnt, stimmt.)

»Sie gehen zum Beispiel kurz, in einem Nebensatz, darauf ein, als der Held im 11. Kapitel seine Vergangenheit rekonstr ...«

»In einem Nebensatz«, brach es mitleidig meckernd aus mir hervor.

»Ja«, sagte der Mann kleinlaut.

»Kurz?« fragte ich plötzlich scharf.

Der Mann nickte.

»So kurz, daß es womöglich einer Weglassung gleichkommt?«

Er zögerte.

Augenblicklich setzte ich nach – vom Tonfall her war ich jetzt Strafverteidiger, mitten im Kreuzverhör, in einem amerikanischen Film der fünfziger Jahre – : »So kurz also«, sagte ich mit unerbittlichem Augenaufschlag, »daß es einer Weglassung gleichkommt! Da werden Sie mir doch zustimmen, oder?«

Wieder nickte der Mann, jetzt beinahe schuldbewußt.

Streng nickte ich zurück.

An dieser Stelle mischte sich der Buchhändler ein: ob wir nicht unser »Expertengespräch« jetzt doch zum Publikum hin öffnen könnten?

»Gut«, sagte ich, »gut« – warf aber noch einen schmalen Augenwinkelblick in Richtung meines Kontrahenten. Der war inzwischen völlig im Publikum abgetaucht. So ganz ohne weiteres wollte ich ihn nicht entkommen lassen, also schickte ich noch ein paar allgemeine Überlegungen der Art nach, daß gerade die mehr oder weniger vollständige Auslassung einer Sache diese desto schärfer konturieren würde ... eine Erfahrung, die man auch im Zusammenhang mit der Zensur machen könne. Etwas, penibel ausgeschnitten, hinterläßt exakt die Umrisse des Loches und so weiter.

Das war ... rief Humpel, noch während ich sprach – knapp, dachte ich, verdammt knapp.

Leider blieb diese kleine, eigentlich als Befreiungsschlag gedachte Abschweifung nicht ganz folgenlos.

»Spielt hier womöglich Ihre DDR-Erfahrung eine Rolle?« wollte der Buchhändler wissen.

Verständnislos sah ich ihn an, dann entschloß ich mich zu einem unbestimmten Rucken des Kopfes.

Eine kleine Pause entstand.

»Wurden Sie eigentlich in der DDR als Autor verfolgt?« fragte plötzlich etwas aus dem Zusammenhang heraus, aber der Vollständigkeit halber eine ältere Dame. Sie hatte ein hochrotes Gesicht.

Nein. Ich schüttelte den Kopf, in der DDR nicht.

Wieder Schweigen.

»Oder – fällt es Ihnen schwer darüber zu reden?« fragte der Buchhändler mit Therapeutenstimme.

Ich wollte ihm schon dankbar zunicken, da fiel mir zum Glück ein Satz ein, den ich mal in einer Wilmersdorfer Kneipe gehört hatte. Und zwar aus berufenem Munde, von einem Ost-Kollegen.

»Nein«, sagte ich leise, »ich gehöre nicht zu denen, die ihre Biographie an der Garderobe abgegeben haben.«

Beifälliges Gemurmel plötzlich aus dem Publikum – ich genoß diese überraschende Zustimmung und war nahe daran, mich wie nach einer gelungenen Pointe zu verbeugen.

Andererseits, so umwerfend fand ich diesen Satz eigentlich gar nicht. Trotzköpfchen – und auch noch stolz darauf, so gleichmütig diese vielleicht einmalige Chance im Leben vertan zu haben. Aber das war sicher Ansichtssache. Man konnte das auch ganz anders sehen. Wie zum Beispiel dieser Fernsehonkel damals an unserem Tisch, in der Kneipe. Der hatte, von diesem Bekenntnissatz mit der Garderobe tief beeindruckt, aus seiner sizilianischen Fischpfanne aufgeblickt und meinen standhaften Kollegen auf der Stelle, per Handschlag, für die Mitarbeit an einer Endlos-Krankenhausserie verpflichtet.

Sollte ich jetzt vielleicht besser auf die Ost-West-Schiene einschwenken? Den geistig verwirrten Spätheimkehrer aus der Ex-DDR mimen? Damit konnte man sicher allzu speziellen Fangfragen aus dem Wege gehen. Aber deutsch-deutscher Einheitsdackel, Ost-West-Befindlichkeitsschwuchtel – das alles waren nicht die Rollen, für die ich irgendeine innere Berufung verspürte.

Wo war ich jetzt eigentlich stehengeblieben?

»Sie meinen, man konnte sich durchaus auch seine innere Freiheit bewahren?« soufflierte mir verständnisvoll zunickend der Mann rechts neben der Frau mit dem hochroten Gesicht. Wahrscheinlich ihr Ehemann – sie sah ihn entsprechend erstaunt an.

»Ja, so ungefähr.«

»Das ist sehr interessant, was Sie da sagen«, meinte der Buchhändler.

Ich nickte.

»Aber vielleicht gibt es inzwischen ja auch noch andere Fragen – zu Ihrem Buch, zu Ihrer Person?«

Es gab sie. Und bald darauf waren wir in dem typischen Frage-Antwort-Spiel, das sich üblicherweise an die Lesungen anschloß. Und da ich die Fragen aus den vorangegangenen Lesungen meist schon kannte, gab es mit den Antworten kaum Probleme.

»Wie sind Sie auf dieses Thema gekommen?«

(Da muß ich ein bißchen ausholen ... – usw.)

»Möchten Sie uns etwas über Ihre Schreibgewohnheiten verraten?«

(Haben Sie bitte Verständnis, daß ich das nicht so gern tun möchte ... – usw.)

»Wie lesen Sie heute Ihre älteren Bücher?«

(Wissen Sie, das ist ganz verschieden ... – usw.)

»Kann man eigentlich heutzutage noch vom Schreiben leben?«

(Sie sehen ja, ich lebe ...)

In das an dieser Stelle durchaus eingeplante Gelächter meldete sich eine rüstige sportliche Dame zu Wort – Typ: pensionierte Biologielehrerin und nun rührige Vorsitzende des örtlichen Heimat- und Wandervereins. Und richtig: so kam es dann auch!

In einer naturwissenschaftlichen Zeitschrift hatte die Dame von einem Experiment mit Schimpansen gelesen. Deren Intelligenzleistung (Aufgabe: Wie komme ich an eine außerhalb des Käfigs hängende Banane heran?) war in direkter Abhängigkeit davon gewachsen, wie lange sie vorher nichts zu fressen bekommen hatten. Hunger als Triebmittel für Jagdleidenschaft. Je hungriger also, desto intelligenter. Ob das – so ihre Frage – auch auf Künstler übertragbar wäre?

»Und ob«, sagte ich undeutlich lächelnd.

Ich dachte daran, wie ich manchmal mit schicksalsschwer eingeknicktem Schritt vom Kontoauszugsdrucker nach Hause kam, müde die Treppen hochstieg und mich oben in der Wohnung, der Gravitationskraft folgend, aufs Sofa fallen ließ, um dort, allein mit mir, einsame Entschlüsse von großer Tragweite zu fassen – die dann allerdings, wenn ich wieder wach war, bisher noch nie so richtig zum Tragen gekommen waren.

Tiefbefriedigt über diesen sich hier offenbarenden Zusammenhang von Natur und Mensch nickte die Dame. Nur Benno, der Buchhändler, schüttelte den Kopf. Er empfand diese Frage wohl als zynisch. Ich gar nicht. So ist das nun mal im Leben, mein lieber Benno – und ich liege hier ja schließlich auf einer öffentlichen Ledercouch.

Ansonsten verlief die Diskussion ohne Zwischenfälle, abgesehen von einer Zuhörerin, die ihre Einlassung mit dem Satz begann: »In Ihrem Buch ›Maden des …‹«

»No – «, sagte ich leise. Das verstand die Leserin nicht.

Heiterkeit im Saal. An Benno war es, das kleine Mißverständnis aufzuklären.

Zum Schluß – ich hatte schon aufbruchbereit nach der Pfeife in der Jackentasche gegriffen – noch eine letzte schüchterne Fragerin: »Ich wollte mal ganz etwas anderes fragen –.«

»Ja, bitte.«

»Warum schreiben Sie?«

Doch noch ein dickes Ende! So oft hatte ich mir schon vorgenommen, endlich mal eine kurze, plausible Antwort auf diese stets wiederkehrende Frage aller Fragen zu finden – nie war mir das bisher gelungen. Ich verstand, offen gesagt, nicht einmal richtig den Sinn dieser Frage. So blieb es auch diesmal nur wieder bei einem Gestammel, das aber wohlwollend quittiert wurde. Ernsthaft schien wohl niemand eine richtige Antwort darauf zu erwarten. Das war mehr ein Spiel. Und mit meinem nach längerem Hin und Her ans Licht gebrachten Resultat, daß man das so genau wohl gar nicht sagen könne, war man allgemein einverstanden, das hatte man sich wohl schon so gedacht.

Nach der Lesung, ich packte meine Sachen zusammen, trat ein junger Mann zu mir an den Tisch. Eine Frage hatte er noch: »Was treibt Sie eigentlich beim Schreiben an?«

Ich sah ihn lange an und überlegte. »Wissen Sie, wir alle sind doch auf der Suche nach uns selbst. Ich rede jetzt gar nicht von Freiheit oder so. Es geht doch nur einfach darum, irgendwie das eigene Ich zu finden.«

»Also – Identitätsfindung?«

»Ja, das kann man so sagen, vielleicht. Obwohl mir das Wort nicht gefällt. Das klingt so wie *Klappe zu, Affe tot.* Man wird ja womöglich auch ein ganz anderer, wenn man man selbst wird.«

»Und – ist Ihnen das schon gelungen?«

120

»Ich bin dabei, ich versuche es, ja.«

Entweder schien dem jungen Mann diese Antwort nicht zu genügen, oder er hatte noch eine andere Frage – noch immer rührte er sich nicht von der Stelle. Er erzählte mir, daß er beim städtischen Grundbuchamt arbeite, und was man da so alles erlebte – »Ich könnte einen ganzen Roman darüber schreiben!«

Das klang wie eine Drohung! Und so, wie der Mann das gesagt hatte, schien sie auch ernst gemeint zu sein. Und richtig, wenig später, nachdem ich versucht hatte, ihm die unschätzbaren Vorzüge eines Brotberufes zu verdeutlichen, bekannte der junge Mann plötzlich: »Ich schreibe nämlich auch.«

Behutsam legte ich meine Hand an den Oberarm des jungen Mannes. »Na sehen Sie, dann brauche ich Ihnen ja gar nichts weiter zu erzählen.«

Enttäuscht nickte er und ging zu seiner Freundin zurück, die vorn, am Ladeneingang, gewartet hatte und nun leise auf ihn einredete.

Abends im Hotel notierte ich mir: Endlich mal ein paar überzeugende Antwortsätze zur Frage »Warum schreiben Sie? formulieren und diese gegebenenfalls auswendig lernen.

Ich konnte lange nicht einschlafen.

Ein stürmischer Abend draußen. Die Zweige des Kastanienbaumes wippten nervös auf und nieder; sie verwandelten die friedlich am Straßenrand herumstehende Eisenlaterne in ein Leuchtfeuer, das geheimnisvolle Signale und Blinkzeichen aussandte.

Gegen Mitternacht nahm ich mir noch einmal den angefangenen Briefband aus der Eisenbahn vor. Ich blätterte einige Seiten durch und kam zum Oktober 1775.

»Lenz! Du bist 'n braver Junge!« so begann Lavaters

Brief vom 5. Oktober. Das unterstrich ich mir. Ein Ton, der mir so, in dieser Art, bei Lavater neu war.

Dann aber: das Briefende! Es war ein Text in Hieroglyphen – laut Anmerkung, bislang nicht dechiffrierten.

Trotzdem, diese Zeichen, auf die ich aus roten, müden Augen starrte, kamen mir bekannt vor. Ich hatte so etwas schon mal irgendwo gesehen. Ich wußte bloß nicht, wo.

Inzwischen – S⊓SL⊿⊙9✝.
S⊓SL⊿⊙9✝.
Würkungen ⊓9L✝S⊘ habe ich angeworben.
✝.Y.D⊓IY✝.C✝ werd ich SLCY✝.LYL.
Dein Brief an Kaiser trefflich!
RⅭ✝Y✝.Y⊦.⊦. Schuld LY⊦. bin 9⊦Ce noch Y⅘Y⊦.
Adieu                                                J.C.L.


Ich glaube, dachte ich – und gähnte, ich sollte Magda Szabo mal einen ausführlichen Brief schreiben.

## KAPITEL 10

Du hast nicht sehr viel Zeit –«, sagte Magda nachdenklich, »gehen wir zu mir?«

Das Signal sprang auf grün. Ich nickte. Der Schaffner trillerte. Ich nahm mein Gepäck auf – und der Zug rollte fahrplanmäßig los.

Unten, in der Vorhalle, schob ich meinen Koffer und den Mantel in ein Gepäckschließfach.

Wir nahmen ein Taxi.

Das war jetzt alles doch sehr überraschend für mich gekommen!

Gestern abend hatte ich einfach so und ziemlich diffus, zwischen den Schwaden meiner Einschlafgedanken an Magda Szabo gedacht – und heute morgen, als hätte ich damit eine geheimnisvolle Fernschaltung ausgelöst, plötzlich ihr Anruf im Hotel. Ich saß noch im Frühstücksraum, da wurde ich an die Rezeption gerufen.

»Hallo, ich bin's: Magda, Magda Szabo.«

Ich schluckte – ich schluckte die Brötchenreste hinunter.

»Ich hab gehört, du bist unterwegs. Und da dachte ich, wir könnten uns ja mal sehen, ganz kurz wenigstens. Das liegt ja auf dem Weg für dich. Ich würde dich auch vom Bahnhof abholen.«

Sie hatte sich sogar schon danach erkundigt, welchen

Zug ich dann nehmen mußte, um pünktlich in Berlin zu sein.

Woher wußte sie denn das alles überhaupt?

Später, im Hotelzimmer. Ich wechselte noch einmal das Hemd. Für so einen Fall wohl doch lieber das grüne! Der offene Koffer lag schon auf dem Bett. Das Hemd über dem Kopf, für den Moment also blind, rammte ich nun doch noch einmal mit dem Schienbein das furnierte Eichenholztischchen. Das veranlaßte mich zu einem dumpfen Aufschrei, nur unwesentlich durch das Hemd gedämpft, sowie zu einem humpelnden Beschwörungstanz quer durchs Zimmer – da fiel mir ein: natürlich, sie mußte beim Kulturamt in Wühlischheim angerufen haben. Dort hatte ich für den Fall, daß Haffkemeyer mich sprechen wollte, meine jeweiligen Hoteladressen und Telefonnummern hinterlassen.

Okay, ich willigte ein, zumal sie, falls es mir jetzt schlecht passen sollte, angeboten hatte, mich jederzeit auch einmal besuchen zu kommen, in Wühlischheim zum Beispiel. Oder sie könnte mal zu einer Lesung von mir fahren.

Nein, nein, das doch lieber nicht, dann schon lieber so.

Mein Gott, dachte ich, als ich auflegte, was für eine Frau! Sie will mir sogar hinterherfahren. Der reinste Katastrophentourismus.

Das Taxi stoppte vor einem Glaspalast.

»So, da wären wir auch schon.«

Staunend, und nun doch etwas enttäuscht, betrat ich an ihrer Seite die *PerCon*-Zentrale. Der Pförtner, an dem wir vorbeikamen, begrüßte Frau Szabo überaus freundlich; sie nickte nur frostig zurück.

Ihr Arbeitszimmer lag im fünften Stock. Es war sehr hell und bis auf ein paar bunte Designermöbel ziemlich leer. Die verstreut herumstehenden Stühle, Tische, Sessel ließen den Raum noch größer erscheinen, als er ohnehin war.

124

An der Wand hinter dem Schreibtisch hing ein Wahlkampfplakat. Ein namenloser Volkskünstler von der Straße hatte einem Politiker beide Augen ausgekratzt und ihn so in einen grinsenden Untoten verwandelt.

Ich kniff die Augen zusammen, als ich ihn ansah.

»Wie geht es dir? Was macht dein Film?« wollte sie von mir wissen. Sie stellte Teegläser auf den Tisch.

Ich versuchte – soweit das ging –, es mir in der stahlharten roten Sitzgelegenheit bequem zu machen und erzählte ihr vom gegenwärtigen Stand der Dinge.

Das rote Möbelstück hatte aber sehr eigene Vorstellungen vom Körper des sitzenden Menschen und zwang mich, je länger ich sprach, mit Nachdruck in eine Art Liegeposition. Bald gab ich jeden Widerstand auf, und als ich fertig war, lag ich vor ihr.

Magda hatte viele Fragen. Zum Beispiel, ob auch die Phrenologie, Dr. Galls Schädellehre, auf die sich ja die NS-Wissenschaftler bezogen hätten, eine Rolle spielte?

»Indirekt«, sagte ich, »nur indirekt.«

Indem ich exemplarisch an dem einen Fall Enslin zeigte, wie sehr jemand darunter leidet, daß mit dem Urteilsspruch über sein Gesicht auch ein Urteil über ihn selbst gefällt war, klinge dieses Thema ja deutlich an.

»Und außerdem«, fügte ich hinzu, ich richtete mich halb auf und griff nach dem Teeglas, »außerdem interessiert mich in dem Film ja vor allem auch diese unglückliche Liebesgeschichte zwischen ihm und der Frau. Sie kennt ja bisher nur seine Maske.«

»Hast du es dir eigentlich inzwischen mal überlegt?« fragte sie mich plötzlich.

Ich zuckte zusammen, der Tee war noch sehr heiß.

»*Was* habe ich mir überlegt?« pustete ich ihr zu.

»Ach nichts«, sagte sie leise.

»Und – «, fragte ich nach einer Weile, ich bemühte mich, den alten unbefangenen Ton wiederaufzunehmen, »wie geht es eigentlich deinem, wie heißt er noch gleich ... – *Zorro*?«

Matt lächelte sie mich an. »Danke der Nachfrage. Mal abgesehen davon, daß ich seinetwegen beinahe gefeuert worden wäre – prima, bestens.«

Ich richtete mich im Sessel auf und stellte fragend die Teetasse ab.

Letzte Woche – Magdas Stimme war sehr leise geworden – hatte es den ersten Testlauf gegeben. Hier im Haus. – Ihr Zeigefinger wies senkrecht nach unten.

Die Überwachungskameras im Türbereich waren an das Gesichtserkennungsprogramm angeschlossen worden. Ein Eignungstest, ob *Zorro* schon als elektronischer Pförtner zu gebrauchen war.

Am Anfang lief alles ohne Probleme. Selbst die nach wie vor kritischen Punkte des Systems, der sogenannte »Zwillingskomplex« (Ähnlichkeit) und die emotionsbedingten Abweichungen vom Normalgesicht, bereiteten keine Schwierigkeiten. *Zorro* hatte mit hundertprozentiger Trefferquote alle ankommenden *PerCon*-Mitarbeiter nach den eingespeisten Fotos erkannt und sie anstandslos, durch die ferngesteuert aufspringende Eingangstür, passieren lassen.

Dann aber – gegen halb elf!

Auf den Bildschirmen erschien plötzlich in allen laufenden Programmen die Einblendung *Vorsicht! Betriebsfremde Person nähert sich.*

Auch die Alarmanlage begann traurig, wie ein alter, zahnloser Schloßhund, loszuheulen. Magda war sofort am Fenster, dort mußte sie sich am Griff festhalten und kam nicht mehr los.

Unten versuchte ein älterer Herr, er hatte seinen Aktenkoffer auf dem Bürgersteig abgestellt, erst mit der Schulter, dann mit einem Schlüssel, die elektronisch abgesicherte Tür zu öffnen. Vergeblich. Der Mann schüttelte den Kopf. Er rief etwas am Haus hoch, was niemand verstand. Eine Strähne seiner schütteren weißen Haare stand fassungslos im Wind.

Es war Friedhelm Schuster, der *PerCon*-Geschäftsführer.

Ob das jetzt ein spezielles »Frühwarnsystem« wäre, das den Angestellten rechtzeitig das Nahen des Chefs signalisierte, wollte Schuster von Magda wissen, als er sie wenig später zu einer sehr persönlichen Aussprache in sein Büro bestellt hatte. Seine Lippen – maliziös gespitzt; seine Hand strich, während er sprach, immer wieder über die Schreibtischplatte, als müßte er sich vergewissern, ob wenigstens hier noch alles beim alten wäre.

Es war ein Gespräch unter vier Augen, wobei aber Magdas Augen die meiste Zeit niedergeschlagen waren.

Mehrmals entschuldigte sie sich. Sie konnte sich das wirklich nicht erklären.

Magdas Verdacht, ohne daß sie das aussprach, richtete sich übrigens gegen die Abteilung II, aus der wiederholt Unmut darüber laut geworden war, wieviel Geld für die von ihr verantworteten »Gesichtsdesign«-Projekte ausgegeben wurde.

Magdas Argument, daß *Zorro* – bislang sicher nur eine Nebenentwicklung, ein Abfallprodukt –, wenn man ihn denn eines Tages bis zur vollen Marktfähigkeit entwickelt haben würde, zweifellos viel Geld brächte, stieß nur auf mißmutiges Schweigen.

»Du siehst, ich habe zur Zeit keinen leichten Stand hier im Hause. Eigentlich brauchte ich jetzt dringend mal wieder so etwas wie einen Erfolg.«

Ich nickte, das kannte ich. »Wenn ich dir mal irgendwie helfen kann, sag es mir, bitte.«

Bevor sie aber etwas sagen konnte, fiel mir ein, was ich sie schon die ganze Zeit hatte fragen wollen: »Sag mal, hast du denn inzwischen wenigstens dieses eine Blatt gefunden, du weißt schon, was du da in Zürich gesucht hast?«

Ungläubig starrte sie mich an. Sie mußte tief Luft holen, ehe sie antworten konnte: »Nein. Natürlich nicht! Komisch, daß gerade du mich das fragst.«

Sie senkte den Kopf. »Aber ich sage dir, inzwischen habe ich einen Weg, wie ich es kriegen kann. Und du wirst sehen: ich bekomme es.«

Fast drohend hatte sie das gesagt.

Einen Moment schwiegen wir aufeinander ein.

Sie sah aus dem Fenster, wo ein paar schwarze Vögel vorbeiflogen.

»Mußt du eigentlich unbedingt deinen Zug bekommen?« fragte sie mich.

Das mußte ich allerdings, ich sah auf die Uhr, am nächsten Tag hatte ich einen sehr wichtigen Termin. »Ein Agententreffen«, flüsterte ich ihr zu.

Doch mehr als ein gequältes Lächeln konnte ich ihr damit nicht entlocken. – Schade.

## KAPITEL 11

Für Freitagnachmittag, 14 Uhr, hatte ich mich in Berlin mit Massolt verabredet.

Unterwegs trank ich noch einen Tee. Dann stieg ich in den Bus, Richtung Adenauerplatz.

Das halbe Huhn aus RUDI'S GRILL-EXPRESS rumorte seit Mittag in meinem Bauch. Es schien dort Auferstehung feiern zu wollen. Hektisches Flügelschlagen, das mir für Momente die Luft abdrückte. Ich saß staunend, mit halboffenem Mund da. Hin und wieder ein böses, langanhaltendes, grimmiges Knurren in meinem Innern, geheimnisvolle Glucks- und Gurgellaute. Zum Glück hörte das niemand. Ich schloß die Augen, atmete langsam und tief – wie eine werdende Mutter bei Atemübungen. Die Frau neben mir rückte ab, dann stand sie plötzlich auf und stellte sich an die Fahrertür.

Ich sah aus dem Fenster. Am fremdesten fühlt man sich dort, wo man eigentlich zu Hause sein sollte.

Schon beim ersten Bissen hatte ich gewußt, ich würde es bereuen. Und während ich weiter meine Zähne in das pappige Fleisch schlug, hatte ich Rudi, dem Tierpräparator, bei der Arbeit zugesehen: wie seine roten Hände neue, frostige Hühnerleichen aus einem Eimer hervorholten, mit Salz einrieben, mit Paprika überpuderten und die kleinen runzligen

Leiber auf das fettige Grillgestänge schoben, das Abschiedskarussell, wo sie ihre letzten Erdenrunden drehten.

Während ich lustlos am Fleisch herumkaute, verschlang ich diesen Anblick, gierig vor Ekel.

Am Nebentisch stand eine Halbwüchsige in Lederjacke und verging sich, den Mund gespitzt, an einer Currywurst. Sie blickte konzentriert ins Leere.

Normalerweise gehörte RUDIS GRILL-EXPRESS zu den Imbißläden meines Vertrauens. Doch, ja. Ich fand, der Laden hatte Niveau. Eigentlich störten mich nur die Fotos auf der Schaufensterscheibe. Die Konterfeis der Burger, der Hot dogs und des anderen Freßzeugs sahen – hellblau von der Sonne ausgeblichen – schon vorher ziemlich ausgekotzt und verschimmelt aus.

Der heiße Tee half aber. Wahrscheinlich hatte ich diesmal nur zu schnell, zu unachtsam gegessen.

In der Grünanlage vor Massolts Büro setzte ich mich auf eine Parkbank. Ich war pünktlich da, wollte aber lieber ein bißchen zu spät kommen. Ich stopfte mir eine Pfeife, zündete sie an. Gedankenlos schüttelte ich das Streichholz aus und warf es zu Boden.

Ein rasselndes Geräusch plötzlich – zerfledderte Tauben, die sich angelegentlich für das weggeworfene Streichholz interessierten. Die Vorstellung, daß die Tauben mich schon die ganze Zeit beobachtet haben mußten, irritierte mich. Beim Anblick des urbanen Federviehs mußte ich an RUDIS GRILL-EXPRESS denken – ein Gedanke, den ich in all seinen Weiterungen besser nicht zu Ende dachte.

Ich liebe Berlin! Keine Frage. Da Liebe aber bekanntlich mit der Entfernung wächst, war diese Liebe im fernen Wühlischheim naturgemäß doch etwas inniger gewesen.

Schnell stand ich auf und ging durch die aufstiebenden Tauben davon, über den kleinen Platz, zum imposanten, mit einer schmiedeeisernen Blumenranke versehenen Hauseingang der Nummer 67. Dort drückte ich auf dem Gegensprechanlagenfeld die Taste rechts oben und rauschte wenig später, wie immer: etwas beklommen, im drahtvergitterten Gehäuse eines uralten Fahrstuhls durchs finstere Treppenhaus hinauf unters Dach.

»Überraschung!« sagte (nein: sang!) Massolt zur Begrüßung, als ich das Büro betrat; ein Fax lag auf seinem Tisch.

Ich war geblendet. Rundum war die Büroetage verglast. Viel Himmel. Auch wenn dieser momentan grau war – es flimmerte. Manchmal sagte Massolt: »Ich fühle mich hier oben wie der liebe Gott. Niemand mehr über mir.« Und ich dachte manchmal: hoffentlich redet er sich da nichts ein.

Massolt war aufgestanden, um den Tisch herumgekommen und wedelte mit dem Fax.

Interessiert zog ich die Augenbrauen hoch.

Leider stellte sich heraus, daß es nicht das war, was ich eigentlich erhofft und erwartet hatte: eine Nachricht Haffkemeyers. Noch immer wußte ich nicht, was Haffkemeyer zu dem neuen Exposé sagte.

Auch Massolt wußte noch nichts. Aber er beruhigte mich: »Das ist bei diesen windigen Burschen immer dasselbe: entweder gleich und sofort, oder es dauert eben eine kleine Ewigkeit. Kein Grund zur Panik!«

In dem Fax, das Massolt nun auf den Glastisch gelegt hatte, ging es um etwas ganz anderes. Teilnahme – als »Lavater-Experte« – an einer Talkshow, Thema »Schönheitsoperationen und das wahre Ich« – und zwar, das war der Clou daran: eine Nachmittags-Talkshow!

»Nachmittagstermin, Menschenskind!« Massolt war blaß vor Begeisterung: »Da brechen wir ins Hausfrauensegment ein! Ins wirkliche Leben. 'ne einmalige Gelegenheit. Nicht irgend so ein elender Literaturfuzzykram.«

131

Das gefiel mir an Massolt! Immer voll im Leben, mit allen vier Beinen.

In der Vergangenheit waren wir zwar schon oft aneinandergeraten, und es hätte manchmal auch durchaus Gründe gegeben, die Agentur zu wechseln – zuletzt vor einem Jahr, als plötzlich dieser dubiose Raubdruck von »Warum immer ich« in Rumänien auftauchte, von dem Massolt angeblich nichts wußte –, was mich aber letztendlich dann doch immer wieder an Massolt überzeugte: er war absolut nicht das, was man einen »Literaturliebhaber« nennen würde, ganz im Gegenteil – Geschäftsmann, durch und durch.

»Sie werden sehen, so ein Fernsehauftritt – das bringt auch Ihr letztes Buch ...«

Ich sah ihn streng an. (Minuspunkt für den Kandidaten!)

» ... das bringt auch Ihre *Nomaden,* bevor sie sich verabschieden, noch mal richtig auf die Socken. Warten Sie es ab.«

Ich kapierte bloß nicht, wie die beim Fernsehen auf mich als »Lavater-Experten« gekommen waren.

»Tja«, sagte Massolt geheimnisvoll, »wozu hat man denn einen Agenten? Ach, übrigens – *Nomaden,* bevor ich es vergesse.«

Er holte ein anderes Blatt hervor, Anfrage wegen einer Lesung. Das wollte er nun gleich in meiner Anwesenheit klären. Manchmal hatte er solche unbegreiflichen Aktivismusschübe. Er griff zum Telefonhörer, seine Augen kampfbereit zu schmalen Schlitzen zusammengezogen.

Ich lehnte mich im Stuhl zurück.

Kurzes Vorgeplänkel. Dann besprach Massolt sehr eingehend mit dem unsichtbaren Gegenüber die alles entscheidende Honorarfrage. Geradezu liebevoll ging man in die Details. Ich ruckte meinen Kopf divahaft zur Seite, und zwar nach rechts, so daß ich mit meinem besseren Ohr, dem linken, genau mitbekam, um welche Beträge es ging. Massolt machte seine Sache ausgezeichnet. Er blieb hart. Sobald die Gegenseite einen Vorschlag machte, kam von Massolt nur ein ablehnender Schnaufton. So ging das hin und her. Ich traute meinem Ohr nicht und bekam allmählich Angst, die Sache würde vielleicht platzen. Massolt, während er weitersprach, schüttelte aber nur den Kopf in meine Richtung.

Und richtig: am Ende hing ein völlig entspannter Massolt im Schreibtischsessel und streckte mir stumm die Faust entgegen, den Daumen siegessicher aufgeklappt.

Am Abend: zu Ellen!

Wir hatten das so am Telefon verabredet, und ich war froh darüber, ich hatte keine Lust, das ganze Berlinwochenende allein mit mir in der Wohnung herumzusitzen.

Bis dahin war noch viel Zeit.

Regen hatte eingesetzt. Grau und geduldig fiel er aus allen Wolken, die über Berlin hingen.

Die Hände auf dem Rücken, den Kopf, damit die Brille nicht naß wurde, gesenkt, steuerte ich die andere Straßenseite an. Der Bus kam aber ewig nicht.

Ich stellte mich unter. Da sah ich meine nassen, völlig angeklatschten Haare im Spiegel einer Schaufensterscheibe. Haarstudio *Kreation.* Ich sah auf die Uhr. Warum nicht.

»Einen Trockenhaarschnitt, bitte«, sagte ich an der Theke, »nur mal ein bißchen geradeschneiden und so.«

Die Chefin betrachtete zweifelnd meinen Kopf.

»Na gut, dann eben mit Waschen – obwohl ich sie gerade gewaschen habe«, log ich.

Der Laden war leer, ich kam gleich auf einen Stuhl.

Eben hatte ein Mann den Laden verlassen. Die Friseusen unterhielten sich noch über ihn. Irgendwo, im Ostteil, war ihm ein gemeingefährlicher Stützschnitt zugefügt worden. Doch auch für die erfahrenen *Kreation*-Leute erwies sich diese Art der Haarstufung als völlig irreparabel. Dem Mann konnte nicht geholfen werden. Mit dem Satz »Jetzt brauch ich erst mal 'ne Currywurst!« war er gegangen.

Dann war es endlich bei mir soweit. Das Vorspiel beendet – es ging los.

Schon allein die Wäsche! Es überkam mich dabei, heiß und kalt. Hitzewirbel im Nacken. Wohlig schloß ich die Augen. Der warme Wasserstrahl, die flinken Hände der Friseuse, die meine Kopfhaut massierten. Unmöglich, da kühlen Kopf zu behalten: Ich schwebte innerlich davon und genoß es, hilflos unter dem Umhang, der meine Bewegungsmöglichkeiten abschnürte, ihr ausgeliefert zu sein, ganz und gar, mit Haut und Haaren. Ich mußte nichts tun, als andächtig dem einschläfernd gleichmäßigen Scherengeklapper dort oben, im blauen Himmel meiner abschwirrenden Gedanken, zu lauschen.

Als die Friseuse – »Sandy« – mit dem Schneiden fertig war und zum Handspiegel greifen wollte, ermunterte ich sie – die Augen vor Wonne geschlossen – zu weiteren Kürzungen.

Es ging also weiter, sie stieß in ganz neue Regionen vor, bis dem Herumgeschnippel, das immer filigraner wurde, ein natürliches Ende gesetzt war.

»Mehr jeht nu aber wirklich nich«, hörte ich die Friseuse sagen, »sonst wird et prinzipiell.«

Ich schlug die Augen auf und während sie mir den Nacken freipinselte und – pustete, stellte ich ernüchtert fest, daß der Mann mir gegenüber im Spiegel – Mann? eigentlich in dem weiten Umhang ja eher ein zu groß geratenes Baby! – gegen alle Planung mit einem Extremkurzhaarschnitt dasaß, knapp oberhalb der Stoppelgrenze.

Der Preis für die gerade durchlebten Glücksmomente war, wie ich jetzt sah, hoch: Mein Kindheitstrauma – die Segelohren waren auferstanden! Ich hatte sie ganz vergessen. Jahrelang war auf die Frage »Die Ohren bedeckt?« ganz selbstverständlich ein »Ja, bitte« aus meinem Mund gekommen.

So wie sie jetzt nackt und rot in den Raum hineinragten, mußten sie, fand ich, auch zwischen der Friseuse – überhaupt jedem weiblichen Wesen! – und mir stehen. Ich kam mir verstümmelt vor.

Da half auch der barmherzig jede Wertung vermeidende Satz »Kurzhaarschnitte, die werden jetze wieder öfters verlangt«, der aus Sandys Mund an meine freistehend eregierten Ohren gedrungen war, verdammt wenig.

Benommen wankte ich zur Kasse.

Die Friseuse merkte, daß ich nicht hundertprozentig zufrieden war. Als ich ihr das Geld hinzählte, zog sie ein Fach auf und schob mir ein kleines Kärtchen über die Theke – *Tip-Top-Typ*-Beratung, ein Name, eine Telefonnummer.

»Aus Ihnen läßt sich einiget machen«, raunte sie mir leise zu, während sie das Geld in die Kassenfächer einsortierte. »Da müßten Se allerdings 'n bißchen mehr Zeit mitbringen. Det is 'ne ehemalige Kollegin von uns. Seit letztem Jahr selbständig. Aber sehr erfolgreich. Die macht sogar aus'm Gorilla 'n halbwegs vernünftjen Menschen.«

»?«

»Also, im Prinzip wenigstens«, fügte sie hinzu, als sie meinen entgeisterten Blick bemerkte. »Na, überlegen Se sich's: Anruf jenügt.«

Eher amüsiert nahm ich das Kärtchen entgegen und ließ es achtlos in die rechte Manteltasche gleiten, wo ich den täglich anfallenden Wegwerfmüll, alte Fahrscheine, Bonbonpapiere usw. aufbewahre.

Als ich aber draußen vor der Tür stand und mich rückblickend im Schaufensterspiegel noch einmal vom trostlosen Zustand meines Kopfes überzeugt hatte, nahm ich das Kärtchen doch wieder heraus und schob es ins Seitenfach der Brieftasche. Dort steckte auch eine Telefonkarte.

Ich ging in die nächste Zelle und wählte einfach, um bis zum Abend noch etwas zu tun zu haben, diese Nummer.

Ja, sagte eine Frauenstimme, sie hätte am Nachmittag noch einen freien Termin, ich könnte kommen.

Ein paar Straßen weiter, eine halbe Stunde später, stand ich vor dem Studio. Ich läutete. Ein Summer, ich drückte die Tür auf. Da ich noch nicht gleich dran war, studierte ich die Vorher/Nachher-Fotos, die, wahrscheinlich zu Werbezwecken, im abgetrennten Wartebereich des Studios hingen.

Eigentlich fand ich grundsätzlich die Vorher-Aufnahmen besser, ausdrucksvoller. Die Nachher-Aufnahmen zeigte die betreffenden (die betroffenen?) Personen nach erfolgter *Tip-Top-Typ*-Beratung. Es war, als hätte eine fremde Macht von ihren Gesichtern Besitz ergriffen, als wäre ein großes schicksalhaftes Bügeleisen über die Gesichter gegangen. Vielleicht hing das damit zusammen, daß sie nun alle so idiotisch lächeln mußten und, im Unterschied zu den Vorher-Aufnahmen, bunt waren.

Ich überlegte schon, ob ich nicht doch lieber wieder gehen sollte, da hörte ich hinter dem Raumteiler Stühlerücken. Die Kundin vor mir, ihr war unter anderem ein wasserfestes Permanent-Make-up empfohlen worden, verabschiedete sich – ich wurde in den Beratungsraum gerufen.

»Sagen Sie nichts«, sagte die Typberaterin.

Sie drückte die Kuppe ihres Mittelfingers gegen den gespitzten Mund und langsam, mit halbgeschlossenen Augen, schritt sie um mich herum, als wäre ich eine antike Statue. Von allen Seiten begutachtete sie mich.

Dann hatte sie es.

»Sie wollen etwas ... etwas ganz anderes aus sich machen, Sie wissen bloß noch nicht genau, was. Sie haben sich auf den Weg gemacht, aber Sie wissen noch nicht, wohin die Reise geht. – Stimmt's?«

Hoffentlich kostete dieser Schwachsinn nicht zuviel Geld.

»Und wissen Sie, woran ich das erkenne?«

Grinsend zuckte ich die Schultern.

»Ihr Haarschnitt verrät mir das.«

Natürlich, nur immer voll hinein in die Knautschzone meiner verwundeten Künstlerseele! Ich verfinsterte mich, nickte, und wir nahmen Platz. Jetzt war mir auch klar, wie das alles zusammenhing! Erst wurden beim Haarstudio *Kreation* unschuldige Menschen verunstaltet, nachher schickte man die Reste zum Recycling in die Typberatung. So einfach war das.

Es folgte eine kleine Routinebefragung. Doch schon die erste Frage, nämlich die nach meiner beruflichen Tätigkeit, brachte mich in Verlegenheit.

Ich antwortete ausweichend, daß ich mit Büchern zu tun hätte, gelegentlich auch Vorträge halten müßte.

»Mit Büchern? Also – so eine Art Schriftsteller?«

»Ja, kann man so sagen.«

»Ich guck mir dann ja doch eher mal einen schönen Film an«, bekannte sie offen.

Mein linkes Augenlid zuckte, sie bemerkte das aber nicht.

»Haben Sie ein Steckenpferd?«

»Ob ich ein ..., nein.«

Sie machte einen Strich.

»Was fällt Ihnen zu der Farbe grün ein?«

»Mappe.«

»Zur Farbe rot?«

»Darüber möchte ich nicht sprechen.«

»Rot?«

»Sessel«, sagte ich leise.

Je länger sie mich befragte, desto nervöser wurde ich übrigens. Ich konnte mir das gar nicht erklären, war abgelenkt, mußte nachfragen. Mehrmals wischte ich mir mit dem Handrücken über die Stirn.

»Entschuldigen Sie bitte«, sagte sie schließlich, »das war jetzt ein ganz blöder Test. Aber der war wichtig. Ich habe einfach die ganze Zeit immer nur auf einen bestimmten Punkt Ihrer Stirn geschaut. Und zwar hierhin.« Sie tippte mit dem Zeigefinger auf das Zentrum meiner Stirn.

»Sie sind unsicher geworden und haben sich sehr leicht aus der Fassung bringen lassen. Das halten wir mal fest. Das hilft uns vielleicht schon weiter.«

Sie machte sich eine Notiz. Dann sah sie auf: »Ich glaube – also, vom ersten Gesamteindruck her – es liegt bei Ihnen auch ein bißchen an der Farbe. Ihnen steht eher, ich würde sagen: blau, taubenblau.«

Eine Farbe, die ich absolut nicht ausstehen kann! Ich wandte den Kopf ab.

»Trotzdem, steht Ihnen.«

Es war dann beinahe zum Streit gekommen, weil ich immer wieder, als sie meinen Körper mit taubenblauen Tüchern behängte und künstlerisch zu drapieren versuchte – ich stand da wie ein hölzerner Kleiderständer – tieftraurig in den ovalen Spiegel geschaut und aufs entschiedenste den Kopf dazu geschüttelt hatte.

»Ich spüre es, Sie wehren sich gegen Ihre Farbe! Das ist nicht gut. So kommen wir nicht weiter.«

Eigensinnig beharrte ich auf meinem altbewährten

Schwarz, was sie schließlich zu der Feststellung veranlaßte: »Nehmen Sie es mir nicht übel, aber wenn ich sehe, wie sehr Sie in diese falsche Farbe geradezu verknallt sind, dann ...«

»Ja?«

»Also, da habe ich den Eindruck – Sie leiden etwas an Eigenliebe. Kann das sein?«

»Ja«, antwortete ich, »ich leide an Eigenliebe. Und zwar an unerwiderter. Das ist das Problem.«

Sie machte sich auch dazu eine Notiz, wenn auch nicht mehr ganz so zielsicher wie vorhin. Dann ging es an die Auswertung. Von einem Moment zum anderen veränderte sich ihr Gesicht. Sie strahlte mich an. »In Ihnen«, begann sie, »schlummern ungeahnte Kräfte!«

Ich nickte müde: »Ja, so was habe ich schon geahnt.«

Darauf war sie jetzt nicht vorbereitet.

»Ja, wer weiß«, erklärte ich deshalb, »vielleicht ist es ja besser, ich wecke sie gar nicht erst auf? Kann ja sein.«

Das wußte sie allerdings auch nicht. Sie blätterte deshalb weiter – dann also lieber spezieller. Obwohl in ihrem *Tip-Top-Typ*-Beratungseinmaleins die Rubrik »Schriftsteller« sicher nicht vorkam, konnte sie mir doch einige ganz brauchbare Tips geben. Zum Beispiel war ihr mein unbeständiger Blick aufgefallen. »Ständig unbeständig!« bemängelte sie – die reinste Unmöglichkeit.

Nach einer Skala unterschied sie für den *Defensivbereich* vier verschiedene Blicktypen: den »stotternden« (die Augenlider können sich nicht entscheiden, ob sie auf oder zu sein sollen); den »stammelnden« (länger anhaltendes Blinken); den »ausweichenden« (der Blick geht am Gesprächspartner vorbei ins Leere); den »unbeständigen«. Dieser Blick geht hin und her und vermittelt den Eindruck, als suche der Sprecher einen Fluchtweg.

Sie empfahl mir, letzteren unbedingt zu vermeiden! Im

Zweifelsfall: lieber den ausweichenden Blick. »Wenn Sie nachdenklich eine Augenbraue hochziehen und in die Ferne blicken – das ist auf jeden Fall eine vielsagende Geste. Besser als diese hektischen Kontrollblicke. – Gehen Sie dazu doch einfach mal in sich.«

Wirklich, ein netter Wandertip, den sie mir da mit auf den Weg gab!

Problematisch war auch die Sprache meiner Hände.

Kopfschüttelnd beobachtete sie, wo überall Finger von mir in kürzester Zeitspanne auftauchten. Wir einigten uns darauf, daß es vorteilhafter wäre, mich auf einige wenige, dafür markante Ersatzhandlungen zu reduzieren: Hand am Kinn; Pfeife stopfen; Aktionen mit dem Füller.

»So ist es schon viel besser«, meinte sie, als meine Faust ratlos das unrasierte Kinn aufsuchte.

Das alles war nicht einfach. Es war ein bißchen wie bei einem Fototermin, wo man pausenlos hin- und hergescheucht wird, sich allmählich verkrampft – und dann heißt es: »Seien Sie doch einfach mal ganz locker, ganz unverkrampft.«

Als die Konsultation zu Ende war, tranken wir noch einen Kaffee.

»Gefällt Ihnen eigentlich Ihr Beruf?« wollte sie von mir wissen.

»Ach – wenn man nicht schreiben muß, ist Schriftsteller schon ein toller Beruf.«

»Haben Sie denn schon viel geschrieben?«

»Jedes Leben«, sagte ich – und sah dabei in die Ferne, »ist ein Roman.«

Sie nickte. Und ich wußte nicht, ob das meiner Antwort oder nicht doch eher meinem akkurat ausweichenden Blick galt.

»Ich hätte dich fast nicht erkannt!«

»Ich bin es ja auch gar nicht«, sagte ich mit tiefer Stimme und drehte mich weg.

»Ach so. Na dann, entschuldigen Sie bitte.« Ellen fiel mir um den Hals.

Im Flur, als ich meinen Koffer abgestellt hatte, betrachtete sie mich dann noch einmal genauer. Sie kicherte bestürzt. Ihre Finger fuhren fragend über meinen halbleeren Kopf, als sei da sonst was zum Vorschein gekommen. Während wir uns noch einmal umarmten, sah ich mich im Flurspiegel an: Oh Gott, ja.

»Das wächst ja alles auch wieder nach«, wollte sie mich trösten – das machte die Sache aber nur noch schlimmer.

Wir spürten bald, daß wir uns in den letzten Wochen ziemlich auseinandergelebt hatten. Kein Wunder. Bis auf die gelegentlichen Telefonate, eher auf dem Niveau eines knappen Informationsaustausches, hatte es kaum einen Kontakt gegeben.

Letzte Neuigkeit, die ich noch nicht wußte: Benjamins Vater hatte sich nach Jahren wieder gemeldet. Ich fand das, nach allem, was ich über diesen Hallodri gehört hatte, eigentlich ganz in Ordnung. Ellen war entrüstet. Über ihren Ex-Mann – vor allem aber über mich, weil ich das so leicht hinnahm.

Der ganze Besuch war überschattet von Mißverständnissen. Beim Ausräumen der Spülmaschine wußte ich plötzlich nicht mehr, wohin mit der großen italienischen Salatschüssel? Ellen nahm sie mir aus der Hand und stellte sie an den richtigen Platz. Kein Wort. Nur ein Blick. Das genügte.

Als ich dann wenigstens noch mit Benjamin Malfolgen üben wollte, stellte sich heraus, daß dieses Thema längst abgehakt war, es gehörte noch zum vorigen Schuljahr. Inzwischen rechneten sie mit Variablen, denen ich aber mindestens ebenso hilflos gegenüberstand wie Benjamin. Außerdem war am nächsten Tag keine Schule, damit war auch dieses Thema erledigt.

Später, am Abend, wir saßen noch in der Küche, meinte Ellen: »Du hast dich verändert.«

Ich war traurig darüber.

»Aber nein«, sagte sie, »das ist doch gut.«

Da war ich noch trauriger.

Die Talkshowsache gefiel ihr übrigens gar nicht.

»Spinnst du?« fragte sie. »Das hast du doch überhaupt nicht nötig.«

Sie ahnte wahrscheinlich gar nicht, wieviel – genauer: wie wenig! – ich bisher an meinen lausigen Nomaden verdient hatte.

»Warum denn nicht?« wandte ich ein. »So was ist doch ganz wichtig, als Werbung.«

»Trotzdem«, sagte sie. Und für dieses »trotzdem« liebte ich sie unendlich.

Ich schenkte ihr Wein ein.

»Wir leben nun mal in einer Medienwelt, Ellen. Das Sofortbildprinzip hat sich durchgesetzt. Das Gesicht ist die Botschaft. Das meint übrigens auch Frau Szabo.«

Ellen nickte heftig.

Nach einer Weile: »Wer ist eigentlich Frau Szabo?«

»Das weiß ich auch nicht so genau.«

»Ich verstehe. Alles klar.«

»Ellen! Wenn du das meinst: Ich habe diese Frau Dr. Szabo nur ein-, nein, zweimal kurz gesehen. Sie ist so eine Art Lavaterforscherin, aber auch nicht richtig. Und sie ist mir, als ich sie in Zürich traf, ziemlich auf den Wecker gegangen, muß ich sagen. Weil sie da Sachen von mir wollte, die ich gar nicht habe.«

142

»Ach ja.«

»Ellen, ganz ehrlich: Ich bin heilfroh, daß ich nichts weiter mit ihr zu tun habe.«

»Da möchte ich bloß mal wissen, ja?, warum du jetzt so blöd in der Weltgeschichte herumguckst.«

Das wußte ich auch nicht. Ich hatte eigentlich nur mal kurz, weil mir das plötzlich angeraten zu sein schien, die Wirkung des *ausweichenden Blicks* testen wollen.

Ellen schüttelte den Kopf: »Du läßt dich zu sehr treiben. Jemand sagt: mach was über Lavater – und dann machst du was über Lavater. Jemand …«

»Neenee, Moment mal. Das war meine Idee. Das mit Lavater – das wollte ich ja selbst.«

»Um so schlimmer! Bist du dir eigentlich sicher, daß du immer genau weißt, was du willst?«

»Hör mal, das ist jetzt unfair.«

»Auch was du mir da von dem Film erzählt hast! Einmal heißt es: da müssen Frauen rein. Gut – dann kommen eben Frauen rein. Im nächsten Moment heißt es: die müssen wieder raus. Gut – dann streichst du sie eben wieder. Ich kenne mich da nicht so aus, aber vielleicht gibt es ja doch so etwas wie eine Wahrheit?«

»Ellen, das wird ein *Film*. Da ist es doch klar, daß man da hin und her schieben muß.«

»Klar. Die ganze Welt ist nur ein Spielzeug. Mal machst du das, mal das – wie es dir gerade so in den Sinn kommt, ja?«

»Was wirfst du mir eigentlich vor?«

»Nichts.«

»Ist das alles?«

»Ja.«

»Allerhand«, sagte ich bitter. –

Abends im Bett. Lange hatten wir parallel nebeneinander

gelegen, zwei schweigende Geraden, in der unendlich dunklen Nacht, ohne Schnittpunkt.

Ich drehte mich zu ihr hinüber. Da klammerte sie sich plötzlich im Dunkeln an mich. Ihr Kopf lag an meiner ruhig tickenden Brust – meine Schlafanzugjacke wurde feucht.

»Was ist denn?« fragte ich vorsichtig, »ich bin doch da.«

»Nein. Du bist ganz weit fort.«

Am Sonnabendvormittag.

Ellen hatte noch einiges in der Stadt zu erledigen. Ich war in der Wohnung geblieben. Ich wollte mir schon mal ein paar vorläufige Gedanken zum Thema »Schönheitsoperationen und Lavater« notieren, damit ich, wenn die von der Redaktion anriefen, nicht ganz und gar auf dem trockenen saß.

Plötzlich wummerte es gegen die Tür. Immer wieder.

Geräuschlos schob ich den Stuhl an den Armlehnen zurück, erhob mich leise und schlich zur Tür. Mit einem Ruck riß ich sie auf –.

Benjamin! Den offenen Anorak verquer umgeschlungen, ein Hemdzipfel vorn aus der Hose heraus, die Schuhe nicht zugebunden – so stand er da. Schmutzstarrend starrte er mich an. Seine hellen blauen Augen – der einzige Lichtblick in dieser verwahrlosten, ramponierten Erscheinung.

Nicht einmal meine Türaufreißaktion schien ihn sonderlich beeindruckt zu haben!

Ich beugte mich zu ihm hinunter: »Kannst du schon lesen?«

Benjamin schüttelte bockig den Kopf.

Na gut, ich ging darauf ein, tippte auf das Schild an der Tür – ein Türklinkenanhänger, den ich mal für alle Fälle aus einem Drei-Sterne-Hotelbetonklotz in Hamburg hatte mitgehen lassen: »Hier steht: ›Bitte nicht stören!‹«

Benjamin sah mich groß an.

»Und zwar in drei Weltsprachen.«

Er nickte.

Ich ging in die Hocke und versuchte es freundlich: »Hör mal, du, ich muß lernen.«

Benjamin betrachtete mich kalt und schüttelte wieder den Kopf.

Ich richtete mich rasch auf, so daß mir schwarz vor Augen wurde. Meine Freundlichkeit war weggeblasen: »Warum störst du mich dauernd?«

»Ich geh jetzt runter zu Kevin, dann hilfst du mir beim Pussel.«

»Ich habe dir gesagt, daß ich keine Zeit habe.«

»Das sage ich meiner Mama!« Und schon war er aus der Wohnungstür heraus, polterte die Treppen hinunter.

»Benjamin!« Ich wollte ihn zurückrufen, aber da kam nur ein »Nein« aus dem Treppenhaus – vielmehr: kein »Nein« sondern ein »Nei---en«.

Ich lehnte mich an den Türrahmen, schloß die Augen. Mobbing in den häuslichen vier Wänden hat einen Namen – ich sage nur: B.!

Zurück an den Tisch, wo ich versuchte, mich zu konzentrieren und den gerissenen Faden wiederaufzunehmen. Es ging nicht. –

Das wäre eigentlich auch keine schlechte Variante: Lavaters Kinder, Nattelein und Heinrich, haben Enslin erschossen! Aus Spaß, aus Versehen oder, warum nicht, aus Langeweile.

## KAPITEL 12

Noch einmal überflog ich Haffkemeyers Fax: » ... ein interessanter Versuch, auch wenn ich entscheidende, zum Teil prinzipielle Einwände habe, über die wir unbedingt bald reden müssen!«

Insgeheim, das wurde mir jetzt klar, hatte ich wahrscheinlich doch erwartet: ich komme zurück, finde ein Telegramm vor (sinngemäß): »Wunderbar! – Haffkemeyer«. Oder doch wenigstens: »Bin bei der Lektüre weinend vor Glück zusammengebrochen!«

Aber so?

Seit meiner Rückkehr in den »Hühnerstall« war die Lektüre des Faxes die einzig nennenswerte Aktion, zu der ich mich hatte aufraffen können.

Angekommen, war ich im Sessel versunken wie in tiefer Hoffnungslosigkeit. Meinen Mantel hatte ich noch an. Es war warm. Aber ich schaffte es nicht, ihn auszuziehen. Ich knöpfte ihn nur kraftlos mit einer Hand zur Hälfte auf. Koffer mußte ausgepackt werden. Rasieren war angesagt. Zu nichts, zu nichts war ich fähig. Saß da. Ein Fremdkörper im Zimmer. Die Beine weit von mir gestreckt. Irgendwo, in der Ferne, ragten zwei Schuhspitzen auf. Sie gehörten nicht zu mir. Ich kippte den Kopf zurück. Eigentlich höchste Eisenbahn, mein Gastspiel hier abzubrechen.

Wie grundverkehrt mein Leben lief, war mir klargeworden, als ich bei der Ankunft auf dem Bahnhof Wühlischheim, um genau zu sein: beim Anblick der verkokelten Würstchenbude, so etwas wie »Heimatgefühl« empfunden hatte. Und auf meinem Fußmarsch den Burgberg hinauf, vorbei an den abgeschotteten Eigenheimen, die mit ihren Metallrahmen-Fenstern aussahen wie Hochsicherheitstrakte – hier und da spähte auch ein Lebenslänglicher hinter den Gardinengittern hervor –, hatte ich tatsächlich für einen Moment das flaue Gefühl gehabt, es ginge »nach Hause«.

Schickedanz hatte mich noch auf dem Burghof abgepaßt. Kein Kunststück – von seinem Küchenfenster aus konnte er, der Burgvogt, das Herannahen feindlicher Truppen früh genug ausspähen. Kurze, freundliche Begrüßung. Die Mirabellen im Burggarten waren inzwischen überreif; ich könnte mir jederzeit ein paar pflücken. – Danke.

Er selbst, während wir sprachen, schob sich immer wieder eine der gelben, mattglänzenden Kugeln in den Mund, verzog dabei sein Gesicht in alle möglichen Lagen und brütete sorgfältig den Stein wieder aus, den er dann mit einem raschen Griff von den Lippen pflückte.

Ein paar Kinder rannten vorbei. Die Enkel. Auch die Tochter war zu Besuch, Ursula. Sie begrüßte mich, und wir unterhielten uns ein bißchen, Wetter und so weiter.

Alle drei Schickedanz-Generationen auf einen Blick, bemerkte ich, wie bei der Tochter im Unterschied zu den Enkeln die Schickedanz-Gesichtszüge wieder deutlich Oberhand gewannen. Es war, als forderte der Stamm mit den Jahren seine Rechte zurück. Nachdem die Tochter vielleicht kurzzeitig leichtsinnig ausgeschert war für ein paar Jahre jugendlichen Elans und Entwurfs – und alles, alles sollte anders werden –, pfiff der Stamm nun seine Leute zurück. Zeit der Sammlung, des Aufbruchs. Antreten zum Gänse-

marsch durch die Jahrhunderte, zum Eintritt in die Ahnen-
galerie der ähnlichen Gesichter.

Hat Lavater eigentlich jemals etwas zur Familienähnlich-
keit geschrieben? Ein offener Punkt, über den nachzuden-
ken war.

Ich saß noch immer im Sessel, als das Telefon ging. Ich ließ
mich zur Seite kippen, so daß ich den Hörer mit den Fin-
gerspitzen zu fassen bekam.

Es war Haffkemeyer! Ich rutschte halb vom Sessel.

»Hallo«, sagte ich.

»Na, jetzt wollte ich doch wenigstens mal nachfragen, ob
Sie mein Fax erreicht hat?«

»Ja, ich bin gerade eben angekommen.«

»Mh. Na – und?«

»Na ja.«

»Verstehen Sie mich da bitte nicht falsch. Aber die ganze
Geschichte, so wie Sie sie jetzt erzählen – ich weiß nicht.
Das ist … ja, das ist mir einfach noch ein paar Nummern zu
klein. Kammerspiel! Und Lavater, der ist bei Ihnen nur Ku-
lisse, steht zu sehr im Hintergrund.«

Ich notierte mir: … zu sehr im Hintergrund.

»Sind Sie noch dran?«

»Ja. Klar, klar.«

»Ich glaube, wir brauchen da einfach mehr Welt. – Menschenskind: ›Lavater‹. Hören Sie mal! Begnadeter Irrer, Me-
dienguru, Wanderprediger! Da will ich doch was *sehen*! 18.
Jahrhundert. Da müssen Kutschen rollen. Und Köpfe, Köpfe will ich sehen. Gesichter!«

Ich malte kleine Mondgesichter aufs Papier: Das artete
mit Haffkemeyer allmählich in Beschäftigungstherapie aus.

»Sagen Sie mal, der Lavater, der war doch auch irgendwie mit Goethe bekannt, nicht wahr?«

»Ja schon. Aber den wollte ich nun ausdrücklich nicht mit dabei haben, damit das nicht so Richtung Kostümfilm ...«

»Gut, also Goethe kann da meinetwegen gerne wegbleiben. Sie haben ja den Enslin-Strang, und der ist ja auch nicht schlecht. Das Ganze soll ja – da verstehen wir uns, glaube ich, richtig – nicht kopfig sein, im Gegenteil.«

Im Gegenteil – notierte ich mir.

»Also, um Ihnen da nur mal ein Beispiel zu geben: Sie schreiben was über Porträtmalerei. Schön und gut. Sehr gut, sogar. Zeitkolorit. Aber solange das nur Salonunterhaltung ist und ich da nicht auch einen Maler sehe und eine schöne Frau ...«

»Also doch Frauen?« fragte ich nach.

»Aber ja, natürlich Frauen. Nur bitte nicht so platonisch! Irgendwann muß es da auch mal richtig zur Sache kommen, muß es mal klingeln, sonst –.« Haffkemeyer stöhnte.

»Ich verstehe«, sagte ich, »alles mehr filmisch – und nicht so sehr mit geistesgeschichtlichen Ideen brillieren.«

»Mh, so ungefähr«, meinte Haffkemeyer. »Obwohl, Brillanz ist nun nicht gerade das, was ich Ihnen zuallererst vorwerfen würde.«

Brillanz – kein Vorwurf ..., notierte ich nachdenklich.

Wir verabredeten, daß ich ihm in den nächsten Wochen einen neuen Entwurf schicken sollte.

»Dann für heute erstmal: cover!« sagte Haffkemeyer.

Eiei, Sir.

Es half alles nichts; ich warf meinen Mantel über den Stuhl und machte mich daran, Ordnung ins Zimmer zu bringen. Hühnerstall muß ja nicht Saustall heißen! Ich wußte auch nicht, ob Schickedanz mit seinem Riesenreservoir an greifbaren Schlüsseln nicht doch hin und wieder in meiner Abwesenheit die Zimmer inspizierte.

Zunächst räumte ich, um Platz für einen Neuanfang zu

haben, den Schreibtisch frei. Ich zerriß alle Zettel und Notizen, die mich an meinen alten Entwurf erinnerten, und ließ die Reste – Schnee von gestern – in den Papierkorb schneien.

Dann ging ich die während meiner Abwesenheit eingegangene Post durch. Ein Belegexemplar der »Süddeutschen Monatshefte« lag dabei. Ein Buchpaket. Etliche Briefe.

Meine »Gedanken zur Zeit«, das merkte ich beim Überfliegen, waren weitgehend – und das ging schon fast ein bißchen *zu* weit! – unter unsichtbarer Federführung von Magda Szabo entstanden. Ich erinnerte mich jetzt wieder daran: im letzten Moment, als mir überhaupt nichts weiter einfallen wollte, hatte ich einfach ein paar von den Gedanken zusammengetrieben, die mir nach dem Gespräch beim Zürcher Chinesen im Kopf herumgegangen waren.

»Das Zeitalter einer neuen Unmittelbarkeit hat begonnen!«

Mit diesem Paukenschlag begann der Artikel.

Äußeres Merkmal dieser Ära ist das Vordringen nichtverbaler Verständigungsformen: Symbole, Zeichen. Es ist die Wiedergeburt des Urmenschen aus der modernen Technik anzuzeigen. Auf höherer Stufe entsteht die alte Unmittelbarkeit, die unsere behaarten Vorfahren unbarmherzig an einen engen Gesichtskreis gefesselt hatte, neu. Die Erfindung der Werkzeuge und aufrechter Gang führten aus diesem Dunstkreis heraus. Indem nun – Zauberlehrlingsdialektik aller Werkzeuge – vor allem durch zunehmende Automatisierung die Werkzeuge »selbsttätig« werden, verlieren wir sie aus der Hand. Die kostbaren Zwischenglieder, denen wir unsere Kultur verdanken (Kultur = Distanz, Kulturlosigkeit = Distanzlosigkeit!), verschwinden, und wir sinken in den alten Zustand zurück. Es zeigen sich die alten

Urmenschensyndrome neu: dumpfe Stimmungslage, das Gefühl des Ausgeliefertseins, des Nichtverstehens.

Soweit mein kleines Katastrophenszenario für die nächsten hundert Jahre. Es kam auf die Ablage. Ebenso wie eine verspätete Rezension zu den »Nomaden des Abschieds«, sie flatterte mir aus einem der Briefe entgegen. Bei der Überschrift, »Der utopische Rest«, stutzte ich, das kam mir bekannt vor, ich wußte bloß nicht, woher; bis ich die Unterschrift las – Heinz Höfler. Aha, Liebesgrüße von meinem alten 007!

Insgesamt war es weniger schlimm, als man befürchten mußte. Aus irgendeinem Grund räumte Höfler mir mildernde Umstände ein.

Ich war aber nicht in Stimmung, mich weiter damit zu beschäftigen, denn da lag noch das Buchpaket.

Ich riß es auf: die Überraschung des Tages! Schon länger hatte ich danach gesucht, jetzt hielt ich es in Händen: »Genie des Herzens« von Mary Lavater-Sloman, eine ältere, hin und wieder zitierte Lavater-Biographie. (Die Rechnung legte ich gleich für Haffkemeyer zur Seite.)

Haffkemeyer hatte übrigens recht: So ein Film konnte nicht im luftleeren Raum, im Geisterreich gelehrter Dispute und reiner Gedanken spielen. Früher oder später brauchte man da schon etwas Handfestes, Material – Gesichter, Situationen, schließlich Kameraeinstellungen!

Ich blätterte mich rasch durch die Seiten, immer auf der Suche, eine Spur von meinem Enslin zu finden. Unter der Jahreszahl 1779 – Lavater war wegen seiner Anstellung zu St. Peter gerade aus der Spiegelgasse ins Pfarrhaus »Rehlaube« auf die andere Seite des Limmat umgezogen – entdeckte ich die folgende Passage.

Die »Reblaube«, das viel zu enge Pfarrhaus ist inzwischen einigermaßen wohnlich geworden. Anna und Frau Bäbe haben Platz geschafft, Nebenräume in Zimmer umgewandelt, die größte Stube im ersten Stockwerk durch den geliebten runden Tisch zum Heiligtum des Hauses gemacht. Es ist ein niedriges, quadratisches, aber großes Gemach, die Wände sind dunkel getäfelt und tragen Johann Caspars Lieblingsstiche; leichte, weiße Vorhänge aus dem Appenzell lassen so viel Licht herein als diesen Hauswinkel nur immer erreicht, und von seinem Platz am Tische sieht Johann Caspar an der Gassenecke vorbei zu seiner Kirche hinüber. Sein Arbeitszimmer im zweiten Stockwerk ist und bleibt aber überfüllt, obgleich die Frauen ihm schon zu viel entführt haben. Oft findet er das Wichtigste nicht und hat keine Zeit, die Kisten zu durchsuchen, in denen das »unwichtige« begraben liegt ... seine schönen Chodowieckis sind doch nicht unwichtig! Wo sind sie? Man muß sie suchen!

Das ganze Haus, der ganze Freundeskreis wird in Bewegung gesetzt, Alle Kästen und Schränke werden durchwühlt, ein ungeheurer Wert steckt in den Blättern, aber eines Tages läßt Johann Caspar plötzlich die Schlacht abblasen; sind die Stiche gefunden? Nein, und bitte kein Wort mehr über die Chodowieckis!

Johann Caspar ist sehr still und so traurig, als sei ihm ein Kind gestorben. Nur er weiß, wo die Chodowieckis sind, aber er wird kein Wort darüber sprechen. Enslin, sein Sekretär, sein Schützling, dieser Jüngling, den er wie ein Vater erzogen und geleitet, hat ihn bestohlen. Die Chodowieckis sind verkauft. Johann Caspar könnte sie zurückerhalten, diese Stiche, die für ihn ein Kapital von Hunderten von Louisdors bedeuten, aber dann müßte er Enslin dem Gericht überliefern.

Der junge Mann umklammert schluchzend seine Knie: um meiner Eltern willen, schützen Sie mich! Nicht um Ihrer Eltern willen, aber um Ihrer Seele willen. Enslin soll ihm nun ein ganzer Sohn sein. Gott wird ihm helfen, die junge Seele zu retten.

Ich ließ das Buch sinken. Ein ganz neuer Aspekt!

Erstaunlich – jetzt fiel mir auf: dieser Vorfall, von dem ich hier zum ersten Mal las, bleibt in Lavaters »Bericht wegen Enslin« völlig unerwähnt! Kein Sterbenswörtchen darin zum Diebstahl der Chodowieckis. Lavater erörtert alle möglichen Gründe, die Enslin zum Selbstmord getrieben haben könnten (bis hin zu einer unglücklichen Liebe) – diesen einen, ganz naheliegenden Grund übergeht er mit Schweigen. Einigermaßen unerklärlich. Oder doch nicht? Hat Lavater da ein schlechtes Gewissen? Fühlt er sich mitschuldig?

Lavater, der Seelenretter, hatte Enslin mit dieser dummen Geschichte ja in der Hand. Er lieferte ihn nicht der weltlichen Macht aus – also konnte er ihn erpressen. Zur Gottesfürchtigkeit zum Beispiel. Lavaters vorwurfsvollmilden Blicke, die Enslin verfolgen und ständig an seine Freveltat erinnern. Diese allesliebende, allesverstehende Art Lavaters ist unmenschlich. Enslin kann tun und lassen, was er will – Lavater, mit einem schielenden Blick zu Gott, verzeiht ihm, stellvertretend. Kein Ausweg? Nein, kein Ausweg und keine Erlösung durch eine irdische Strafe in Sicht. Eines Tages hält Enslin diesem Druck nicht mehr stand, er flieht vor Lavater, das heißt, er nimmt sich kurzerhand das Leben.

Unerklärlich auch, *was* Enslin da gestohlen hat. Schließlich hat sich der junge Mann nicht an irgendwelchem Tafelsilber der Familie oder am Haushaltsportemonnaie vergriffen – sondern am Allerheiligsten, was der Lavatersche Hausstand überhaupt zu bieten hat: an den Chodowiek-ki-Blättern, dem Grundstock der Gesichterenzyklopädie! Das gibt der Sache die besondere Wendung.

Sicher war da mehr als bloß profane Geldgier im Spiel. Es wäre einfach zu billig, hätte er nur kaltblütig die Umzugsunordnung für einen Diebstahl der Stiche ausgenutzt. Als Schreiber mußte er doch wissen, was er da tat.

Rache? Der Diebstahl der Chodowiecki-Stiche trifft ja Lavater an seiner allerempfindlichsten Stelle. Schwer, hier an einen Zufall zu glauben.

Wenn man Enslins »husarische Miene« in Rechnung stellt, beziehungsweise sogar eine gewisse Entstellung seiner Gesichtszüge, könnte dieser Diebstahl auch der Notschrei einer verunstalteten Menschenkreatur gewesen sein, womöglich sogar aus Angst vor weiteren Enthüllungen der Lavaterschen Gesichterleserei. Enslin will Beweismittel, die gegen ihn, den Entstellten, sprechen könnten, aus der Welt schaffen. Und der Umstand, daß Lavater diesen Diebstahl nicht zur Anzeige gebracht hatte, wäre letztlich auch das stumme Schuldeingeständnis Lavaters: die physiognomische Lehre ist gefährlicher als Schießpulver.

Enslin, das wurde mir wieder klar, ist und bleibt die Schlüsselfigur zur Lavater-Geschichte, mit einem ganzen Schlüsselbund von Motiven in der Rocktasche! Und Lavater – je länger ich mich mit ihm beschäftigte, desto unheimlicher wurde er mir.

Es war schon spät geworden. Ich räumte noch die Reisetasche aus. Als ich im Vorbeigehen, auf dem Weg zum Schrank, meine grüne Mappe auf dem Schreibtisch ablegte, fiel mein Blick in den Papierkorb.

Ich ging weiter, da –.

Es war genau dasselbe Gefühl, wie ich es manchmal verspüre – plötzlicher Druck in der Brustgegend –, wenn ich zu schnell aus dem Auto aussteigen will und vergessen habe, vorher den Sicherheitsgurt abzuschnallen. Etwas zog mich zurück, unmißverständlich. Langsam setzte ich meine Schritte rückwärts, machte eine halbe Drehung, kniete vor dem Papierkorb nieder. Mit beiden Händen klammerte ich mich am runden Rand fest. Mein Blick wurde wie in einen Strudel hinabgezogen ... kleine, vergilbte Papierschnipsel! Und darauf? Darauf: dieselben Zeichen, die ich in Lavaters Brief an Lenz gesehen hatte!

Fahrig, mit eisigen Fingern klaubte ich die papiernen Überreste aus dem Chaos hervor und bettete sie vorsichtig auf den Teppich. Ich biß mir in den Zeigefinger. Oh, Gott, laß das jetzt bitte nicht wahr sein!

Aber nein, kein Zweifel: es war das Blatt, das verschwundene Blatt! Beziehungsweise die Reste davon.

Ein Autograph Lavaters! Im Zürcher Lesesaal mußte es mir beim eiligen Zusammenschieben der Papiere unbemerkt zwischen die Unterlagen gerutscht sein. Und ich Idiot – ich Idiot! – hatte das als Schmierzettel benutzt, weil ich es für ein ausgemustertes Bibliotheksblatt gehalten hatte und die Chiffren darauf wahrscheinlich für irgendwelche unvollständigen Katalogsignaturen ... und vorhin hatte ich das als »Erledigt« zerrissen.

Erledigt, dachte ich beim Anblick dieser traurigen Reste, erledigt. Ich hätte mich erschießen können!

Später, als ich mich ein wenig beruhigt hatte, begann ich vorsichtig, die einzelnen Puzzlestücke umzuwenden. Wie zum Hohn traten da die Einzelteile von »Maskenball« und »Frauengeschichten« ans Licht, ans trübe Licht des Zimmers.

Okay, es hatte ja noch niemand gemerkt: Ich weiß von nichts, mein Name ist –, ich verbrenne die Reste, es hat dieses Blatt nie gegeben, niemals.

Ich nahm mein Feuerzeug aus der Tasche und zündete mir eine Pfeife an.

Mein Tagesbedarf an Katastrophen war für heute vollauf gedeckt. Ich ging in die Küche. Da ich einige Tage nicht dagewesen war, stand ich, als ich die Kühlschranktür aufklappte, unversehens vor dem Nichts. Nur im Tiefkühlfach glitzerte vertraut eine weiße verträumte Antarktislandschaft – gefroren zu Eiswürfeln.

Im Whiskyglas läuteten die Eiswürfel dann klirrend diesen überflüssigen Tag aus. Ich hatte nur noch eines im Kopf: einen großen, einen übergroßen Ballantines, der glühend zwischen den verwitterten Klippen meiner Zähne brandete.

Schwankend stand ich über den Papierschnipseln. Ich wartete auf einen Geistesblitz. Doch es blieb dunkel in meinem Kopf. Meine Finger zitterten, als ich schließlich die Papierfetzen vom Fußboden aufsammelte und in einen leeren Briefumschlag schob.

Mit kaltem Fuß klickte ich die Stehlampe aus.

Ein letzter Blick aus dem Fenster und – Vorhang!

Ich ging in die Falle.


Nächster Vormittag, gegen halb elf: das Telefon! Ich zuckte wie unter einem Stromschlag zusammen – nur um es endlich zur Ruhe zu bringen, nahm ich schließlich ab, sagte genervt meinen Spruch. Um diese Zeit bin ich normalerweise noch meilenweit von meiner geistigen Normalform entfernt. Und an diesem Tag sowieso.

Wahrscheinlich wieder Haffkemeyer, mit einer neuen Schnapsidee! Mensch, ich bin doch nicht seine Telefonseelsorge. –

Es war aber eine Chefsekretärinnenstimme, die mich um einen Moment Geduld bat, sie stellte mich durch zu ... – erst verstand ich den Namen nicht richtig; als ich ihn aber verstanden hatte, verstand ich gar nichts mehr, hing plötzlich schwerelos, wie ein Luftballon, an der Telefonschnur: Frau Dr. Szabo!

»Hallo?« Ausgerechnet jetzt! Mir wurde schwindelig, jeglicher Bodenkontakt war verloren. Gegen mich war eine große Weltverschwörung im Gange. Vorsicht, diese Frau hat das zweite Gesicht.

Magda erkundigte sich danach, ob ich noch pünktlich nach Berlin gekommen sei und ob dort alles geklappt hätte. Entsprechend ausweichend meine Antwort.

Dann beglückwünschte sie mich zu meiner »Gedanken zur Zeit«-Kolumne, die lag gerade vor ihr auf dem Tisch. – Ich zuckte zusammen. – Seit langem das Beste, was sie gelesen hätte!

Das wunderte mich nicht.

»Aber deswegen rufe ich dich ja gar nicht an.«

»Sondern?«

»Ich glaube, ich habe es jetzt!«

»Okay«, sagte ich, »was hast du?«

»Das Blatt!«

»Was! Du hast das Blatt?« fragte ich ungläubig.

»Noch nicht ganz. Aber ich weiß jetzt, wie ich es ganz sicher bekomme.«

»Herzlichen Glückwunsch«, sagte ich kühl. »Da bin ich aber gespannt.«

»Du bist doch an der Geschichte von Lavaters Schreiber dran, nicht wahr?«

»Ja. Allerdings.«

»Und da hast du doch diese Beilagen gesucht, zu Lavaters Bericht über ... äh, wie heißt der noch?«

»Enslin«, sagte ich, meine Stimme war heiser.

»Ja, richtig – Enslin. Hier steht es ja auch. – Na, dann ist doch alles denkbar einfach«, sagte sie, ganz unternehmungslustig auf einmal. »Wir tauschen! Beilage gegen verschwundenes Blatt aus der Mappe. – Also komm, jetzt kannst du nicht mehr nein sagen.«

»So einfach, wie du denkst, ist das nicht.«

»»*Der zügellose Jüngling voll Ungetult ...*‹ – so fängt das hier an. Sieht interessant aus. Ein Briefentwurf, würde ich sagen. Etwa Din-A4-Format. Schwarze Tinte, ziemlich flüchtig geschrieben. Liegt direkt vor mir auf dem Tisch. – Also, wenn du das haben willst? Vielleicht hilft dir das ja weiter? Oder bist du etwa mit deinem Film schon fertig?«

»Neenee, gar nicht.« Ich schluckte. »Magda, du kannst mir glauben, im Moment würde ich wirklich nichts lieber auf der Welt, als dir dieses blöde, blöde verdammte Blatt schicken ...«

»Und, warum tust du es dann nicht?«

»Es geht nicht«, sagte ich leise. »Im Moment geht es nicht.«

» ... im Moment nicht. – Gut. Das ist doch endlich mal ein Wort! Dann geht es also später? Ich will dich ja nicht drängen, aber ...«

»Ich werde darüber nachdenken, ja.«

»Tu das! Ich habe immer gewußt, früher oder später kommen wir doch zusammen. Das Blättchen konnte sich ja nicht in Luft aufgelöst haben. Aber, ganz herzliche Bitte: nicht mit der Post schicken, ja. Wir sehen uns doch sowieso bald.«

»Wir? Wüßte ich jetzt nicht.«

»Doch. Du hast doch schon zugesagt – *Ninas Nachmittag*. Hab ich zumindest gehört.«

»Hast du da auch eine Einladung?«

»Als die Redaktion anrief, das war kurz, nachdem du hier warst, da bist du mir natürlich eingefallen, sofort. Ich hab dich als Gesprächspartner empfohlen. Und die haben dann wohl auch gleich deinen Agenten kontaktiert. Ich dachte, das ist doch nicht unwichtig für dich.«

»Nee, nee, das ist schon okay so – Danke, Magda. Danke.«

Ich legte den Hörer auf.

Mein lieber Massolt, langsam entwickelst du dich zu einem verdammten alten Schlitzohr!

Ich ging zum Regal, zog den grauen Umwelt-Briefumschlag heraus. Wütend schüttete ich die Papierschnipsel auf der Schreibtischunterlage aus und machte mich daran, die einzelnen Stücke zu sortieren.

Das ging besser als erwartet. Meine Rückseitenbeschriftung half mir jetzt sogar, die Teile passend zusammenzulegen – und fast ging das Puzzle auf, fast! Bis auf ein Randstück rechts – verdammt, ein einziges Stück, das fehlte mir noch!

Ich sah noch einmal im Papierkorb nach, kippte ihn schließlich ganz aus, konnte aber das fehlende Teil, obwohl ich mir jedes Schnipselchen einzeln vornahm, nicht finden.

Plötzlich sah ich die Szene von der Seite: ein Irrer rutscht auf Knien über den Fußboden und durchwühlt chaotisch die gesammelten Abfälle von mehreren Wochen.

Nein sagen. Die Augen schließen, den Kopf senken und nein sagen. Nein, nein und nochmals nein.

Ja? fragt es aus dem Dunkel – hast du etwas gesagt?

Nein. Nein, nein und nochmals nein.

Verdammt, ich muß aufpassen, Lavater hat auch schon andere vor mir in den Wahnsinn getrieben.

Ich richtete mich wieder auf.

Alle Teile, die zusammenhängend vor mir lagen, klebte

ich jetzt auf ein weißes Blatt, legte dieses zwischen zwei andere Blätter, schob das Ganze zum Trocknen in »Wühlischheim im Wandel der Zeiten« (Fotobildband), und setzte mich schließlich, ein Häufchen Unglück, als Krönung oben drauf.

Ich weiß nicht, wie lange ich so dagesessen habe.

Als ich dann doch, es mußte ja sein, das Buch aufgeklappt und die Blätter vorsichtig, sie klebten noch ein bißchen, voneinander gelöst hatte – da sah ich endgültig schwarz!

Was zum Vorschein gekommen war, das sah aus – ich weiß nicht, wie. Vielleicht wie der anonyme Drohbrief eines Marsmenschen, den dieser aus den ausgeschnittenen Buchstaben und Wörtern einer Mars-Zeitung mit grauer Marsmenschenspucke zusammengeklebt hatte.

Trotzdem, trotzdem! Mit einem schwarzen Filzstift korrigierte ich nun wenigstens solche Stellen, wo ein Riß mitten durch einen Buchstaben oder eine Chiffre gegangen war, die Einzelteile also nicht paßgenau zusammenklebten.

Ich besah mir das Ganze, das ganze Elend! – es gab jetzt nur noch eine Hoffnung: den Copyshop.

Nach anderthalb Stunden kam ich zurück. Ich hatte mehrere Kopien mit unterschiedlichen Helligkeitsstufen gemacht. Das Grundproblem, und das war mir schon im Laden aufgefallen: die Rißstellen waren noch deutlich, schwarzzackig zu sehen, auch die Knitterfalten – letztere als Gebirgszüge, die graue schattige Täler aufs Papier warfen.

Die Chiffren selbst jedoch, soweit ich das beurteilen konnte, schienen trotz allem leserlich zu sein.

Immerhin.

KAPITEL 13

Alles wäre wahrscheinlich ganz anders gekommen, hätte ich nicht, anderthalb Wochen später, diese Lesung in E. gehabt.

Wäre. Hätte. –

»Hallo!« Jemand rief meinen Namen, genauer: den Vornamen – und den sogar in der Verkleinerungsform.

Kurze Schrecksekunde – ein knieweicher Moment, dann aber hatte ich mich sofort wieder unter Kontrolle, um spontan reagieren zu können, das heißt, ich drehte mich überrascht um und –

Eine Frau!

Sie strahlte mich an. Aha. Da strahlte auch ich, ganz automatisch! Als mein Mund vom angestrengten Lächeln zu schmerzen begann, ging ich langsam auf sie los. Noch drei Schritte, noch zwei, dann stand ich direkt vor ihr. Sie hatte inzwischen die Augen erwartungsvoll geschlossen, die Arme ausgebreitet. Wie Windmühlenflügel.

Da mir im Moment nichts anderes einfiel, fiel ich ihr einfach stumm in die geöffneten Arme. Es drehte sich ein bißchen, dann lag mein Kopf schwer und ratlos auf ihrer Schulter. –

Das Problem war im Grunde ein altes, es gehörte zum klassischen Repertoire meiner Fehler: Oft rede ich mit Leuten, und während wir uns angeregt unterhalten, einander ins Wort fallend, gemeinsame Erinnerungen auffrischen, versuche ich herauszufinden: woher kennen wir uns eigentlich?

Oder, ähnlich gelagert, die Situation »Partyschreck«. Vorstellungsrunde; zwischen mir und einer mir völlig unbekannten Person baut sich der Gastgeber auf, die Arme, wie eine Frage, halb erhoben: »Kennen Sie sich?«

Mit dem salomonischen Satz »Man kennt sich ja selbst kaum« – gehe ich in solchen Fällen in Deckung. Meine Standardantwort auf diese verfängliche Frage! Die mich rettet. Und, wer weiß, vielleicht auch mein Gegenüber. Denn dieses Eingeständnis erspart mir und womöglich auch, trotz des aufmunternd vertraulichen Lächelns, meinem Gegenüber die peinliche Wahrheit: ein Schriftsteller, den man nicht kennt, mit anderen Worten: einer, den es gar nicht gibt.

Ich vermute übrigens stark, daß mein seinerzeit so urplötzlich und unerwartet aufgeflammtes Interesse an Lavaters Gesichterleserei unter anderem – um ein paar Ecken meines verwinkelten Wesens – mit meinem schlechten, ausgesprochen lückenhaften Gesichtergedächtnis zusammenhing.

Nach wie vor lag mein Kopf auf der Frauenschulter. Nachdenklich schnüffelte ich den fremden Duft ein – wie ein Hund, der Witterung aufnimmt. Das war natürlich zwecklos. Als ich für einen Moment die Augen öffnete, sah ich noch, wie sich der Bibliothekar und seine beiden Mitarbeiterinnen diskret davonmachten. Sofort schloß ich die Augen wieder.

»Mensch, du«, hörte ich ihre Stimme, ganz nah an meinem Ohr.

Ich stöhnte dumpf.

»Sag jetzt nichts«, sagte sie leise.

Ich schüttelte den Kopf – nein, das hatte ich auch gar nicht vorgehabt!

Mit einem Ruck machte sie sich los: »Wie lange ist das jetzt eigentlich her?« Das wollte diese Frau plötzlich allen Ernstes von mir wissen.

Ich legte spielerisch die Stirn in Falten.

»Du bist immer noch der alte«, sagte sie vorwurfsvoll freundlich. »Hast du heute abend noch was vor?«

Ich zuckte die Schultern. – Der Bibliothekar, der einzige Mensch, den ich bisher in E. kennengelernt hatte und der nach der Lesung eigentlich noch ein Bier mit mir trinken wollte, war ja gerade unwiederbringlich verschwunden.

»Na dann komm«, sagte sie und hakte mich unter, »wir müssen uns ja so viel erzählen.«

Schweigend gingen wir die nächtliche Straße hinunter.

Ich hatte den Absprung verpaßt!

Enslin trifft eine Frau, die ihn zu kennen vorgibt oder auch wirklich kennt – aber er erkennt sie nicht, oder sogar, schlimmer: er kennt sie gar nicht. Was kann der Grund dafür sein?

Variante 1: Enslins chronische Vergeßlichkeit?

Nein, das vergessen wir mal! Es ist ja meine Vergeßlichkeit, Enslin hatte damit nichts zu tun. Der ist schon so genug geschlagen. Ich muß ihn nicht noch mit meinen Macken ausstatten. Wenn Enslin ein »Held« werden soll, der diesen Namen auch wirklich verdient, muß ich ihm eher solche Eigenschaften verpassen, die ich nicht habe.

Sagen wir statt dessen, Variante 2: Enslin reist inkognito, unter falschem Namen. Er gibt sich für einen anderen aus.

Dieser andere nun ist aber jemand, den die Frau vor vielen Jahren tatsächlich kannte. Was nun?

Wir liefen Richtung Marktplatz.

Enslin muß die Sache, so oder so, erst einmal laufenlassen und auf eine günstige Gelegenheit warten, sich davonzumachen.

Vor dem Schaufenster der City-Optik sah ich ein Ehepaar stehen, es war auch bei der Lesung gewesen, ich erinnerte mich an ihre idiotisch bunten Zwillings-Brillen. Als sie uns kommen sahen, wechselten die beiden nächtlichen Paarläufer zielsicher die Straßenseite, so daß sie uns nun unfehlbar in die Quere kommen mußten.

»Schönen Abend noch, Frau Buggenhagen«, wünschte die falsche Brillenschlange freundlich, ihr Mann feixte unerlaubt vertraulich zu mir herüber.

Glücklicher Zufall! Enslin hat den Namen der Frau erfahren. Ein Anhaltspunkt? Ja – aber der Name sagt ihm nichts und jetzt erinnert er sich, das war wohl doch eher eine »Du«-Bekanntschaft. Ein Schritt nach vorn, ein Schritt zurück.

Die Frau an meiner Seite, Frau Buggenhagen, wie sich jetzt herausgestellt hatte, hakte mich noch fester unter, »Ins ›Turmverlies‹?« fragte sie mich, als wir wieder allein waren.

»Es heißt jetzt ›Intermezzo‹.«

»Ja, gern«, sagte ich gedankenabwesend, »natürlich.« Aller Wahrscheinlichkeit nach eine Pizzeria oder so etwas.

Enslin achtet darauf, daß sie, ohne es zu merken, weiter die Führung behält: Er kennt sich hier nicht (mehr) aus. Während sie gehen, untersucht er ihr Profil – denn mehr von ihrem Gesicht ist während dieses abendlichen Spazierganges kaum auszumachen. Es verrät aber wenig. Außerdem riskiert er verständlicherweise nur gelegentliche Seitenblicke!

Sicher, es ist eine physiognomische Tatsache: Gerade die schlichte Silhouette bündelt die zerstreute Aufmerksamkeit besonders, und sie legt deutlicher als jedes andere Bild grundlegende Persönlichkeitsmerkmale frei, liefert gewissermaßen eine Charakterskizze. Sie drückt wenig aus, aber das Wenige, wie Lavater sagt, wahr.

Doch so sehr Enslin seine aufgelesenen physiognomischen Kenntnisse auch bemüht, er bekommt die einzelnen Teile nicht zu einem schlüssigen Bild zusammen.

Die Stirnpartie, halbverdeckt vom dunklen Vorhang der Haare, entzieht sich schon einmal jeder genaueren Betrachtung. Die Nase? Sie ist auf den ersten Blick durchaus das, was man herkömmlich als »stupsnäsig« bezeichnet. Doch auf den zweiten Blick? Da kommen Zweifel. Wahrscheinlich hängt das mit dem sprungschanzenhaften Anlauf zusammen, den der in sanfter Krümmung ansteigende Nasenrücken nimmt: er bereitet die Stupsnase vor und raubt ihr mit dieser Ankündigung zugleich das Eigentliche – den auftrumpfenden Überraschungseffekt. Schade, denkt Enslin, eine vertane Chance.

Die Oberlippenpartie ist nicht mehr als eine einfache Überleitung zum Mund, der allerdings, für sich genommen, wenig sagt.

»Ach, du …«

Dafür sagt die Kinnpartie um so mehr!

Das Kinn – akzentuiert, es bekundet also durchaus Energie. Im Gesamtverhältnis ist es aber deutlich zu klein. Dadurch wirkt es zurückgesetzt, so daß man allenfalls auf zurückgehaltene Energie, nervöse Anspannung schließen kann.

Enslins Hauptfrage, um derentwillen er, dilettantisch genug, in diesem fremden Gesicht herumliest, bleibt jedoch unbeantwortet: Ist das jetzt jemand, dem er klipp und klar und ohne Gefahr für Leib und Leben sagen konnte: Okay, das ist wirklich eine verdammt blöde Situation. Aber, ich glaube, ich muß Ihnen da mal was erklären …

Er tut es nicht.

Man weiß ja auch nie, wozu Frauen dann, wenn sie sich getäuscht vorkommen, fähig sind? Jedenfalls hat Enslin keine Lust, wegen dieser Dame sein Inkognito zu lüften.

Unter welchem Namen reist er eigentlich?

Alle Welt reist im 18. Jahrhundert inkognito. Goethe zum Beispiel fährt als ein Herr »Müller« oder »Möller« durch Italien. Und Enslin? Gar keine Frage: Er ist als »Lavater« unterwegs.

Ach so, neuer Gesichtspunkt: dann ist das also eine verflossene Liebschaft Lavaters, die er hier trifft. Interessant! Er darf unter keinen Umständen seine Aufdeckung riskieren. Das wird spannend.

Ich trottete stumm neben Frau Buggenhagen her und wartete auf eine günstige Gelegenheit, ihr endlich zu sagen: Du, tut mir leid, ich bin furchtbar müde. Ich glaube, ich sollte bald ins Hotel gehen ...

»Es ist schön, einfach so mit dir durch die Stadt zu laufen.«

»Ja«, sagte ich.

»Wie damals.«

Alles, was die Frau ihm im folgenden erzählt, kreist um dieses »Damals«. So sind die ihm größtenteils unverständlichen Bruchstücke zumindest auf einer Zeitachse geordnet. Zunächst gab es also dieses »Damals«, wo er, beziehungsweise Lavater, dieser Frau einmal sehr viel bedeutet haben mußte. Zum Glück schien das schon eine geraume Zeit zurückzuliegen. Enslin tippt auf ein kleines, episodisches Verhältnis, zumal sich in E. eine Außenstelle der Großherzoglichen Bibliothek befindet – das könnte eine Erklärung für Lavaters Aufenthalt oder Aufenthalte in dieser eher unscheinbaren mitteldeutschen Stadt sein.

Dann gab es das »Später« – durch Sätze eingeleitet wie:

»Was hast du eigentlich danach gemacht?« oder »Du hast dich ja später nie wieder gemeldet.«

Das »Intermezzo« hatte schon zu. Zum Glück.

Bis jetzt ist es noch glimpflich gelaufen. Sie haben mehr oder weniger im dunkeln getappt, sind ein bißchen auf der nächtlichen Straße nebeneinanderhergegangen. Wenigstens war Enslin da nicht gezwungen gewesen, pausenlos seine Mimik unter Kontrolle zu halten. Eine ganz andere Sache: dieser Frau in einer Spelunke – und sei es auch nur bei funzeligem Kerzenschein – gegenüberzusitzen.

Wir gingen wieder zurück, Richtung Marktplatz.

»Du hast dich verändert«, sagte sie.

»Ach ja?« – Dieser Satz kam mir bekannt vor.

Nach einer Weile, so unbefangen, so beiläufig wie nur möglich, Enslins bange Frage: »Wieso eigentlich?«

Sie blickt ihn an – sie durchschaut ihn! Er hält die Luft an ...

»Früher hättest du längst gesagt: ›Entschuldige‹, ich bin müde, ich muß bald ins Bett.‹«

»Stimmt«, sagte, flüsterte ich heiser. Meine Stimme war belegt. In Enslins Ohrmuscheln rauscht das Blut; er hat das Gefühl, sich in seine Einzelteile aufzulösen – Symptome eines akuten Wirklichkeitsschwundes! Höchste Gefahr. Er muß alle Selbstüberredungskünste aufwenden, um jetzt nicht aus der Rolle zu fallen.

»Wir können auch zu mir gehen«, schlägt sie plötzlich vor, und sie fügt leise, mit tapferer Stimme hinzu: »Max ist letzte Woche gestorben.«

»... Max ... letzte Woche ... oh Gott«, flüstert Enslin, »das ... nein.« Er schüttelt fassungslos den Kopf. Um Himmels willen – an was für eine Frau ist er hier nur geraten! Eine Nymphomanin? Erst Lavater. Dann Max. Dann – nicht auszudenken!

Max! Als ich diesen Namen hörte, spürte ich ein vertrautes Kratzen im Hals, meine Augen begannen zu brennen. Dunkel stiegen die Umrisse einer furchtbaren Erinnerung in mir auf.

Enslin sieht die Frau hilflos an, nimmt stumm ihre kleine eiskalte Hand. Jetzt erst bemerkt er, daß sie Schwarz trägt.

»Tu noch so!« faucht sie ihn lächelnd an. Ihre Augen blitzen. Sie sieht in diesem Moment sehr schön aus, genauer gesagt: wahnsinnig schön. Diese Frau ist wahnsinnig! sagt sich, innerlich schlotternd, Enslin.

»Fehlt bloß noch, du sagst ›Herzliches Beileid!‹ Du konntest ihn doch sowieso nie leiden.«

Ich schluckte. Wieder dieses Kratzen.

Nun ja, Enslin räumt vorsichtig ein: das liegt ja wohl auf der Hand, daß es sicher »damals« gewisse Differenzen mit Max ... (»Gewisse Differenzen mit Max!« äfft sie ihn nach, sie schnieft höhnisch aus.)

Ich blieb stehen. »Aber, Menschenskind, das ist doch ...«

Sie sagt nichts. Dunkel blickt sie irgendwohin.

»Kam es plötzlich?« wollte ich wissen, einfach um unser Gespräch wieder etwas zu versachlichen.

»Nein, im Gegenteil, sehr langsam«, sagt sie, jetzt auch sachlich und, wie es aussieht, um Fassung bemüht.

»Und ... mh ... ich meine ...«

»Wenn du *das* meinst – da brauchst du dir keine Sorgen zu machen. Ich habe am Wochenende, da wußte ich noch gar nicht, daß du kommst, die ganze Wohnung ausgesaugt. Auch seinen Lieblingssessel. Zuletzt hat er ziemlich viel Haare verloren. Du hättest deine Freude daran gehabt.«

Einige Sätze später, die Situation war durch ein zufällig gefallenes Wort (»einschläfern«, »einen neuen besorgen«) entschärft worden, trabt Enslin schon wieder geradezu entspannt neben ihr her. Er muß sogar grinsen.

»Siehst du«, sagte sie traurig lächelnd, »vorhin, das war doch alles nur gespielt. Er hat dir nie etwas bedeutet. Du bist ein schlechter Schauspieler.«

»Ach«, sagt er, nun plötzlich doch betroffen – »so einfach, wie du denkst, ist das alles nicht.«

In memoriam mußte ich mehrmals niesen.

Warum um alles hatte er das nicht gewußt! Jede Geste, jede Gesichtsregung Lavaters hat er sich doch aufs genauste eingeprägt, seine Rede bis in die kleinsten Eigenheiten des Tonfalls kopiert. Ein perfekter Doppelgänger, so perfekt, daß er sich nie – das war sein ungeschriebenes Gesetz – als »Lavater« vorstellen mußte: alle Welt erkannte es auch so.

Und die alles entscheidende Kleinigkeit, die ihn nun beinahe hätte auffliegen lassen – eine schicksalhafte Katzenhaarallergie Lavaters –, die hatte er einfach übersehen! Unverzeihlich. Wieder mußte ich niesen.

Die Frau an meiner Seite war nun wieder schlicht und einfach Frau Buggenhagen, nicht mehr das nymphomane Wesen, für das Enslin sie kurzfristig gehalten hatte. Ihre Witwenstrümpfe hatten sich wieder in ganz normale schwarze Strümpfe verwandelt, aller verruchter Reiz, alle Hintergedanken waren verflogen.

Frau Buggenhagen bemerkte meinen skeptischen Seitenblick.

»Ach so«, sagte sie, wir waren gerade in eine Seitenstraße eingebogen, »entschuldige, das hatte ich ganz vergessen, dir zu sagen. Ich bin umgezogen. Ich wohne jetzt in der Altstadt, hinter dem Parkhaus. In der Königsallee. Aber schön ruhig.«

Ich nickte gedankenlos – da leuchtete zart lila, wie ein letzter Versuch, eine Telefonzelle auf.

Plötzlich hat Enslin einen Einfall!

»Moment«, sagt er und blickt auf die Uhr, »Moment, ich müßte noch mal ganz schnell einen Anruf machen.«

Eine Situation, wie man sie sich alberner nicht vorstellen kann! Während die Frau in einigem Abstand vor der Telefonzelle auf und ab geht und gelegentlich auch hereinlächelt, wühlt Enslin den schmierigen Packen des Telefonbuchs durch ... Bugge ... Buggel ... Buggenhagen, *Monika!*, Königsallee 7b.

Ich schloß die Augen. Ich kam mir vor wie ein Topagent.

Der Vollständigkeit halber schob ich meine Telefonkarte ein und tippte wahllos auf einige Zahlen. (Das mit der Telefonzelle war natürlich Quatsch. Muß noch irgendwie zeitlich angepaßt, historisiert werden. Adressbuch? Adresskalender?). Ich hörte mir, den Kopf wartend gesenkt, geduldig ein paarmal »Kein Anschluß unter dieser Nummer« an.

Aber wie kommt der damals mitten auf der nächtlichen Straße an ein Adressbuch? Den Zufall konnte ich jedenfalls nicht zweimal in ein und derselben Sache bemühen. Das wäre unhöflich. Also, das blieb vorläufig noch offen.

Ich legte auf und verließ die Zelle.

»Bist du eigentlich wieder verheiratet?« wollte sie wissen.

»Nein.«

Sie schwieg.

»Monika ...?« sagt Enslin leise, fragend.

Sie bleibt stehen, ihre Augen schimmern.

»Ja«, sagte sie – und dann sehr bestimmt, beinahe fordernd: »ja!«

Schnitt, dunkel.

Zum Frühstück ging ich ins Hotel.

Zeitgleich mit mir wurden die Schrippen angeliefert. Frühstück war aber erst ab 7. Also tauchte ich noch einmal kurz ab – in der Badewanne! Als Geisterschiff, steuerlos in

170

den warmen, aufschäumenden Fluten, trieb ich durch Dämpfe und Nebel dahin. Unten, wo die Füße waren, der Zufluß eines warmen Golfstroms. Oben, die Kommandobrücke, das Gehirn, war leer … »Hallo, ist denn hier niemand?« rief es hallend durch meinen Schädel.

Matt versank ich in den warmen Strömen.

»Liebst du eigentlich mich – oder den Autor?« hat er sie irgendwann in dieser schlaflosen Nacht gefragt.

»Dich.«

»Wer bin ich?«

»Du bist noch derselbe Idiot wie früher.«

»Warum?«

»Weil du mich das früher auch schon immer gefragt hast.«

»Ach so.«

Später fragt er sie, wie es denn bei ihr beruflich weitergegangen sei; er hatte in ihrem Buchregal ungewöhnlich viele Kunstbildbände gesehen, als sie im Bad war.

»Weitergegangen gar nicht«, sagt sie lächelnd. Nach der Wende hatte sie mehrere Umschulungen gemacht. Jetzt war sie beim Umweltamt angestellt, neuartige Trennmüllkonzepte aus Dänemark usw.

»Und?« fragt er.

»Naja«, sagt sie. »Aber es gefällt mir.« Und nach einer Weile fügt sie hinzu: »Weil es einen Sinn hat.«

»Und früher, war es da andersherum?«

»Wie meinst du das?«

»Na, man kann ja auch sagen: Es hat einen Sinn, weil es mir gefällt.«

Das bleibt unbeantwortet. Er bekommt nicht heraus, was sie damals, in ihrer »gemeinsamen Zeit« gemacht hat. In dieser Hinsicht hat er ein Loch im Kopf.

Weil ihm nichts anderes einfällt, erzählt er ihr, den Kopf

aufgestützt, die halbe Nacht von Amerika. Das ist in jedem Fall besser, als über früher zu reden. Nichts trennt so sehr wie eine vermeintlich gemeinsame Vergangenheit, die es nicht gibt, weil man sich an sie nicht erinnern kann.

Also Amerika! Ihm fallen immer neue Geschichten ein. Die Frische, die lebendige Anschaulichkeit seiner Erzählungen, die Fähigkeit, über diese andere Welt ganz einfach staunen zu können, hängen damit zusammen, daß er selbst auch noch nie dort gewesen ist.

Den Großteil seiner Kenntnisse bezieht er übrigens aus den siebziger Jahren. Eine Zeitlang hatte er sich da im Fernsehen fast jeden amerikanischen Film angeschaut. Aus dieser Ära stammt auch sein großer Prachtbildband »Wunderbares Amerika – Die großen Nationalparks«. Damals rechnete er noch aus irgendwelchen Gründen ganz fest damit, nach Amerika zu gehen … *Ein Federstrich von dieser Hand und neu erschaffen wird die Erde* … Das war es! So hatte er sich das vorgestellt. Er wollte darauf vorbereitet sein!

Sogar einen Volkshochschulkurs hatte er damals belegt: Geschäftsenglisch. (1. wegen der zu erwartenden knallharten Verhandlungen; 2. weil Konversationsenglisch schon ausgebucht war.) Leider mußte er den Kurs dann aufgrund einer anderen Sache vorzeitig abbrechen. Aber es kam seinen Erzählungen natürlich zugute, daß die Lehrerin damals sehr viel Wert auf gute Aussprache gelegt hatte, »th« und so weiter.

Er erzählt ihr – frei nach Motiven seines Bildbandes – von einer Autoreise, von Motel zu Motel, auf der legendären Route 66. (Er weiß gar nicht, ob die 66 wirklich *die* legendäre Route ist, aber so, wie er es erzählt, ist sie es.)

»Du setzt dich morgens in dein Auto, fährst los. Vor dir liegt der Highway, wie ein Lineal. Du fährst acht Stunden.

Keine Abwechslung. Nur die Straße und du. Und oben die Sonne.«

»Und das ist schön?« fragt sie.

»Tja«, sagt er.

In dieser Nacht lernt er sehr viel. Zum Beispiel ist es, um glaubwürdig zu wirken, sinnvoll, hin und wieder auch ganz unglaubwürdige Dinge einfließen zu lassen, die den allgemeinen Vorstellungen und Klischees nicht entsprechen.

So fällt ihm spontan die Geschichte eines Indianerhäuptlings »Altes Pferd« ein, der durch den Handel mit Kunsthaarskalps steinreich geworden ist und der sich mitten in einem verdorrten Indianerreservat (»Das mußt du dir vorstellen wie auf dem Mond.«) ein riesiges Anwesen mit künstlichen Teichen, Wäldern und Golfplätzen errichtet hat.

»Wenn du das siehst, du glaubst es nicht!«

Nur wer so sprach, konnte, mußte dort gewesen sein, weil er offenbar Dinge weiß, die man normalerweise nicht wissen kann.

Einige Male findet es Monika aber doch widersprüchlich, was er ihr da erzählt. »Ja«, stimmt er ihr zu, »du hast recht. Aber genau das ist Amerika. Amerika ist widersprüchlich.«

Auf spezielle Fragen antwortet er ausweichend.

»Stimmt es wirklich, daß die Amerikaner so ausgesprochen höflich sind?«

Was sollte man nun dazu sagen? – »Das ist sehr unterschiedlich«, sagt er nach längerem Nachdenken.

Zwar stimmte das sicherlich, es ist ihm dann aber doch zu wenig. Schließlich fällt ihm noch eine speziellere Antwort, geradezu eine Erklärung für dieses Phänomen ein, von dem auch er schon verschiedentlich gehört hat: »Ich glaube, es hängt mit der allgemeinen Schußwaffenfreiheit drüben zusammen.« (Meist sagt er »drüben« oder »in den Staaten« und nicht »Amerika«.)

»Wieso denn das?« will sie wissen.

»Ja, du weißt nie, ob dein Gegenüber nicht im nächsten Moment eine Knarre zieht. So ist das. Diese Höflichkeit ist eine reine Vorsichtsmaßnahme.«

»Ich glaube, dort könnte ich nie leben«, meint sie und drückt sich schutzsuchend an ihn.

»Man gewöhnt sich«, sagt er tapfer, »an alles.«

Dann, um gar nicht erst eine große Pause entstehen zu lassen, erzählt er ihr schnell etwas anderes, zum Beispiel die Schlußszene seines Lieblingswesterns, den er mal spätabends im Fernsehen, in der Originalfassung gesehen hatte. Eine wüste Ballerei in einem staubigen Cañon. Schließlich wird der eine getroffen, klappt in die Knie und geht zu Boden. Der andere kommt vorsichtig aus der Deckung hervor, tritt näher. Der Getroffene will etwas sagen – und verröchelt. Der andere pustet jetzt die Revolvermündung ab, steckt das Schießeisen weg und sagt nur: »See you later!« Er reißt sich den Sheriffstern herunter und wirft ihn in den Sand. Dann steigt er aufs Pferd und reitet langsam davon. Die Sonne geht hinter den Riesenkakteen unter.

Noch nie zuvor im Leben hatte er ein so schlichtes, männliches Glaubensbekenntnis gehört – »See you later«. Er ist vom bloßen Erzählen wieder so stark davon beeindruckt, daß er lange schweigt – und sie unterläßt es, daran zu rühren.

Erstaunlicherweise kommt es zu den richtig kitzligen, richtig haarsträubenden Situationen erst im stummen, abgedunkelten Teil dieser Nacht. Stillschweigende Zeichen, Handgreiflichkeiten unter der Decke, auf die er nicht sofort eine passende Antwort weiß, verwirrende Finger- und Fuß(!)-Spiele, deren komplizierte Regeln er nicht begreift, Signale der Fremdheit aus den warmen Abgründen des Bettes …

174

Ein unausgesprochenes, durchaus aber nicht unerfreutes »Das bist du doch gar nicht, ich erkenne dich ja gar nicht wieder«, steht im Raum, so als hätten ihre Körper, im Gegensatz zum vergeßlichen Kopf, sich durch alle Zeiten hindurch eine genaue, untrügliche Erinnerung bewahrt. Die Körpersprache –.

Es gibt mehr zwischen Deckbett und Laken, als unsere ganze Schulweisheit sich träumen läßt, denkt er.

Die Frau enthält sich jeglichen Kommentars. Nur zum Schluß gibt es noch ein erstauntes, wahrscheinlich von seinen Indianererzählungen inspiriertes »Uff!«

Er ist sprachlos.

Und ganz sicher ist er sich nicht, ob sie ihm da nicht doch nur etwas vorgespielt hat. Aber – spielt das eine Rolle?

Als er dann wieder gesittet neben ihr liegt, dämmerte ihm: Gott ja, Lavater hat nicht unrecht! Die stumme Körpersprache, sie sagt mehr als tausend Worte.

Ein Gedanke, der sofort zu Papier will!

Er knipst das Licht an, sie schreckt hoch. Als sie ihn etwas aufschreiben sieht, kippt sie wieder resigniert ins Kissen ab. Derlei ist sie offenbar von ihm gewöhnt.

»Morgen.«

»Morgen.«

Es klang wie eine allgemeine Vertröstung, was sich die Männer, als sie den Frühstücksraum des Hotels betraten, einander da in die separaten Gesichter sagten. Sie legten ihre klobigen Zimmerschlüsselanhänger nebst dazugehörigen Schlüsseln auf den frischrasierten Tischen ab.

Die Morgenmänner füllten sich, vorsichtig umeinander herumtänzelnd, am Buffet ihre Teller – dann saßen sie, jeder für sich, schlugen Eier auf, Zeitungen. Ihre Gesichter, nackt und rosig, lagen noch im Kampf mit dem Schlaf und schienen unentschlossen, welche Miene sie zu diesem heraufziehenden Tag machen sollten. So dämmerten sie vor sich hin.

Durch mein ausuferndes Bad war ich etwas spät. Ich mußte mich zu jemandem an den Tisch setzen, zu einem Japaner.

»Morgen«, knurrte also auch ich. Der Japaner nickte mir hocherfreut zu, nachdenklich lächelnd löffelte er dann weiter in seinem Müsli herum. Wahrscheinlich überlegte er: Was ist »morgen«? Was wird »morgen« sein?

Wer weiß das schon, Freund aus dem fernen Japan, wer weiß?

## KAPITEL 14

Wenn Sie so wollen – jedes Leben ist ein Roman!«

»Stimmt«, sagte ich verblüfft, »das sage ich auch immer.«

»Habe ich neulich wieder so einen Roman gelesen. Nein, war das ein Hin und Her.«

Die Frau neben mir im ICE-Großraum nach Stuttgart drehte ihren Kopf bis zum Anschlag in meine Richtung: »Jedenfalls, und wie er dann, der Held, Löwendompteur geworden ist, hat sie ihn verlassen, die Anna. Aber nicht richtig. Sie ist dann doch mitgefahren mit dem Zirkus, heimlich. Und er hatte dann diese Artistin, diese ... Ramona hieß sie wohl ... ja, Ramona, richtig. Und dann ist der Benoventura, was angeblich der schärfste Löwe war – aber er war es auch wirklich, bloß: das wußte keiner ... Vielleicht auch, daß die Ramona ihn manchmal doch gereizt hat. So zwischen den Gitterstäben durch, verstehen Sie? Obwohl es der Direktor ihr ja ausdrücklich verboten hat. Ausdrücklich! Sie mußte ja immer abnehmen, immerzu abnehmen, nicht wahr, weil: ihr Partner, der hatte ja schon mal einen Leistenbruch. In Argentinien! Also, jedenfalls, der Benoventura ... na ja, und dann war der Arm ab auf einmal. Der linke zwar bloß, aber trotzdem.«

Die Frau sah mich entrüstet an.

»Und dann – dann kam aber doch alles raus. Zum Beispiel: die Ramona hat ihn nämlich gar nicht gerettet, sondern die Anna! Im letzten Moment. Und sie hat dann das mit der Ramona erst nachher erfahren, was sie vorher gar nicht wußte. Aber sie ist dann trotzdem bei ihm geblieben. Ihre Sorge war größer!«

Die Frau nickte. »Ihre Sorge war größer. – Na ja, wie das im Leben so geht. Wie im Roman.«

Diese Feststellung wurde durch eine Schweigeminute geehrt.

»Na, und Sie? Noch viel zu tun heute? Ich trinke ja seit Jahren nur Onko. Das ist der einzige, der einem auch wirklich bekommt. Glauben Sie mir, der ist richtig magenfreundlich.«

Ich nickte. (Ich hatte mich, das muß ich dazu sagen, der Dame als Kaffeevertreter aus Bremen vorgestellt. Im Hinblick auf meine neue Drehbuchvariante wollte ich einfach mal testen, in welche Situationen man geraten kann, wenn man unter falscher Flagge segelt.)

In Frankfurt war die Frau mit dem Zirkusroman ausgestiegen. Gerade wollte ich meinen Kopf unter den Mantel stecken, da sprach mich ein Mann an, er mußte uns die ganze Zeit zugehört haben. Er war Versicherungsvertreter, und es beschäftigte ihn aus verschiedenen Gründen die Frage des ewigen Lebens.

In Höhe von Mannheim waren wir soweit, daß er mir am Taschenrechner vorrechnete, wie lange theoretisch ein Versicherter leben mußte, um seine Lebensversicherung in den Ruin zu treiben.

Ich sagte zu ihm, ich empfinde schon allein den Begriff »Lebensversicherung« als Anmaßung. Darüber hatte der Versicherungsvertreter zwar noch nie nachgedacht, aber er teilte meine Bedenken.

Dann wollte er plötzlich von mir wissen, bei welcher Versicherung ich als Vertreter denn wäre und in welcher Steuerklasse?

Keine schlechte Frage! Eigentlich sollte man so etwas wissen. Ich hatte keine Ahnung.

In diesem Fall konnte ich meine Auskunftsunwilligkeit allerdings ziemlich problemlos mit einer reflexhaften Scheu vor Vertretern aller Art erklären, wofür übrigens der Versicherungsmann auf menschlich sehr anständige Weise volles Verständnis zeigte.

In der Halle des Stuttgarter Hauptbahnhofs trennten wir uns sogar mit Handschlag. »Weiterhin viel Erfolg in Ihrer Tätigkeit!« gab er mir als guten Wunsch mit auf den Weg. Ich wünschte ihm dasselbe, und für einen Moment – als er müde, mit hängenden Schultern in der Menge verschwand – hatte ich den Eindruck: wir beide haben die falschen Rollen erwischt.

Enslin ist Lavaters – Doppelgänger!

Das war, auf einen Satz gebracht, der Grundgedanke meines neuen Drehbuchentwurfs.

Ob er zufällig, wegen einer gewissen Ähnlichkeit, in diese Rolle hineingeraten war oder ob vielleicht sogar Goethe oder Lichtenberg, letzterer ja ein ausgepichter Lavater-Gegner!, ihre Hand im Spiel und Enslin eventuell dazu aufgestachelt hatten – das war vorläufig noch offen; beide Varianten waren reizvoll, bargen aber auch gewisse Risiken.

Daß ich überhaupt auf diese Idee gekommen war, hatte verschiedene Gründe. Einmal – das Doppelgängermotiv. Das ist schon an und für sich sehr reizvoll. Hier aber vermittelt es außerdem deutlich Zeitkolorit und Atmosphäre des 18. Jahrhunderts, wo Doppelgängergeschichten weit verbreitet und äußerst beliebt sind. Darüber hinaus haben

179

solche Geschichten, und das war wichtig für den Film, eine unwiderstehliche Anziehungskraft. Wahrscheinlich, weil wir alle, mehr oder weniger, das Gefühl kennen, inkognito, unerkannt und in der falschen Rolle durch die Weltgeschichte zu schwirren. Das kann jeder nachempfinden.

Und auf Enslin (»... tausend Meilen weg von dem, was er tut«) ist so eine Rolle ja direkt zugeschnitten.

Dann – ich hatte Lavaters Bericht über seine Begegnung mit Kaiser Joseph II. gelesen.

Am 26. Juli 1777 trafen die beiden in Waldshut zusammen, wo der Kaiser – unter dem Inkognito eines Grafen von Falkenstein – Station machte; er war auf dem Weg nach Paris, zu seiner Schwester Marie-Antoinette.

Lavater, vor diesem Zusammentreffen, von einem Fuß auf den anderen tretend, stellt sich bange im Herzen die Frage, ob er diesen *Einzigen* wohl auch auf den ersten Blick zu erkennen vermag? Ein Probierstein seiner physiognomischen Kunst soll das also werden!

Wie er nun im Kopfe seine quecksilbrigen Gedanken sortiert und sich verschiedene Pläne macht und wieder verwirft, auf welche Gesichtszüge er vorzüglich seinen Blick »hinheften« will, das ist anrührend beschrieben: »Bald wollt' ich mich auf die Wurzel seiner Nase, bald auf die Gegend der Augenbrauen, bald auf den Umriß der Augen am meisten beschränken.«

Doch zunächst: kleine Verwirrung – anstelle des Kaisers steigt der Basler Kupferstecher und Kunsthändler Herr von Mechel die Stufen herunter, als Abgesandter des Kaisers. Er geleitet Lavater hinauf in den Saal. Dort erkennt Lavater – natürlich! – auf den ersten Blick Joseph II., obwohl der, wie Lavater nicht vergißt im Bericht zu erwähnen, ganz anders aussieht als auf allen Porträts.

180

Die Prüfung also glücklich bestanden!
Was sagt nun der Kaiser dazu?

»Ha, Sie sind ein gefährlicher Mensch; ich weiß
nicht, ob man sich vor Ihnen darf sehen lassen; Sie
sehen den Menschen ins Herz hinein; man muß
wohl verwahrt sein, wenn man Ihnen zu nahe
kommt!«

Soweit, bei Lavater nachzulesen, die reale Vorgeschichte.
Nun also Enslin. Warum soll er als Lavaters Doppelgänger agieren? Was ist der Witz dabei?
Im Hinblick auf die Physiognomik steckt hier ein ganz besonderes Kalkül dahinter: Wenn Enslin, ohne daß es aufge-
deckt wird, wochen-, ja: monatelang als »Lavater« unterwegs sein kann, dann ist damit die Physiognomik an ihrem
empfindlichsten Nerv getroffen – sie ist, und zwar höchst
exemplarisch, ad absurdum geführt! Jemand, der keine
blasse Ahnung von Physiognomik hat, tritt erfolgreich als
der berühmte Physiognom Lavater auf! (Insofern spräche
einiges dafür, das Ganze doch als eine geplante Aktion von
Anti-Physiognomikern à la Lichtenberg in Szene zu setzen.)
Das von Lavater behauptete unzerreißbare Band zwischen
Innen und Außen wäre jedenfalls mit dieser Vorführung –
vor aller Augen – zerrissen und die Physiognomik wider-
legt.
Als Plot fand ich das ganz ausgezeichnet! Tür und Tor zu
dem, was Haffkemeyer sich wünschte und als »Welt« bezeichnet hatte, standen damit weit offen.
Welche Situationen sind nun für Enslin in dieser Rolle
denkbar!
Zunächst ein paar harmlose Gesichtslesekunststück-
chen in Bürgerhäusern, auch auf Jahrmärkten – neben

Feuerschluckern, kopflosen Jungfrauen und anderer Kurzweil.

Dann: Postkutschenfahrten. Enslin, schläfrig in eine Ecke gedrückt – aber ein scharfer Beobachter! Er verblüfft seine Mitreisenden durch haargenaue Diagnosen und Prophezeiungen. Sie gewinnen den Eindruck, er tue einen Blick – und mehr als nur diesen einen! – tief in ihr Innerstes hinein. In Wahrheit hat er im nächtlichen Wirtshaus fremde Gespräche durch die speckige Wand belauscht, hat Briefschreibern über die Schulter gesehen usw. So kommt er in den Ruf, ein »Wunderdoktor« zu sein. Auch ist er beständig dabei, Porträts zu zeichnen. Als Unterlage dient ihm ein dicker Foliant – die »Physiognomischen Fragmente«. Nun wissen alle Bescheid, wer da im Wagen sitzt...

Dann, und das wäre Spannungsmoment und kleiner Höhepunkt zugleich: Enslin trifft eine verflossene Geliebte Lavaters. Sie hat gehört, Johann Kaspar ist in der Stadt, verläßt eilends ihre Stube, tritt ihm entgegen und... Wie hat er sich doch mit den Jahren verändert! – Tragisches Moment dabei, aber durchaus – was es ja auch ist – eine Verwechslungskomödie.

Weiter.

Ein deutscher Fürstenhof. Lange, grüne Alleen ins Leere. Links und rechts Statuen. Ein Pavillon. Kleine, verschilfte Teiche. Ein paar Vögel, die sich im Himmel verlieren.

Im roten Salon Kaminfeuer. Dort ist eine Teegesellschaft versammelt. Man hat sich eingehend mit der physiognomischen Lehre befaßt, glaubwürdige Dinge von ihrer erfolgreichen Anwendung gehört, ist geradezu enthusiasmiert von der neuen Geheimwissenschaft – und da nun der Meister selbst anwesend ist, will man doch einiges mehr erfahren.

182

»Hochmögender Lavater – verraten Sie uns doch, was hat es nur zu bedeuten, daß uns im ersten Band Ihrer gelehrten Fragmente jeweils am – Ende eines Kapitels eine ... Pferdephysiognomie anschaut?« (Auch ich hatte schon mehrfach über diese Frage nachgegrübelt – ohne Erfolg allerdings.)

Enslin macht ein langes Gesicht. – Man lacht.

(Detail am Rande: Die Hofdame mit dem Seidenfächer. Raffinierte Versteckspiele. Wenn sie den Fächer vor dem Gesicht auseinanderschlägt, sieht man nur noch die dunkle Augenpartie, die alle Aufmerksamkeit auf sich zieht. Ein Blick von ihr sagt dann alles.)

»Die Thierphysiognomien«, weiß schließlich einer aus den Fragmenten zu zitieren, »sind keiner merklichen Verschlimmerung fähig!« – Ein Nicken geht durch die Runde.

»Aber auch keiner merklichen Verbesserung und Verschönerung«, vervollständigt ein anderer, ebenfalls nach den Fragmenten. – Nun ein allgemeines Kopfschütteln.

Der Amazonas-Papagei auf der Stange schlägt ein paarmal mit den Flügeln, dann steckt er tiefbetrübt seinen Kopf weg.

Jemand nimmt ein Sehglas zur Hand und liest maliziös die etwas sonderbare Kapitelfolge im Band II der Fragmente vor:

» ... *XXII – Eine Reihe von Fürsten und Helden;*
*XXIII – Vögel;*
*XXIV – Feldherren, Admiräle;*
*XXV – Kamele, Dromedare;*
*XXVI – Treue, feste Charaktere von Leuten gemeiner Extraction;*
*XXVII – Hunde;*
*XXVIII – Drey Künstler;*
*XXIX – Noch einige andere Künstler;*

*XXX – Sanfte, edle, treue, zärtliche Charaktere vom ge-*
*meinsten Menschenverstande an bis zum Genie;*
*XXXI – Bären, Faulthier, Wildschwein;*
*XXXII – Helden der Vorzeit;*
*XXXIII – Wilde Tiere ...«*

Er läßt das Buch sinken und hebt den Blick: »Hat es mit
dieser höchst eigenen Reihung eine besondere Bewandtnis,
die wir nur noch nicht verstehen? Sind Sie solchen Zufäl-
len oft unterworfen? Oder sind, wohlmeinend gefragt, hier
bloß dem Buchdrucker die Kapitel durcheinandergegan-
gen?«

»Hat er nicht seinerzeit auch«, will freundlich einer der
Minister wissen, »diese sehr patriotischen Schweizerlieder
verfaßt? ›Knirsch immer, du Tyrannenzahn!/ Wer frey ist
bleibet frey ...‹«

Enslin gerät in arge Verlegenheiten.

Schließlich gelingt es ihm aber doch, das Gespräch wieder zurück auf die Physiognomik zu lenken. Auch das natürlich ein gefährliches Terrain für ihn!

Wo ihn einmal auf eine sehr spezielle Frage – es ist die
Frage nach dem schicksalhaften Wechselspiel von Ohrläpp-
chen und Temperament! – seine spärlichen Kenntnisse
wirklich katastrophal im Stich lassen, fällt ihm in allerletz-
ter Not ein:

»Herrschaften, ich glaube, ich habe mich schon allzu
lange mit dem melancholischen Hängeohr und verwandten
Problemen beschäftigt, als daß mir jetzt auf Ihre Frage eine
bündige Antwort beikommen könnte.«

Nicht schlecht! Das wird als Bonmot empfunden. Ungeachtet dessen, daß in dieser kleinen Notlüge auch eine tiefe, immer gültige Wahrheit steckt: je ernsthafter wir uns mit
einer Sache beschäftigen, desto weniger wissen wir klipp
und klar darüber zu sagen, immer öfter stellen sich uns ein

»aber«, »obwohl« oder »andererseits« in den Weg und lassen uns schließlich ganz verstummen.

Enslins Repertoire reicht sogar bis hin zu so einer frech-forschen Volte wie »So wahr ich der Herr Lavater bin!«, mit der er sich bei einer leichtsinnigen Behauptung unbemerkt eine Hintertür öffnet.

Enslin, als Doppelgänger im Grenzgebiet zwischen Lüge und Wahrheit unterwegs, lernt dabei vor allem eines: die Kunst der Lüge.

Erste Lektion: »Ich lüge.«

Schon dieser einfache, ganz aufrichtig gesagte Satz, den Enslin eines Abends in sein halbblindes Spiegelbild spricht, hat es in sich. Aber was? Lange, sehr lange denkt er an diesem Satz herum. In seiner Unschlüssigkeit zieht er sogar eine philosophische Enzyklopädie zu Rate. Und?

Er findet unter dem Stichwort »Lügner-Antinomie«, daß es sich hierbei um einen geradezu klassischen Fall handelt; bekannt seit Epimenides, einem Kreter, 6. Jahrhundert v. Chr. Tröstlich zu wissen immerhin, daß es also auch schon anderen vor ihm nicht anders ergangen ist. In der Konsequenz freilich auch von niederschmetternder Deutlichkeit.

Denn – und das ist der Teufelskreis, in dem er sich mit seinem Bekennersatz dreht: »Ich lüge« ist ja nur dann, wenn er lügt, wahr. Falsch aber wird dieser Satz genau in dem Moment, in dem er *nicht* lügt, also die Wahrheit sagt.

Was also sagt er mit diesem Satz? Die Wahrheit …?

Er läßt es einstweilen so stehen. –

Zweite Lektion: Praktische Fragen.

Eine gute Lüge darf keine Zumutung sein! Lüge niemals derart plump und ungeschickt, daß es dein Gegenüber beleidigt. Das wäre unhöflich! Dein Gegenüber müßte sich dann nämlich als dein Komplize wider Willen vorkommen, falls es nicht sofort ausruft: Halt! Hören Sie auf! Oder halten Sie mich wirklich für so dumm? Merke also: es gibt moralische Grundsätze beim Lügen! Achte auf die »innere« Wahrheit! Im Unterschied zum Herunterbeten irgendwelcher »Wahrheiten« erfordert das Lügen weitaus mehr Gegenwart des Geistes. Stets mußt du, im Dienste der »inneren« Wahrheit, das Gesagte im Einklang mit den einmal gemachten Prämissen halten. Übe das an einfachen Beispielen!

Auch das schönste Lügengebäude bricht eines Tages zusammen, wenn du es unnötig überfrachtest.

Erklärung: In dem verständlichen Bestreben, ein durch und durch stimmiges Lügenbild zu entwerfen, kannst du verhängnisvoll in einen Sog von Einzelheiten geraten, die dich mitreißen und die, für sich genommen, zwar alle auch durchaus plausibel sind – aber Vorsicht: in ihrer Überfülle können diese Einzelheiten verräterisch werden, weil ihr Zweck, ein möglichst vollständiges und widerspruchsfreies Bild zu suggerieren, peinlich und deutlich durchscheint.

Also, bei aller Liebe zum falschen Detail: Zurückhaltung ist geboten! Bloß keinen ungesunden Ehrgeiz! Sei nicht eitel: Lüge nur, wenn du mußt. –

Soweit der kleine Katechismus des Lügners, den sich Enslin im Laufe seines Doppelspiels aneignet.

Naturgemäß findet jede Doppelgängergeschichte ihren Abschluß und Höhepunkt genau in dem Moment, wo Original und Kopie zusammentreffen. Also, Enslin, wie schon gehabt, geht bei Lavater in Stellung.

Er will sich noch »den letzten Schliff« holen. Nicht mehr nur diese kleinen Verwechslungskomödien und Taschenspielertricks, er will ganz aus dem Gefängnis seines Ich ausbrechen und ein anderer werden.

Stichwortzettel für Enslin:

Das große Verzagen.

Irrer Mut. Geraubter Leichtsinn.

Unannehmbare Bedingung.

Zerrspiegel, Hohlspiegel. Ungestümes Dunkel. Die verwüstliche Hoffnung.

Alltagsflottes Dasein im Kreise.

Und dann? – Das ist noch nicht abgemacht!!!

Seine plötzliche Abkunft.

Zähneklappern und Zähren. Des Himmels Vermaledeitheiten.

Hier nun alle möglichen Szenen: Lavater schreitet durch die Stube – und Enslin, in Lavaters Schatten, schleicht ihm hinterher, versucht überhaupt nach Kräften, ihm alles mögliche abzusehen, es ihm gleichzutun.

(Vgl. hierzu Lavaters Fragment »Die Affen«. Dort heißt es, übrigens mit deutlichem Seitenblick auf die Schauspieler, speziell vom »Ourang-Outang«, dem menschenähnlichsten Affen: Er »... ahmt alle Menschenhandlungen nach – und verrichtet keine einzige Menschenhandlung«.)

Das ist bei Enslin natürlich anders. Als Schreiber verwaltet er Lavaters Korrespondenz. Da aber diese Korrespondenzen mit der gelehrten und der übrigen Welt Lavaters ein und alles sind, kurz: sein Leben!, wird Enslin allmählich zum federführenden Verwalter dieses Lebens. Briefe schreibend, ist er Lavaters »rechte Hand«, Briefe vernichtend – sein Kopf. Er okkupiert immer mehr Teile des anderen, bis am Ende »Lavater« nur noch eine leere Hülle ist.

Schließlich hält Enslin sich soweit für Lavater, daß sein Selbstmord im Grunde nichts anderes als ein »Mord« an Lavater ist, um diesen aus den Irrtümern und Verstiegenheiten der Physiognomik zu erlösen.

So ungefähr, in groben Umrissen, stellte ich mir den Film jetzt vor. Das einzige Problem, das ich noch sah, war die Sache mit dem Schuh.

Ich hatte mir sogar Bücher mit alten Schießgewehren angesehen, aber wie man mit einem beschuhten Fuß den Abzugshahn eines Gewehres lösen kann, das war mir nicht klar. Dieses eine kleine Puzzle-Stück fehlte mir noch an meinem neuen Entwurf.

KAPITEL 15

$B$evor die Reise weiterging, waren zwei Termine im Groß-
raum Stuttgart zu absolvieren: eine Lesung in einer Volkshochschule und die Teilnahme an einer literarischen Matinee.

In der Volkshochschule lieferte ich das Standardpro-
gramm.

Vorher, auf dem Flur, hatte ich mir am Plan angesehen,
was sonst noch so im Angebot war:

Chinesisch kochen – leicht gemacht – für jedermann.
(Ein pinkfarbener Stift hatte »& jedefrau!« darüberge-
schrieben.)

Einführung in die Schwarzweißfotografie.

Korallenriffe der Karibik (mit anschließender Diskussion).

Ich bewunderte diese verrückten Menschen, die stets und
ständig bereit zu sein schienen, sich für irgend etwas zu vervollkommnen. Weiß man nicht weiter, bietet sich ein Kurs
an.

Da ich inzwischen einigermaßen sicher in meinem Text
navigierte, konnte ich mir, während ich las, das Publikum
genauer anschauen.

Lavater in seinen späten Jahren, so wird berichtet, »hatte Gesichte«, aber er sah kein einzelnes, d. h. kein einziges

Gesicht mehr. Alles wurde ihm zu *einem* Gesicht. Kein Wunder, das ist wie bei Alkoholikern, die am Ende auch nur noch eines sehen: weiße Mäuse.

Jedes Gesicht für sich ist eine Widerlegung.

Das sah ich selbst.

So verriet zum Beispiel keines der acht Gesichter im Saal (wir waren an diesem Abend, mit mir zusammen, neun), welche Gründe dessen Besitzer letztlich und tief in seinem Innersten dazu bewogen haben könnten, einen ganzen langen Abend ausgerechnet unter dem zweifelhaften Motto »Nomaden des Abschieds« zuzubringen.

Der Mann in der grünen Weste. Wer weiß, vielleicht betrachtete er sich ja insgeheim als einen Nomaden des Alltags. Bloß, das wußte noch keiner! Und er selbst auch noch nicht. Deshalb war er hier? Oder die junge Frau, gleich in der ersten Reihe – womöglich eine Expertin für riskante Abschiede, die sich noch ein paar Tips holen wollte?

Es stand ihnen nicht im Gesicht geschrieben.

Und mir natürlich auch nicht!

Ihr Lieben! dachte ich, während meine Lippen lasen, wenn ihr wüßtet, wer hier vor euch steht – ein notdürftig maskiertes Monster! –, ihr würdet statt zu mir eher unauffällig nach dem nächsten Ausgang sehen.

Nach Ende der Veranstaltung ging es im Auto zum Haus des VHS-Dozenten. Es lag etwas außerhalb, in Filderstadt. Langsam wurde mir klar, worauf ich mich hier eingelassen hatte. Im Einladungsbrief der VHS war mir dieser Passus gar nicht aufgefallen: » ... wir gehen davon aus, daß Sie eine familiäre Unterbringung einem unpersönlichen Hotel vorziehen. Außerdem hilft uns das, Kosten zu sparen.«

Im Klartext hieß das: Ich war mit der Lesung fertig, aber an »Abschminken« war nicht zu denken. Es ging weiter.

Der Dozent am Steuer erzählte mir, welche meiner Autorenkollegen schon bei ihm gelesen hatten. Ab und an nickte ich müde. Einmal, ziemlich abrupt, ging er in die linke Spur. Kurz darauf sah ich, warum. Aus einer Autobahnauffahrt schossen plötzlich in dichter Folge lauter absolut gleich aussehende Autos auf die nachtschwarze Piste. Das sah aus wie in einem utopischen Film. »Schichtwechsel bei Mercedes«, erklärte der Dozent, »lauter Werkautos.«

»Ja«, sagte ich, »das ist er – der moderne Mensch.« Und damit war mein intellektuelles Soll für den Rest der Fahrt erfüllt.

Dann endlich: im Eigenheimviertel. Wir fuhren vor. Das Haus festungsmäßig. Viel Bewuchs. Gut beleuchtet.

»Haben Sie eigentlich was gegen Hunde?«

»Nein ...«, sagte ich – und plötzlich hatte ich unheimliche Lust, die Nacht auf einem einsamen Bahnhof zu verbringen.

»Na, dann ist ja gut.«

Besagter Hund, dessen dämonische Fratze augenblicklich in der Autoscheibe auftauchte, hatte auch nichts gegen mich. Ganz im Gegenteil. Ich merkte es daran, wie er, als ich Anstalten machte auszusteigen, sofort hochinteressiert in meinem Intimbereich herumschnüffelte. Er war von einer mir unbekannten Sorte, sehr groß, sehr viel Fell, auch im Gesicht. Meine strengen Blicke fanden deshalb keine Adresse. Als ich endlich halbwegs aufrecht am Auto stand, kam es seitens des Hundes zu stürmischen, liebevollen Umarmungsversuchen, die ich jedoch, auch mit Blick auf meinen hellen Mantel, erfolgreich abwehrte. Trotzdem wurde ich nach Strich und Faden abgeschleckt.

»Sehen Sie, wie er sich freut?«

Ja, das sah ich, Donnerwetter.

Nachdem der Hund zunächst auf seine Kosten gekommen zu sein schien, wurde er – unter Protest!, er knurrte verständnislos in sich hinein, es war ein ingrimmiges Vibrieren – vom Dozenten irgendwohin abgeführt. Währenddessen nahm die Frau des Dozenten mich an der offenen Haustür in Empfang.

»Ich habe euch schon kommen gehört!« rief sie in den nachtdunklen Garten. Das war schon ein halbes »Du«, und ich ahnte: das wird hier alles ganz, ganz schrecklich.

Das Haus roch streng nach Hund. Da war aber noch etwas – es fing schon an der Haustür an und zog sich durch alle Räume bis ins Besucherklo, wo ich mir die Hände wusch: Trockenblumen! Die Frau war ihnen offenbar in einer stillen, verhängnisvollen Leidenschaft verfallen. Ein stummer floristischer Aufschrei der in diesem Vorort abgestellten Ehefrau?

Ich trocknete mir sorgfältig die Hände ab. Es roch nach Lavendel.

Die Frau war sehr freundlich zu mir. Sie hatte noch in der Küche zu tun – es war eine offene amerikanische Küche, nur durch eine Theke vom großen Erdgeschoßraum getrennt – und fragte mich, ob ich nicht erst mal zu Hause anrufen wollte?

Keine schlechte Idee.

Doch anstelle von Ellens Nummer – das merkte ich aber erst, als der Anrufbeantworter anging – hatte ich aus Versehen meine eigene Nummer gewählt. Ich hörte mir zu. Es gelang mir nicht, mich von meiner eigenen Stimme loszureißen. Nach dem Piepton begann ich zu sprechen.

»Hallo, du, wie geht es dir?« –

»Das freut mich. Mir geht es auch gut.«

(Ich konnte nicht frei sprechen! Ich stand im Arbeitszimmer des Dozenten, die Tür war nur angelehnt.) –

»Wo ich gerade bin? – In Filderstadt«, sagte ich mit gepreßter Stimme und mußte auf einmal mit den Tränen kämpfen. Passenderweise bellte draußen der Hund. –

»Tschüs! Ich meld mich dann wieder. Ich liebe dich!«

Ich legte den Hörer andächtig auf und atmete noch einmal schwer aus, dann ging ich hinüber.

»Alles in Ordnung zu Hause?« fragte die Frau des Dozenten.

»Ja, alles bestens.«

Der Dozent war inzwischen auch von draußen hereingekommen und in der tiefen Büffelledersitzgruppe abgetaucht. Seine Kordhosenknie, ungefähr in Höhe der Schulterblätter, ragten fragend in den Raum. Er stopfte sich eine Pfeife. Das alles sah hier sehr verdächtig nach »gemütlicher Abend« aus. Vorsichtshalber gähnte ich. Auf dem Tisch Käsegebäck, Weißwein. Ein krümeliges, sich hinziehendes Gespräch.

Kurz vor Mitternacht zeigte die Frau mir dann endlich mein Zimmer, es war »Nadjas Zimmer«. Die große Tochter war für ein Jahr Au-pair-Mädchen in Toronto.

Ein trockenblumenfreier Raum. Dafür aber alle Wände mit Kunstausstellungsplakaten der frühen neunziger Jahre tapeziert. Okay, das ging.

Als ich endlich allein war, setzte ich mich an den schmalen Schreibtisch und betrachtete lange ein Pferdefoto. Dann legte ich meine Stirn vorsichtig auf der kalten Glasplatte ab. Ich kam mir vor wie ein fehlgeleitetes Frachtgut.

Fester Vorsatz: alle künftigen Einladungen zu Lesungen vorher genauestens unter die Lupe nehmen! Bei den Worten »familiäre Unterbringung«, »persönliche Atmosphäre« o. ä. gilt Alarmstufe 1! Einladungen nur noch unter der Bedingung annehmen, daß Unterbringung in einem Hotel, so modern und unpersönlich wie nur irgend möglich, gewährleistet ist. Als kleine Extras würde ich mich über softe Fahrstuhlmusik und eine allen Ansprüchen genügende Minibar von ganzem Herzen freuen!

In der Nacht wachte ich auf. Zunächst orientierungslos, wo ich überhaupt bin, alles sehr dunkel. Dann weiß ich: ich bin Entführern in die Hände gefallen. Sie halten mich im ersten Stock eines Einfamilienhauses gefangen. Unten paßt ein Hund auf, damit ich nicht ausbreche. Ich traue mich deshalb, was bedauerlich ist, nicht mal aufs Klo. Vielleicht patrouilliert der Hund ja auch durchs ganze Haus. Sicher! Er sitzt stumm vor der Tür und wartet nur darauf, daß ich einen falschen Schritt mache... Diesen Gefallen tue ich ihm aber nicht! Lieber verzichte ich auf den Klogang.

Eine Uhr schlägt zweimal. Atemlos lausche ich in die fremde Stille. Mir fällt ein, daß ich als Kind phasenweise exzessiver Bettnässer war. Ich stelle mich trotzdem schlafend und schlafe darüber auch wirklich ein. –

»Nicht so laut, Boris! Wir haben Besuch.«

Hellwach – sofort wußte ich wieder, wo ich war.

Auch der Hund meldete sich bald wieder. Er hörte, wenn er hörte, übrigens auf den Namen Ajax. Beim Frühstück schnüffelte er an meinen Schuhen herum. Sagte ich etwas, hob der Hund den Kopf und hörte mit offenem Maul ungläubig zu. Ich hatte ein bißchen Angst vor ihm –.

Halt! Das war ein ganz entscheidender Punkt, der noch in den Drehbuchentwurf paßte!

Grob skizziert, folgende Szene: Enslin alias »Lavater« kommt irgendwohin, zum Beispiel: in ein Bergdorf. Dort war Lavater vor vielen Jahren schon einmal zu Gast. Die Leute, schlichte, nette Leute vom Lande, bemerken nichts. Nicht so – der Hund!

Alles gute Zureden hilft nicht: »Aber Ajax, das ist doch der Herr Lavater!« Unablässig knurrt der Hund weiter. Er bleibt mißtrauisch. Er glaubt seinen Leuten nicht. Und die glauben ihm nicht. So einfach ist das. Enslin wird unsicher.

Der Hund spürt das und beginnt wütend zu bellen, er fletscht die Zähne gegen Enslin.

Sie sehen sich in die Augen.

Na komm, sprich dich doch aus, denkt Enslin.

Schließlich wird der Hund zur Strafe ausgesperrt. »Ich weiß gar nicht, was er hat«, entschuldigt sich die Frau, als der Mann mit aller Gewalt den Hund wegzerrt, »er ist doch sonst nicht so.«

»Aber, ich bitte Sie, gute Frau, das macht doch nichts, diese arme Kreatur«, sagt Enslin nachsichtig; und grinst dem Hund, der ihm auf einmal sehr sympathisch ist, hinterher.

Spannungsreiche Szene – eine Entdeckung, wir halten den Atem an!, und am Ende doch keine Entdeckung!

Nach dem Frühstück gab es noch das, was der Dozent am Abend geheimnisvoll als »kleine Überraschung« angekündigt hatte. »Boris – möchtest du unserem Besuch nicht etwas vorspielen?«

Der Junge, vielleicht zehn oder elf Jahre alt, senkte seinen Kopf. Unter einer dunklen Haarsträhne hervor blickte er zu mir auf – für diesen winzigen Augenblick verstanden wir uns, waren wir die beiden einzigen, die wußten, was hier gespielt wird. Seufzend ging Boris hinaus, seufzend kam er mit seinem Cello zurück.

Während der kleinen Hausmusik zählte die Mutter mit der Fußspitze irgend etwas ab, nickte oder schüttelte unauffällig-taktvoll den Kopf. Der Vater behielt mich im Auge.

Ich saß mit freundlich verzerrter Mundpartie tief im Sessel. Während sich der Junge abmühte, fiel mir eine Episode zum Thema »Kindererziehung« aus Geßners Lavater-Biographie ein, die ich noch irgendwo in die Filmstory einbauen wollte.

Eines Tages schlich Lavater in das Zimmer seiner Kinder, warf dort die Streubüchse um, schüttete den Streusand neben den Tee, riß die Schubladen auf, stopfte zerknülltes Papier hinein, verteilte schmutzige Strümpfe auf dem Tisch, schüttete Kleister in die Tassen – und als er mit all dem fertig war, besah er zufrieden seine Arbeit und schrieb mit großen schiefgestellten Buchstaben auf die schwarze Schiefertafel: UNORDNUNG.

Dann versteckte er sich in einem Winkel.

Die Kinder traten arglos herein – vor Entsetzen schlugen sie die kleinen Hände über ihren gelockten Köpfchen zusammen. Lavater hockte derweil in einer dunklen Ecke und freute sich an den Früchten seines pädagogischen Werkes.

Eine kleine Episode nur, aber nicht unwichtig.

Die Matinee fand am Sonntag um 11 Uhr im Barocksaal eines Schlosses, unweit von Stuttgart, statt; sie stand unter dem verwegenen Motto: »Dichter im Dialog«. Der Saal füllte sich allmählich. Dicke Engel warfen aus dem blauen Himmel der Deckenmalerei freigiebig Rosen auf den Veranstaltungsort herab.

Gesprächsleiterin war eine jugendliche Redakteurin vom Radio, Frau Dr. Heister.

In einem kleinen Nebenraum erklärte sie uns, meinem Kompagnon und mir, kurz die Spielregeln: jeder von uns sollte einen Text lesen, dann sollten wir mit ihr diskutieren. Die Auswahl der Autoren war nach dem Kontrastprinzip erfolgt, man erhoffte sich davon eine kontroverse Diskussion.

»Kann ich Sie jetzt einen Augenblick allein lassen?« fragte sie vorsichtig; sie mußte sich noch um die Technik kümmern. Sie sah uns dabei an, als wären wir zwei Ringer, die im ersten unbeobachteten Moment sofort aufeinander losgehen würden.

Wir tranken aber friedlich unseren Kaffee aus, teilten uns sogar eine Apfelsine und sortierten still unsere Lesestellen. Meinen Kompagnon beschäftigte außerdem noch die Frage, ob auch Fahrkarten 1. Klasse in voller Höhe erstattet würden. Das wußte ich aber auch nicht.

Bei der Lesung stellte sich heraus, daß mein gemütlicher Gesprächspartner in Wahrheit ein Hermetiker war.

Ich staunte. Jetzt, auf der Bühne, hörte es sich so an, als könnte er keine zwei Worte problemlos herausbringen. Eine Dichtung, soviel hatte die Moderatorin dem Publikum im voraus verraten, »immer am Rande des Verstummens«. Die folgenden Gedichte handelten nun auch folgerichtig von einem Dichter, der nicht dichtete. Das war ein ergiebiges Thema, dem offenbar einiges abzugewinnen war. Einer der Texte hieß »Brandung IV« und ging ungefähr so:

»Grönische Gewächse in Eile. Stille. Ein Faltenwurf Reseda. Das Große wächst blau über den Gründen des Abs«.

Der Clou an diesem und anderen Gedichten war: der Autor hatte aus seinen Texten alle »M« verbannt! Mörder, Mutter, Marmelade und so weiter, das alles mußte also entweder umschrieben oder ganz umgangen werden. Mir gefiel das! Auch der Dichter, dieser unscheinbare Verwandlungskünstler, gefiel mir. Eben noch ganz normal miteinander geplaudert – und jetzt das.

Der Hermetiker erlaubte Frau Dr. Heister nun, die Texte für das Publikum zu interpretieren. Er stützte dabei schwer seinen Kopf auf und betrachtete aufmerksam aus zusammengekniffenen Augen, über das Publikum hinweg, die gegenüberliegende Saalwand. Hinter allem, so erfuhren wir nun, stand eine »Theorie der verlassenen Wörter«. Leider wurde nicht völlig klar, was das genau bedeutete und, vor allem, wieso es der Dichter da ausgerechnet auf das »M« abgesehen hatte. Er zuckte bei dieser Frage unwillig zusammen, als berührte Frau Dr. Heister da einen sehr, sehr wunden Punkt. Sie unterließ es dann auch, weiter nachzufragen. Daß es sich aber bei den »Gründen des Abs«, wie ich schon richtig vermutet hatte, in gewissem Sinne um »Abgründe« handelte, bestätigte er ohne weiteres.

Das Publikum beobachtete die Vorgänge auf dem Podium sehr genau. Wenn wir uns wechselseitig in die Ausführungen von Frau Dr. Heister einmischten (beim Hermetiker waren das meist stumme Kundgebungen eines entschiedenen Nickens oder Kopfschüttelns), ruckten unten die Köpfe hin und her wie beim Tennis. Ansonsten bewahrte das Publikum vorbildlich Ruhe.

Über der Diskussion verpaßte ich beinahe meinen Einsatz, las dann aber doch in gewohnter Weise meinen Part. Naturgemäß gab es bei mir nicht so viel zu interpretieren.

Am Ende klatschte mein hermetischer Mitstreiter, der mich während der Lesung nur völlig verständnislos angestarrt hatte, auf geistesabwesende Weise langausdauernd. (Nur an einer Stelle meiner Lesung, und zwar bei »Ein Eskimokimono ist in jedem Fall aus Fell« hatte er kurz aufgemerkt und sich eine Notiz gemacht.)

Draußen stand der obligatorische Büchertisch. Auch Besucher anderer Veranstaltungen streunten durch das weitläufige, helle Foyer.

Während ich meine »Nomaden« signierte, fiel mir eine junge Familie auf. Der Mann beugte sich immer wieder mit bedrohlichem Wackellockenkopf über ein im Sportwagen angeschnalltes Kleinkind, das jedesmal nach solch einem heimtückischen Angriff seinen Kopf zur Seite riß und sich

198

der Länge nach ausstreckte, als wollte es die Fesseln der Kinderwagengurte sprengen.

Die junge Frau bemerkte, daß ich das alberne Treiben schon die ganze Zeit über beobachtete, sie lächelte entschuldigend zu mir herüber.

Ich lächelte auch. Und auf einmal fing ich ihren Blick auf, hielt ihn aus einer Laune heraus fest. Meine Spannung induzierte ein Magnetfeld, aus dem ihr Blick nicht mehr loskam.

Ich hielt ihn fest, ein ruhiges, gefährliches Flimmern, und streute Gift, das Gift einer scheinbar plötzlich aufgeflammten Leidenschaft, in ihre Augen.

Irritiert wandte sie sich ab, blickte dann aber wie hypnotisiert noch einmal zu mir. Die Familienidylle hatte plötzlich einen Sprung, kaum spürbar; im Gegenteil, die Frau henkelte sich nun fest bei ihrem Mann ein, der gar nicht wußte, warum. Sie wollte ihn wegziehen. Sie versuchte zu retten, was verloren war. Dieses demonstrative Einhenkeln galt natürlich nicht dem Mann – es galt mir und sollte mir etwas zeigen. Es zeigte mir aber nur: ich habe den Fuß schon in der halboffenen Tür. Wenn ich nur will –.

Ich wollte aber nicht. Ich ließ die Tür zufallen und ließ die junge Frau zurück, mit ihrem Mann, mit ihren Zweifeln – und schrieb weiter brav einen falschen Namen in ein falsches Buch.

Das eminent physiognomische Phänomen »Liebe auf den ersten Blick« hat Lavater meines Wissens nie ernsthaft behandelt. Sollte ich also jemals wieder einen Roman schreiben, durfte es, das war mir jetzt klar, unter keinen Umständen fehlen. Dieser Roman würde keine Schriftstellerstotterorgie sein, sondern er müßte tief in die Abgründe der Menschen hineinleuchten. Material und Erfahrungen hatte ich genug gesammelt. Und einen Titel hatte ich auch schon, »Memoiren eines Monsters«. Nur eines hatte ich nicht, Zeit.

KAPITEL 16

Die Aufzeichnung fand in Studio Ib statt.

Vom Bahnhof aus hatte ich mir ein Taxi genommen. Der Chauffeur, als ich mein Fahrziel nannte, warf einen Blick durch den schräggestellten Innenrückspiegel – dann nickte er betont gleichgültig und gab viel Gas.

Wir waren vom Bahnhofsvorplatz herunter und der Chauffeur hatte sich gerade in den Nachmittagsverkehr eingefädelt, da drehte er sich kurz um: »Na, was ist denn heute dran bei Nina?« Seine Augen blitzten in den Rückspiegel. »›Ich geig meinem Chef die Meinung‹ oder ›Mein Goldhamster und ich – Tierliebe ohne Tabus‹?«

Mein Gott, war der witzig.

»Weder noch«, sagte ich kühl. »Aber wenn Sie es genau wissen wollen: ›Schönheitsoperationen und das wahre Ich‹.«

»Aha, verstehe.« Ein nochmaliger, jetzt doch etwas irritierter Blick in den Innenrückspiegel. Dann war er still. Wahrscheinlich mußte er darüber nachdenken.

Es war eine längere Fahrt. Erst durch die Innenstadt, dann kamen Wohnviertel, je weiter wir fuhren, desto langweiliger, desto rechteckiger. Später, an den Ausfallstraßen, gläserne Autohäuser, Baumärkte und schließlich die verstreut in der Gegend herumliegenden Fabrikwürfel aus buntem Blech. Dahinter, als man schon alle Hoffnung auf ein gutes Ende aufgeben wollte, weit draußen, am Rande der Zivilisation, auf freiem Feld, begann das Studiogelände.

Am Eingang erwartete mich der Studioassistent. Er brachte mich gleich in die Maske.

Dort nahm eine Maskenbilderin meinen Kopf in die Hand. Sie drehte ihn vor dem Spiegel hin und her. Dann begann sie mit den Ausbesserungsarbeiten. Zunächst puderte sie ihn ab; ich war auf dem Weg durchs Studiogebäude ein bißchen ins Schwitzen gekommen. Während sie an meinem Gesicht herumwischte, wollte sie mir erklären, was sie da im einzelnen mit mir veranstaltete – ich winkte aber nur ab. Ich mußte mich noch einmal konzentrieren.

Vor einigen Tagen, ich war gerade völlig entnervt wieder im »Hühnerstall« angekommen und eigentlich noch gar nicht richtig da, hatte die Redakteurin der Sendung mich endlich telefonisch erreicht, sie mußte es schon x-mal versucht haben, denn sie sprach zu mir, als wäre ich eine Erscheinung aus dem Jenseits:

»Sagen Sie mal: Wo waren Sie denn?«

»Ich? – Ich war in der Hölle.«

»Ach so. Und wir dachten schon sonstwas. – Na, zum Glück, jetzt sind Sie ja wieder da.« Kein Wort, keine Nachfrage zu dem, was ich da eben gesagt hatte. Es schien sie gar nicht zu interessieren. Stillos fand ich das. Die einzige Erklärung – nicht Entschuldigung! –, die es dafür gab: der Termin für die »Ninas Nachmittag«-Talkshow war tatsächlich schon bedrohlich nahe herangerückt. In diesem redaktionellen Vorgespräch ging es um die letzten Einzelheiten meines Auftrittes. Man erwartete von mir, daß ich im Bedarfsfall ein paar historische Fakten beisteuern sollte.

»So eine Talkshow ist natürlich auch eine einmalige Gelegenheit. Wir haben ein sehr großes Publikum.«

Sie erwartete hoffentlich nicht von mir, daß ich jetzt vor Dankbarkeit durch die Leitung kroch?

»Deshalb, meine Bitte: Ihre Antworten möglichst kurz, spontan, witzig. Sie wissen ja.«

»Soll ich mich da jetzt noch irgendwie spezieller vorbereiten oder so?« fragte ich vorsichtshalber.

»Nein. Überhaupt nicht. Einfach pünktlich da sein.«

Ich war also da, pünktlich. Vorerst in einem Raum hinter der Studiobühne. Es gab dort mehrere Monitore, auf denen konnten wir den Fortgang von »Ninas Nachmittag« mitverfolgen. Wir – das waren außer mir noch der Studioassistent (er kam mir wie ein Bewacher vor) und ein schmächtiger Mann aus Bremerhaven, der vor mir dran war.

Die Aufzeichnung lief bereits. Als der Studioassistent mit guten Worten und Fußtritten den in der Ecke stehenden Automaten doch noch davon überzeugen wollte, für die eingeworfene Mark bitte schön eine Tasse Kaffee herauszurücken, warf ich einen Blick auf den Durchlaufplan. Der Reihenfolge nach waren folgende Positionen verzeichnet:

1. Exhibitionist;
2. Prof. Meurich, Schönheitschirurg;
3. Die Nase;
4. Mister X – Zuschauerrunde;
5. Lavater, Expertengespräch.

Mein Auftritt also erst nach dem zweiten Werbeblock. Aufmacher für Ninas heutigen Nachmittag war die bizarre Geschichte eines Pseudoexhibitionisten. (Vielleicht hatte Ellen doch recht? dachte ich für einen kurzen, schmerzhaften Moment.)

Unter der Überschrift »Von einem, der sich auszog, das Fürchten zu lehren« ging es um den Fall eines Mannes – er selbst bezeichnete sich als »letzten wahren Aktionskünstler

Deutschlands« –, der mehrfach in stark frequentierten Fuß-
gängerzonen Passanten mit einem Riesen-Dildo konfron-
tiert hatte. Nach vollbrachter Aktion entfernte er das künst-
liche Teil, schwenkte es über seinem Kopf, warf es in die erschrocken zurückweichende Menge, in Papierkörbe und
sogar – was zu mehreren Prozessen geführt hatte – in die
Schnäppchenauslagen der Kaufhäuser.

Jetzt saß er breitbeinig auf Ninas rotem Sofa. Er steckte
in einer entschlossenen schwarzen Ganzkörpermotorrad-
fahrerkluft.

Die im Raum stehende Frage war nun: Was war das, was
er da machte? Erregung öffentlichen Ärgernisses? Vorspie-
gelung falscher Tatsachen? Hochstapelei? Oder doch –
Kunst?

Restlos konnte das nicht geklärt werden, obwohl der
Mann selbst, wie nicht anders zu erwarten, auf Kunst plä-
dierte.

Die Meinungen der befragten Studiogäste gingen naturgemäß weit auseinander. Schon an der Frage, wie man die
Leute, die unfreiwillig zu Zeugen dieser Aktionen geworden waren, bezeichnen sollte, schieden sich die Geister.
Während der Pseudoexhibitionist in aller Selbstverständ-
lichkeit von seinem »Publikum« sprach, ereiferte sich ein älterer Herr. Hier sei einzig und allein der Begriff »Opfer« am
Platz: »Als Fußgänger ist man inzwischen in diesem Land
Freiwild. Erst die Radfahrer, und jetzt das noch. Nee.«

Professor Meurich schließlich sprach im Ton vorsichtiger
Mutmaßung von obsessiv verarbeiteten Kastrationsängs-
ten, was der Künstler jedoch strikt verneinte. Er griff sich
hart in den Schritt, dann verschränkte er seine Arme vor der
Brust, was, zumindest in diesem Punkt, auf verminderte
Gesprächsbereitschaft schließen ließ.

Deshalb, und weil die Zeit wahrscheinlich auch schon

um war, kam jetzt die Einspielung eines vorbereiteten Film-beitrages: »Christo, der Reichstagsverhüller – ein Entblößer auf Abwegen?«

Das fand ich hochinteressant. Genau dieselbe Frage hat-te ich mir nämlich auch schon mal gestellt, als ich ...

»Die Nase! Verdammt, pennt ihr da hinten! Wo bleibt die Nase? Die Nase sofort zur Ib!« kommandierte der Laut-sprecher über der Tür.

Die überschwappende Kaffeetasse wurde vom Studioas-sistenten abgestellt, der sofort aufgesprungen war und sich den Mann aus Bremerhaven geschnappt hatte – den Rest von ihm sah ich dann verteilt auf den verschiedenen Moni-toren.

Eben hatte sich Nina, ganz in grün, aus der Sitzgruppe gelöst. Sie stand in der Mitte der Studiobühne. In ihren Fin-gern hielt sie Karteikärtchen.

Der »Die-Tür-geht-auf«-Jingle, den ich schon kannte, und der Mann aus Bremerhaven stolperte die glitzernde Studio-treppe hinunter. Unten wurde er von Nina aufgefangen. Beifall. Eine schnelle Kamerafahrt über die begeisterten Gesichter des Publikums. Das wild applaudierende Publi-kum machte den Eindruck, als würde es unter Drogen ste-hen.

»Klaus-Peter ...«, sagte Nina, gegen den Applaus anspre-chend, »Klaus-Peter, du hast eine neue Nase.«

»Ja«, sagte Klaus-Peter.

Wieder gab es herzlichen, begeisterten Beifall!

»Und –«, fragte Nina, »wie fühlst du dich?«

Klaus-Peter sagte: »Na ja ...«. (Es gab irgendwelche Schwierigkeiten mit seinem Pullover-Mikro.)

Deshalb Nina: »Wir kommen gleich zu dir zurück.« Sie blätterte eine Karteikarte weiter; Frage jetzt an Professor Meurich: »Herr Professor, was veranlaßt Menschen dazu,

Teile ihres Körpers derart – ich möchte schon sagen: einschneidend – zu verändern?«

Professor Meurich sprach über Chancen und Risiken von Schönheitsoperationen. Deren Möglichkeiten dürften jedoch nicht überschätzt werden: Ein Sparkassenangestellter mit Ohrring verwandelte sich schließlich auch nicht automatisch in einen Südseepiraten; andererseits sei ja aus den Medien das Phänomen der wunderschönen Mörder bekannt.

An dieser Stelle nickte der Pseudoexhibitionist nachdrücklich, so daß eine der Kameras nicht umhin kam, Notiz davon zu nehmen.

Nina wollte nun wissen, ob eine Schönheitsoperation tatsächlich zu einem neuen Ich, zu einem neuen Selbstgefühl verhelfen könne?

»Da habe ich so meine Zweifel«, bekannte Professor Meurich. »Und außerdem – dieses klassische *Erkenne dich selbst,* ich meine, mal ganz ehrlich, wem von uns heute wäre das wirklich noch reinen Herzens zu wünschen?« Er lächelte akademisch in die Runde.

Nina nickte interessiert, schwenkte aber gleich zu Klaus-Peter weiter: »Also, jetzt noch mal zu dir, Klaus-Peter. Wie fühlst du dich mit deiner neuen Nase?«

»Ich fühle mich wie neugeboren!« kam es prompt von Klaus-Peter, das Mikro funktionierte jetzt einwandfrei.

»Und – wie gehst du damit um?«

Eine Frage, die so komplex gestellt war, daß Klaus-Peter auf die schnelle keine passende Antwort dazu einfiel.

Die Kamera ging auf Nahaufnahme. Die frisch operierte Nase ließ, offen gesagt, noch wenig von ihrer kommenden Pracht erahnen. Das sah eher nach überstandener Erkältung aus, und auch das, was Klaus-Peter bisher gesagt hatte, klang noch etwas nasal.

Trotzdem, bei allen weiteren Fragen der Moderatorin beschränkte er sich auf die bereits gehörte, eingeübt klingende Feststellung: er fühle sich wie neugeboren – und als Ninas Fragen spezieller wurden, ließ er sie einfach mit einem »Ja, das kann man so sagen« auflaufen.

Der Pseudoexhibitionist, unterdessen ein wenig ins Abseits der Diskussion geraten, wollte sich ins Gespräch einmischen, zunächst gab es aber wieder einen vorbereiteten Film. Sensible Zuschauer sollten, so warnte Nina eindringlich, beim Ertönen des Piepzeichens wegsehen oder die Augen schließen.

Es ging um ein schönheitschirurgisches Institut in Los Angeles. Erst allerhand Palmen, Strand, Busen, Tanga-Hintern und so weiter, dann, nach dem Piepton, ein grüngefliester, chromglänzender Alptraum, in dem gnomenhaft ein maskierter Arzt herumwirtschaftete. Was er da im einzelnen mit den freiliegenden Körperteilen anstellte, das erklärte eine Stimme aus dem Off.

Als dieses Dr.-Mabuse-Double schließlich vorbereitete Leichenteile zum Zweck der kosmetischen Aufpolsterung in eine aufgeschnittene Unterlippe implantierte – Bilder einer Schlachtbank! –, da sah auch ich weg.

Ein zweiter Piepton gab Entwarnung.

Wieder die bekannte Studiorunde.

»Das waren zutiefst erschütternde Bilder, die wir Ihnen hier zeigen mußten«, faßte Nina betroffen das eben Gesehene zusammen.

Eine der Kameras erwischte Klaus-Peter dabei, wie er sich ein paarmal, als wollte er sich vergewissern, an die neue Nase griff.

Der Pseudoexhibitionist schien verstanden zu haben, daß seine große Zeit in dieser Show vorbei war, er beschäftigte sich nun demonstrativ gleichgültig nur noch mit seinem

Wasserglas. Professor Meurich aber legte Wert auf die kritische Feststellung, daß die Ausstrahlung derartiger Berichte – zumal bei Laien! – die Diskussion um Schönheitsoperationen nur unnötig emotional belasten würde. Nach wie vor gelte: gegen kleine Korrekturen sei vom medizinischen Standpunkt aus nichts einzuwenden.

Ein versöhnliches Schlußwort – da sahen auch Klaus-Peter und seine neue Nase gleich wieder etwas zuversichtlicher in die weitere Zukunft.

»Physiognomik ...«

– Ich zuckte auf meinem Stuhl zusammen!

»Was hat es mit diesem Zauberwort auf sich? Sie erfahren es gleich, bleiben Sie dran. Gleich nach der Werbung sind wir wieder für Sie da.«

Ich stand im Dunkeln. Nur das Ib leuchtete rot neben dem blinkenden »Achtung Aufnahme!«-Kasten über der Tür. Ein freundlicher Schubs des Studioassistenten, und von der »Die-Tür-geht-auf«-Musik begleitet, schob sich die Tür auseinander.

Licht! Ich war geblendet, gelangte aber mit traumwandlerischer Sicherheit nach unten. Dabei achtete ich darauf, möglichst lässig zu wirken, ich nahm die Treppe schräg, im leichten Galopp, die Arme betont locker angewinkelt. Es gab viel Applaus. Nina stellte mich vor, sie schüttelte meine Hand, und ich sah mich schon mal nach meinem Platz auf dem Sofa um.

Nina blieb aber vorerst mit mir in der Mitte des Studios stehen. Meine Hände lagen erwartungsvoll vor dem Unterleib über Kreuz, während Nina nun in Kamera 1 sprach: »Wir alle, liebe Zuschauerinnen und Zuschauer, kennen doch dieses Gefühl: morgens, halb 7, unausgeschlafen, im Bad – da schaut uns ein wildfremdes Gesicht aus dem Spiegel an. Nanu? Wer ist denn das?«

Sie wandte sich mir zu: »Kennen Sie das auch?«

Ich wollte kein Spielverderber sein, ich nickte bereitwillig.

Nina, jetzt wieder zum Publikum: »Was und wieviel verrät eigentlich unser Gesicht von uns? Dieser Frage gehen wir nach. Dazu haben wir, wie immer, ein Spiel vorbereitet, und wir haben auch einen Experten im Studio, der uns nachher einiges dazu verraten wird.«

Damit war ich erst mal entlassen, ich durfte aufs Sofa. Dort begrüßte mich, übrigens als einziger, der Exhibitionist mit Handschlag, was ich, offen gesagt, doch etwas unpassend fand.

Das Spiel also.

»Wie immer in unserer Sendung – Sie entscheiden!

Hier, auf unserer Studioleinwand werden Sie gleich drei Gesichter sehen. Zwei gehören zu ganz normalen Leuten. Aber eines – und jetzt wird es spannend! –, eines ist das Gesicht eines rechtskräftig verurteilten mehrfachen Raubmörders, der eine lebenslängliche Freiheitsstrafe in einem US-amerikanischen Gefängnis verbüßt.

Unsere Frage an Sie: Wer von den dreien ist der Mörder?«

Bing! Eine elektronische Musik setzte ein.

Die Gesichter wurden eingeblendet.

Das Publikum legte lächelnd seine Stirn in Falten.

Drei nette junge Männer. Einer kam mir bekannt vor, er sah aus wie der Studioassistent.

»Ich weiß gar nicht, ob die das dürfen.« Erstaunt wandte ich mich zur Seite – der Pseudoexhibitionist hatte gesprochen, halblaut. Ohne den Blick von den Fotos abzuwenden, erklärte er:

»Na, ich meine, es gibt schließlich Persönlichkeitsrechte, auch an einem Foto, nicht wahr. Möchte wirklich mal wissen, ob die den Mörder vorher um Erlaubnis gefragt haben.«

Ich zuckte die Schultern, das wußte ich jetzt auch nicht.

Aber jetzt war erst mal das Publikum am Drücker. Es zierte sich nicht, es spielte mit. Zunächst diskutierte es leise, dann beschäftigte es sich mit den bunten Knöpfen.

Warum war bloß auf dieser blöden Bühne keine Versenkung, in der man sang- und klanglos verschwinden konnte? Mit Massolt reden. In einer derart dämlichen Nachmittagsshow verbraten zu werden – das ist schon dicht an der Grenze zur »Rufschädigung«, eigentlich müßte Massolt dafür ein Schmerzensgeld herausholen.

Bing-bing! Die Musik setzte einen elektronischen Schlußakkord – Schluß, aus, endlich.

Ich drehte mich halb um. Einer der drei elektronischen Balken war fast über die ganze Breite der Anzeigetafel gewachsen, während die anderen beiden, fast gleichauf, deutlich zurücklagen.

Nina, wieder in der Studiomitte: »Liebe Studiogäste – Sie haben sich entschieden. Ihr Votum war eindeutig. Und hier (sie zog die Pause in die Länge) der Mörder Ihrer Wahl – bitte, Wolfgang Beuz aus Dortmund!«

Nach der wohlbekannten Melodie ging oben die Schiebetür auf – der Mann mit dem Spitzbubengesicht Platz Nr. 1 erschien. Er kam schüchtern lächelnd die Treppe herunter.

Gespieltes Entsetzen des Publikums, Kopfschütteln, eine ältere Frau hielt sich die Hand vor den Mund – alles aber schließlich in einen großen Applaus mündend.

»Das ist Ihr Applaus«, erklärte Nina dem Neuankömmling, der sich kurz verbeugte.

»Vorsichtshalber frage ich Sie das aber hier noch einmal: Sie sind bisher noch nie als Raubmörder in Erscheinung getreten oder sonst irgendwie einschlägig vorbelastet?«

»Nö, gar nix in dieser Richtung. Im Gegenteil«, versicherte Herr Beuz überaus bescheiden. Das wirkte glaubwürdig. Er war, wie im Gespräch mit Nina geklärt wurde, Mitarbeiter einer Supermarktfiliale.

»Danke, Wolfgang, daß Sie mitgemacht haben!«

Nina lächelte ihn weg.

»Wie kommt's?« fragte sie mich. Sie saß auf einmal, ohne daß ich es richtig mitbekommen hatte, neben mir auf dem Sofa, die Kamera beobachtete mich aufmerksam.

Ganz sicher war ich mir nicht. Vielleicht die wulstigen Augenbrauen? Oder auch die markanten Backenknochen. Schwer zu entscheiden.

Nina nickte zwar zu allem, was ich sagte; das machte die Sache aber nicht einfacher.

Der unerkannt gebliebene, weit abgeschlagene Raubmörder gab ihr zu denken. Auch das Publikum, von Nina daraufhin angesprochen, schüttelte besorgt den Kopf.

»Offenbar, wenn ich das richtig sehe, verrät also unser Gesicht nichts?«

»Würde ich nicht so sagen«, sagte ich, »es kommt ganz darauf an.« Mir war die Geschichte eingefallen, wie Lavater einmal, als ihm ein Fremder vorgestellt wurde, den Gedanken nicht loswurde, »Dieser ist ein Mörder«, er sich aber trotzdem weiter in seiner gewohnten Leutseligkeit und sehr angeregt mit dem Fremden unterhielt – und wenige Tage später stellte sich heraus: es war tatsächlich einer der schwedischen Königsmörder!

»Also«, fing ich an, »um jetzt nur mal ein historisches Beispiel zu geben ...«

Die Regie meldete sich über Studiolautsprecher. »Wir gehen mit dem Gesicht Beuz in ungefähr 15 Sekunden raus!«

Nina ließ mich noch den Satz, den ich gerade angefangen hatte, zu Ende sagen, dann stand sie auf – Absage.

211

»Du warst großartig!«

»Ich hab doch kaum was gesagt.«

»Eben, sag ich ja – du warst großartig.«

Magda hatte mir einen Wagen ins Studio geschickt, von dort war es direkt in die *PerCon*-Zentrale gegangen.

»Hat dich eigentlich unser Pförtner unten gleich erkannt?«

Ich sah sie erstaunt an. Mir war auf dem Weg zu ihr gar kein Pförtner aufgefallen. – Ach so!, jetzt erst fiel mir das wieder ein. »Offenbar doch«, sagte ich. »Herzlichen Glückwunsch!«

»Heute früh habe ich noch ganz schnell dein Foto eingegeben.«

Sie tippte ein paar Tasten an und drehte den Computerschirm in meine Richtung.

Dort baute sich das Bild eines strenggesichtigen Gorillas auf, der überflüssigerweise meine Brille trug.

»Du hast dich verändert«, sagte Magda.

»Ja, ein bißchen.« Ich strich mir verlegen über das Resthaar.

»Steht dir aber.«

»Danke.«

Magda klickte mein Haar an und ließ es einfach verschwinden.

Der Gorilla wurde immer mehr Gorilla.

»Und selbst wenn du jetzt mit falschem Bart, Sonnenbrille und so weiter angerückt wärst, das alles wäre für *Zorro* wahrscheinlich gar kein Problem mehr gewesen. Wir haben uns da noch mal ganz schön reingekniet. – Na gut.

Endlich ließ sie das Affengesicht im gnädigen Dunkel verschwinden.

»Schade. Ich wäre gern selbst ins Studio gekommen.

Aber wir hatten heute ein paar Probleme mit Kunden. In unser letztes Programm, da haben sich unbemerkt doch ein paar kleine Fehler eingeschlichen.«

Ich stellte mir das bildlich vor – und verzog leicht den Mund.

Magda, ganz ernst: »Ich sage dir, wenn das mal alles so funktioniert, wie wir uns das vorstellen, dann kann man damit richtige Physiogramme erstellen. Im Gesicht ist ja so vieles, wie soll ich sagen: nur angedeutet, nur skizziert. Aber wenn man die Linien ein bißchen akzentuiert, verstärkt – etwa so eine ausgeprägte Muskelpartie im Unterkieferbereich wie bei dir, schon haben wir ein Bild. Und wir sehen: aha, starke, überaus starke Triebhaftigkeit.«

Sie sah mich aufmerksam an.

»Tja«, sagte ich, »dann wollen wir also mal.«

Ich legte meine Aktentasche übers Knie, schnipste sie auf und zog den Umschlag heraus. Die Übergabe wollte ich schnell hinter mich bringen, und dann: nichts wie weg.

»Ich sage dir aber gleich: ich kann nur mit einer Kopie dienen.«

»Das habe ich mir schon so gedacht. Ja! Schon damals in Zürich, da habe ich geahnt: jemand wie du, das ist ja ganz klar, muß Autographensammler sein.«

»Und der Kopierer war leider auch nicht ganz in Ordnung«, sagte ich leise.

»Hauptsache, man kann es lesen.« Sie nahm meinen Umschlag entgegen, ich ihren.

Sie hielt den Umschlag in der Hand und schnupperte daran.

»Also nein«, sagte sie plötzlich, »so geht das aber nicht. Das ist ja jetzt ganz förmlich, wie eine Geldübergabe bei der Mafia.«

Sie stand auf, ging um den Tisch herum und küßte meine kahle Stirn. »Danke«, sagte leise ihr Mund, irgendwo dort oben. In meinen Ohren läuteten Glocken.

»Magda«, sagte ich und richtete mich aus dem Sessel auf, »darf ich dir mal ganz ehrlich was sagen?«

»Ja, natürlich.«

»Du, ich muß. Mein Zug. Ich bin ziemlich eilig.« Schon war ich aufgestanden, beziehungsweise: hatte ich mich aus dem kirschroten Sessel hochgedreht.

»Soll ich dir einen Wagen bestellen?«

»Danke, danke, ich finde schon so.«

Ich bemühte mich, meinen Abgang nicht allzu fluchtartig aussehen zu lassen. Trotzdem, rasch und entschlossen schüttelte ich ihr die erstaunte Hand, verließ das Arbeitszimmer. Den Fahrstuhl nahm ich nicht, denn da hätte ich ja unter Umständen in der Falle sitzen können – »Halt! Jetzt haben wir ihn – den Handschriftenschänder!«

Unbehelligt erreichte ich die Eingangshalle, die Tür, endlich.

Ich fühlte mich beobachtet. Unauffällig, im Gehen, drehte ich mich noch einmal um. Da sah ich über der Tür – *Zorro*, ein kaltes Auge aus Glas, es linste mir unverschämt hinterher.

## KAPITEL 17

Dann ging alles sehr schnell.

Ich stand gerade unschlüssig in der Kochnische des »Hühnerstalls« herum und aß einen Keks. Langsam mahlten meine zweiten Zähne die trockene Materie im Mund hin und her, es krümelte.

Meinen dritten Entwurf, bis auf den Schluß, hatte ich längst an Haffkemeyer abgeschickt. So konnte ich zwar den von Frau Szabo eingetauschten Enslin-Abschiedsbrief – er war übrigens eine Kopie aus dem Staatsarchiv des Kantons Zürich, die ich mir ohne weiteres auch selbst hätte besorgen können – nicht mehr verwenden, aber dieser etwas wirre Brief gab meines Erachtens auch nicht allzuviel her. Bis vielleicht auf den einen Halbsatz, wo von einem »Plan« die Rede war. (Bei der Übersetzung des Schlußstückes half mir eine ortsansässige Lateinlehrerin.)

Der zügellose Jüngling voll Ungetult über die Zukunft entreißet sich dem Arm der weißesten Vorsehung und wählet sich eigene Wege, die ihn auf Adlers-Schwingen zum Tempel der Ehre führen sollen. Der Stolz erfüllet seine Seele und macht sie fertig zum Flug. Schnell erhebt er sich zu wolkenfreien Gipfeln und die schmeichelnde Fama posaunt der Welt seine Erlösung aus.

Hoch über seine Mit-Bürger erhaben siehet er mit stolzem Blick auf diese kriechenden Geschoepfe nieder. Voll von angenehmer Phantasie, noch größere Eroberungen zu machen, durchdenkt er flüchtig die weit herrlichere Zukunft, aber noch ehe er mit seinem Plan fertig worden, taumelt seine vom Gift der Eigenliebe durchdrungene Seele schon und ligt unter den traurigen Ruinen seiner Thorheiten begraben.

Non poßidentem multa vocaverit
Recte beatum. Rectius occupat
Nomen beati, qui deorum
Muneribus sapienter uti,
Duramque callet pauperiem pati,
Peiusque leto flagitium timet.

Den, der nicht viel besitzt, mag er zu Recht glücklich nennen. Mit größerem Recht (wörtl.: richtiger) aber nimmt den Namen »Glücklicher« in Anspruch, der es versteht, die Geschenke der Götter weise zu nutzen und harte Armut zu ertragen und der die Schande mehr (wörtl.: schlimmer) fürchtet als den Tod.

Ich persönlich fürchtete zwar im Unterschied zu Enslin die Schande nicht so sehr wie den Tod, aber es war schon ziemlich blöd, daß ich für diesen Brief, mit dem ich im Grunde gar nichts anfangen konnte, eventuell eine Anzeige von *PerCon* »wegen mutwilliger Zerstörung einer einmaligen historischen Handschrift« riskierte.

Nachdenklich lag mein Blick auf der Krümelspur, die zu mir führte. Ich überlegte gerade, wo genau sich diesmal der Handfeger wieder vor mir versteckt haben könnte, meine Fußspitze befragte diesbezüglich neugierig den Altpapier-

stapel und die dämmerige, mit leeren Flaschen halb zuge-
stellte Nische zwischen Kühlschrank und Tisch – da sah ich
zum Fenster ... Sie kamen über den Burghof! Die Frau vom
Kulturamt erkannte ich sofort. Neben ihr ein Mann. In Zi-
vil! Beide sahen sehr amtlich aus.

Schickedanz trat ihnen entgegen. Sie unterhielten sich;
eine müde Pantomime hinter dem Fensterglas: Schickedanz
nickte mehrmals ernst, schüttelte auch den Kopf – dann,
wie auf ein Kommando, blickten alle drei fassungslos in
meine Richtung.

Ich wich zurück, machte mich dünn, das heißt, bewegte
mich seitwärts, Schrittchen neben Schrittchen setzend, mit
dem Hintern an der Küchenzeile entlang, zum Flur hin –
wie im Film, wo der Verfolgte zwischen 36. und 37. Stockwerk, die Hauswand im Rücken, den Abgrund vor Augen,
auf einem schmalen Sims zu fliehen versucht.

Ich hörte, wie sie die Treppe heraufkamen.

Zu spät! Schade, die finale Szene hätte ich mir eigentlich
ganz anders gewünscht: Die Tür ist angelehnt. Die Verfol-
ger stoßen sie auf und rufen: »Ist hier jemand? Wir suchen
einen Handschriftenschänder.« Keine Antwort. Vorsichtig
betreten sie die Wohnung, dann das Zimmer. In der Mitte
des Zimmers ein Sessel. Der steht mit der hohen Rücken-
lehne zur Tür. Daneben ein kleiner Tisch, ein halbvolles
Cognacglas, ein Aschenbecher. Im Aschenbecher eine Ziga-
rette, die an einem dünnen Rauchfaden verräterisch in der
Luft hängt. Und aus der Tiefe des Sessels plötzlich die Stimme: »Ich wußte, daß Sie kommen würden.«

So ungefähr hatte ich mir das vorgestellt, doch so ließ
sich mein Abgang nun leider nicht mehr inszenieren; es
klingelte; statt mich angemessen würdevoll zu plazieren,
klopfte ich nur schnell die Krümel ab und schlurfte auf Lat-
schen zur Tür.

»Guten Tag«, sagte ich.

»Guten Tag«, sagte die Dame vom Kulturamt vorsichtig, als hätte sie damit etwas Falsches gesagt. »Ja, und das ist Herr Grundig. Sie kennen sich vielleicht?«

Der Mann nickte mir zu, ich schüttelte den Kopf – dann gingen wir ins Zimmer und nahmen Platz.

»Es tut mir sehr leid, daß wir Sie stören«, fing die Frau vom Kulturamt an.

»Darf ich Ihnen etwas anbieten? Tee? Kaffee?« Betont freundlich fragte ich das. Ich wollte bis zum letzten Moment Haltung bewahren. »Ich hab auch Kekse da.«

Beide schüttelten synchron die Köpfe.

»Oder doch«, sagte die Frau, »ein Kaffee wäre jetzt vielleicht nicht schlecht.« Auch Herr Grundig wollte nun.

Na bitte! Ich ging in die Küche und setzte pfeifend Wasser auf. »Das ist der Schock«, hörte ich die Frau vom Kulturamt sagen.

»Er weiß es sicher schon«, meinte der Mann kleinlaut.

Als ich ins Zimmer zurückkam, hatte Herr Grundig eine Klarsichtfolie auf seinen Knien.

Bevor er sie aufschlagen konnte, machte ich den Anfang.

»Sie müssen mir bitte glauben, daß mir das alles sehr, sehr leid tut. Und es ist mir peinlich.«

Herr Grundig und die Frau vom Kulturamt sahen sich kurz, erstaunt an. Dann nickten beide.

»Natürlich, ich weiß, es war blöd. In gewissem Sinne auch unverzeihlich. Aber nun, ich kann es nicht mehr ändern. Leider. Futsch ist futsch.«

Herr Grundig war erstaunt in seinen Stuhl zurückgesunken: »Ich wußte gar nicht, wie sehr Sie das noch beschäftigt. Aber, um so besser.«

»Also –«, sagte ich, bemüht, Festigkeit in meine Stimme zu bringen, »was erwarten Sie jetzt von mir?«

»Damit wir uns bloß nicht falsch verstehen: auf gar keinen Fall eine lange Rede! Das ist klar. Aber, wie gesagt, wir vom Festkomitee dachten, Sie waren immerhin einige Jahre Kranebitters Schüler. Ja, und wenn er jetzt, also nächsten Monat, in den Ruhestand geht – ein paar Worte auf der Emeritierungsfeier. Ich glaube, Professor Kranebitter würde sich sehr darüber freuen.«

Mein Gesicht hatte sich für einen unkontrollierten Moment selbständig gemacht: ein Lächeln, mit sehr viel gutem Willen konnte man es vielleicht gerade noch als »idiotisch« bezeichnen, verzerrte es in abenteuerlicher, ungeahnter Weise; ich spürte es bis in die Mundwinkel. Erst als ich wenig später wieder Gewalt über mich hatte, löste es sich erschrocken vom Gesicht ab und schwebte ratlos davon.

Es landete auf Herrn Grundig: »Na, sehen Sie«, sagte der erfreut.

Der Wasserkessel in der Küche pfiff zum Glück diese unangenehme Szene ab. Rot im Gesicht, verließ ich den Platz.

Mit fahrigen Fingern zählte ich gehäufte Kaffeelöffel in die Filtertüte. Kranebitter, Menschenskind, Kranebitter.

Schluckweise goß ich das heiße Wasser auf, dann tippelte ich mit dem Tablett zurück ins Zimmer.

Grundig hatte seine Papiere aus der Folie gezogen. »Es muß ja mitunter zwischen Ihnen wirklich ziemlich kontrovers zugegangen sein, nicht wahr. Besonders nachdem Sie die Aspirantur bei ihm geschmissen hatten. Schon von daher, das ist doch eine gute Gelegenheit. Nach all den Mißverständnissen.«

»Ich glaube, das kann ich gar nicht«, sagte ich leise.

» ... nur ein paar Worte«, sagte Grundig, und zwar zu der Frau vom Kulturamt, die daraufhin folgsam nickte.

»Ich hoffe, wir haben Sie jetzt nicht zu sehr überfallen?« fragte sie mich, als sie gingen und ich Herrn Grundig wortlos die Hand reichte. Grundig schüttelte sie, und ich wunderte mich, daß sie nicht einfach abfiel.

Die nächsten Schritte, die ich tat, standen noch ganz unter dem Eindruck dieser Nachricht, sie waren von schleppender Langsamkeit. Mechanisch räumte ich das Geschirr ab. Dann versank ich schutzsuchend im Sessel. Ich fror bis in die Zehenspitzen meiner schweißkalten Füße.

Kranebitter, warum tust du mir das an?

Am frühen Abend, der Himmel war gerade eindrucksvoll rot im Westen abgefackelt und es wurde zusehends dunkel dort oben, machte ich einen ausgedehnten Spaziermarsch, den ich mir selbst verordnet hatte, um einigermaßen wieder in Tritt zu kommen. Mehrmals umrundete ich den Burgberg und ein angrenzendes zerrupftes Waldstück, das immer so aussah, als würden dort überall Leichen in Plastesäcken herumliegen.

Wegen der äußerst kontrovers geführten Selbstgespräche, in die ich verwickelt war, kam ich nicht zur Ruhe. Mit festen Oberförsterschritten ging ich zurück.

Grundig hatte in den nächsten Tagen, wie versprochen, ein Paket mit Büchern, Sonderdrucken, Artikelablichtungen, Zeitungsausschnitten nach Wühlischheim geschickt. Außerdem hatte er den Briefwechsel zwischen Kranebitter und mir Blatt für Blatt kopiert und beigelegt.

Auf meinem Tisch lag nun also ein großer wackeliger Kranebitter-Stapel! Eine Woche lang ging ich jeden Morgen, wenn ich dieses Papierbergs angesichtig wurde, mit einem schicksalsergebenen *Der Berg ruft* an die Arbeit.

Einmal, mitten in meine Überlegungen hinein, ein Anruf.

Nichtsahnend nahm ich ab. Es war Magda.

Ich hielt den Telefonhörer in der kalten Hand, ich hielt die Luft an.

Kein Wort über den Zustand der Kopie, kein Vorwurf, nichts. Sie wollte sich einfach nur noch einmal ganz herzlich für meine Hilfe bedanken.

Mit allem hatte ich gerechnet, damit nicht. Ich war sprachlos. Dankbar drückte ich den Telefonhörer an mein glühendes Ohr.

Ich faßte Mut und wollte wissen, ob sie das Kryptogramm eventuell schon dechiffriert hätten?

»So direkt noch nicht. Zuverlässig, nach dem Häufigkeitsschlüssel, haben wir bisher nur einen einzigen Satz aus der Mitte: ›Das Leben kostet ziemlich viel Zeit.‹ Kannst du was damit anfangen?«

Nein, konnte ich nicht. Es leuchtete mir aber ein. Mein Blick ruhte auf dem Kranebitter-Stapel.

»Trotzdem, wir sind guter Hoffnung. Am Ende, bei diesen Zahlenkombinationen, könnte es sich nämlich, so sieht es zumindest aus, um Winkelangaben handeln. Verstehst du? Mundwinkel, Augenwinkel – Wenn es dich interessiert, ich halte dich da gern auf dem laufenden.«

»Ja, natürlich, gern.«

»Ach, und übrigens –«

»Ja.?«

»Paß gut auf dich auf!«

»Wie meinst du das?« fragte ich – so unbefangen, wie es mir in diesem Zusammenhang überhaupt möglich war.

»Du weißt doch, ich hab dein Gesicht noch hier im Computer. Und gestern abend, da wollte ich nur mal was probieren, eine Kleinigkeit, und hab da ein paar Kombinationen gemacht. Und weil dein Gesicht gerade auf dem Schirm war – Tja, also, du bist ziemlich oft im roten Bereich gelandet, mein Lieber. Donnerwetter!«

»Im roten Bereich? Was heißt denn das nun wieder?«

»Das heißt – ja, was heißt das? Das heißt, na ja, daß du

gut auf dich aufpassen sollst. – Hast du eigentlich oft wechselnde Stimmungen oder so?«

Ich knurrte einen unbestimmten Laut ins Telefon.

»Ich wollte es dir ja auch bloß gesagt haben.«

»Man dankt. – Trotzdem verstehe ich nicht, was es mit diesem roten Bereich auf sich hat.«

»Wie soll ich dir das erklären. Technisch heißt das: es gibt emotionsbedingt, zum Beispiel in Streßsituationen, so starke Abweichungen vom Ausgangsgesicht, daß die Zahl der veränderten Merkmale einen kritischen Punkt übersteigt.«

»Okay – und dann?«

»Dann klingelt es hier. Natürlich nur im übertragenen Sinne, nicht richtig.«

»Und wo liegt da das Problem?«

»Na, dann funktioniert die eineindeutige Zuordnung nicht mehr. Plötzlich gibt es vielleicht mehr Übereinstimmungen mit einem anderen gespeicherten Gesicht – und schon kann es zu Verwechslungen kommen.«

»Das ist ja herrlich«, stöhnte ich.

»Ja, du hast recht«, sagte sie, »das ist gefährlich. Das kann im Grenzfall bis zu schweren Identitätskrisen, sogar bis zu schleichenden Schizophrenieschüben führen.«

»Wunderbar«, sagte ich leise. »Jetzt ist wirklich nur noch die Sache mit dem Gewehr offen –.«

»Was ist?«

»Ach nichts.«

Nach dem Telefonat ging ich ins Bad, hielt mich mit beiden Händen am Waschbecken fest und schnitt stumm vor dem Spiegel teuflische Grimassen, daß mir angst und bange davon wurde.

Dann trank ich ein Glas Wasser und ging wieder an die Arbeit. Der Briefwechsel zwischen Kranebitter und mir war zwar sporadisch, lief aber nach einem festen Schema ab. Er stand jeweils im Schatten eines neuen Buches von mir, das Kranebitter mit Widmung zugegangen sein mußte. Zunächst bedankte sich Kranebitter immer sehr herzlich für Buch und Widmung, staunte über meine Produktivität und lenkte damit auch schon zu kleineren und größeren Einwänden, Korrekturen von Namen und Jahreszahlen über – man merkte, daß Kranebitter mir meinen Abgang aus der Wissenschaft nie ganz verziehen hatte. Ein pädagogisch-ermahnender Ton war nicht zu überhören. Ich überhörte ihn. Meine Dankschreiben waren jeweils ziemlich kurz. Ich ging kaum oder gar nicht auf Kranebitters Kritik ein, und in allen Briefen stand eigentlich dasselbe: Kunst und Wissenschaft sind eben grundverschiedene Dinge und folgen unterschiedlichen Gesetzen.

Meine Antworten wurden mit den Jahren immer kürzer, einsilbiger, Kranebitters Briefe immer länger.

Als ich das alles noch einmal las, dachte ich: Ich habe Kranebitter die Bücher wahrscheinlich bloß geschickt, um ihn zu ärgern. Und Kranebitter hat mir geschrieben, um eine verlorene Seele zu retten.

In der Post am nächsten Tag war ein Brief aus Zürich, vom Staatsarchiv. Ich hatte dort telefonisch wegen eines Schreibens angefragt (Signatur StAZ A 17,5), das der Bruder Enslins, Karl Friedrich Enslin, »herzogl. wirtembergischer Kammer Rath«, an die Zürcher Stadtbehörden gerichtet hatte. Es ging darin um Enslins Beerdigung.

Von Herrn Diacono Lavater bei St. Peter habe ich leider! die betrübte Nachricht zu vernehmen gehabt, auf welche unglückliche Arth mein bei demselben gestandener Bruder Gottwald Siegfried seinen Tod gefunden habe, und daß Euer Hochwohlgeboren, HochEdelgeboren und HochEdelgestreng, die besondere Gnade gehabt hätten, den entseelten Körper mit unehelicher Verscharrung zu verschonen.

Mit anderen Worten: Enslin bekommt, trotz allem, sein kirchliches Begräbnis! Das fand ich auch insofern sehr anständig, weil es mir für den Schluß des Films Gelegenheit gab, eine kleine Trauerfeier zu organisieren.

Enslins Beerdigung. Glockengeläut. Es regnet grau vom Himmel herunter, Tropfen wie Bleikugeln – nein! Von wegen: die Sonne scheint, das ist ganz wichtig. Das Wetter spielt in diesem Fall *nicht* mit.

Enslin fährt in die Grube, und Lavater muß eine Rede halten.

Ein paar passende Stichworte dafür notierte ich mir. Trotzdem, nach allem, was er mit Enslin erlebt hat – keine leichte Aufgabe für Lavater! Das war eine Gratwanderung.

Ich mußte an eine Beerdigung denken, die ich vor ein paar Jahren in Berlin erlebt hatte. Der Verstorbene, und alle wußten das, war jahrelang IM für die Staatssicherheit gewesen, sogar mit richtigem Decknamen – »Pirol 2«.

Die versammelte Trauergesellschaft war nun 1. sehr traurig und 2. gespannt, wie sich der Trauerredner aus dieser Geheimdienstaffäre ziehen würde – ob es bei einem »es gab Licht in diesem Leben und es gab Schatten« bleiben, oder ob der Redner diese Sache, der Einfachheit halber, überhaupt ganz weglassen würde, nach dem Motto: Pirol? »…die Vöglein schweigen im Walde.« Erst lange, lange nichts.

Dann aber näherte sich der amtliche Trauerkloß unmerklich, über einen Seitenpfad, dem kritischen Punkt – und plötzlich, mit sehr milder, leiser Stimme sagte er: »…und

stets hatte unser Wilfried ein offenes Ohr für seine Mitmenschen!«

Da wußten alle, was gemeint war. Und hinten, da saß eine
Frau, die weinte sogar, speziell an dieser Stelle.

## KAPITEL 18

Ich kam ein paar Minuten zu spät. Die Tür war schon zu. Leise öffnete ich sie und suchte mir schnell einen Platz in einer der hinteren Reihen; ich war noch ganz außer Atem.

Der Festsaal war dicht besetzt. Um mir Platz zu machen, mußten einige Leute aufstehen. Das war nicht zu ändern.

Vorn, in der ersten Reihe, erkannte ich Kranebitter.

Freundlich, aber erstaunt blickte er sich immer wieder um, in die sich hinter seinem Rücken versammelnde Runde. Er sagte leise etwas zu seiner Frau, die neben ihm saß.

Als er mich sah, nickte er mir hocherfreut über die Schulter zu, er wollte schon aufstehen. Doch plötzlich verstummten die Gespräche im Saal. Die Musik setzte ein. Ein Studentenquintett. Moderne Kammermusik. Schief und verloren standen die einzelnen Töne im Raum, lauter Individualisten. Es war ziemlich traurig.

Ich lehnte mich im Stuhl zurück und schloß die Augen.

Erst hatte der Zug Verspätung. Dadurch verpaßte ich den Anschlußzug. Statt zu frühstücken, hatte ich nur schnell ein paar Büchsen Bier am Bahnhofskiosk getrunken. Nachher, im nächsten Zug, hatte ich dann ausgiebig an der Schlußszene (*Friedhof, außen*) gearbeitet, die mir erstaunlich gut von der Hand gegangen war und die jetzt einige gute Gedanken zum Thema Tod und Leben enthielt.

Fast wäre ich ja noch pünktlich gewesen, aber auf dem Weg vom Hauptbahnhof zum Universitätshochhaus war ich in eine schlecht markierte Baustelle geraten. Ich mußte wieder zurück, einen weiten Umweg laufen – die letzten Meter dann schon atemlos gegen die Uhr.

Die Musik war inzwischen, nach ein paar verspäteten Oboentönen, zur Ruhe gekommen.

Grundig begrüßte die Anwesenden im Namen des Dekans und sagte ein paar einleitende Worte. Dann sprach Professor Mönkeberg, der neue Lehrstuhlinhaber. Er kam, deutlich hörbar, aus Norddeutschland. Sein Thema: »Aufklärung und Resignation – Georg Kranebitters Beitrag zur Erforschung des Illuminatenordens«. Das war alles sehr interessant, allerdings, ich hatte den Eindruck, daß er Kranebitter noch weniger kannte als ich.

Als Mönkeberg Kranebitters Lebensstationen umriß, legte er besonderen Wert auf die Feststellung, daß Kranebitters jetzige Emeritierung einzig und allein aus Altersgründen erfolgt war. Es hörte sich so an, als sei das ein besonderes Verdienst Kranebitters und als stünde es in einer Reihe mit seinen sonstigen wissenschaftlichen Leistungen.

Kranebitter lächelte dazu unbewegt in den Raum.

»Schleiermachers Enkel – ein Versuch« war der Titel des folgenden Redebeitrages. Das war eine etwas anekdotische Aneinanderreihung verschiedener Episoden aus dem Universitätsleben Kranebitters – vorgetragen von einer älteren Mitarbeiterin des Lehrstuhls, die ich aber auch nicht kannte. Sie war aus Sachsen und ziemlich aufgeregt. Ich nahm mir vor, nachher unbedingt ganz ruhig zu bleiben. Fest umklammerten meine Finger die graue Mappe.

Noch einmal Musik, dann war ich dran. »Jetzt!« soufflierte mir Grundig, der plötzlich im Seitengang aufgetaucht war.

Ich ging, genauer: ich wankte nach vorn. Auf der kleinen Bühne angekommen, verbeugte ich mich Richtung Kranebitter. Dann stand ich ganz allein hinter dem Rednerpult. Dessen Größe ließ mich noch weiter zusammenschrumpfen. Aber das war auch gut, so konnte ich mich wenigstens ein bißchen dahinter verstecken.

»Lieber Professor Kranebitter, liebe Anwesende. Wir haben uns heute hier zusammengefunden –.«

Alle sahen mich an; ich wagte jetzt nicht, die Mappe aufzuschlagen.

»Ein Mensch…«, sagte ich leise, dann lauter: »Ein Mensch verläßt die Universität, den Ort, der jahrzehntelang sein Leben war. Und wir? Was wissen wir eigentlich von ihm? – Nichts! Wirklich nichts. So viel habe ich in den letzten Tagen von Ihnen und über Sie gelesen, verehrter Professor Kranebitter. Aber, ich meine: wer bin ich denn, daß ich etwas wissen könnte, wer sind wir denn, daß wir etwas wissen könnten von diesem Menschen, dem Menschen Georg Kranebitter? Seinen Träumen, seinen Freuden und Ängsten, seinem… Gut, die wissenschaftliche Arbeit. Darüber ist hier schon ausführlich gesprochen worden. Aber sonst?

Sie, Professor Kranebitter, nehmen heute Abschied von dieser Universität. Und Sie nehmen, denke ich, Ihr Geheimnis mit – ein Universum an Gedanken und Gefühlen.

Vielleicht ist es ja ein bestimmter Sonnenaufgang, der Ihnen unvergeßlich ist – schon viele Jahre her, irgendwo an der Küste, auf Usedom, als Sie noch jung waren, oder es ist eine nebelige Allee im Herbst oder einfach ein zufälliges Vogelzwitschern.

Ja, was weiß ich, vielleicht essen Sie ja auch gern Leberwurstbrötchen! Kann ja sein. Ich weiß es nicht. Nichts weiß ich. Wie komme ich auch dazu.«

Hilflos zuckten meine Schultern. Das Bier hatte meine Gedanken auf eine rasende Umlaufbahn rund um den leeren Kopf gebracht.

Stockend, aber mit der rechten Hand einen enormen Halbkreis durch die Luft beschreibend, setzte ich neu an: »Wir versuchen, die Welt zu begreifen, und wir verstehen oft die einfachsten, naheliegendsten Dinge nicht, weil... weil wir es nicht können, weil wir mit Worten nach etwas suchen, wofür es keine Worte gibt. Oder, ich will es mal so sagen: In jedem von uns tickt eine Uhr. Und jede dieser Uhren geht anders.« Kurzer Blick auf die Uhr, auf keinen Fall wollte ich zu lange reden.

»Ein Mensch –.« Was für ein großes Wort, dachte ich beklommen und stockte wieder. Vor mir sah ich lauter Köpfe, konnte aber keines der Gesichter erkennen.

»Ein Mensch also – er hat Pläne, die wir nicht erahnen. Er hat Hoffnungen, die sich nicht erfüllen.

Wenn ich hier stehe und an all die Hoffnungen denke, die wir Tag für Tag begraben, in uns begraben, dann frage ich mich: Was sind wir eigentlich? – Wandelnde Friedhöfe!«

Unruhe im Saal; mir wurde heiß, deshalb lockerte ich meinen Schlips und nahm einen tiefen Schluck aus dem Wasserglas. Ich merkte, daß ich beim freien Sprechen immer mehr vom bisherigen Feierstundenton abgekommen war und zog nun doch ein rettendes Blatt aus der Mappe hervor.

»Meine Damen und Herren –«, ich senkte meine Stimme, »wie sagte doch schon Goethe: › ... zu alt, um nur spielen, / zu jung, um ohne Wunsch zu sein.‹ – Ist mit diesen Worten nicht eigentlich alles gesagt, was in so einem Zusammenhang überhaupt gesagt werden kann?«

Diese Frage stand groß im Raum.

Verschiedentlich gab es Nicken, was ich durchaus als Signal hätte verstehen können, aufzuhören. Aber ich war noch nicht fertig. Mir fehlte ein Schluß.

Leider hatte ich jedoch zu dieser bemerkenswerten Stelle nichts Näheres ausgeführt. Ich starrte aufs Papier, drehte schließlich das Blatt um, da stand aber nur: »Notizen / Beerdigung / Enslin«.

Sonst nichts. Es war weiß, eine Kapitulationsfahne.

Das Blatt sank nieder.

Mir stiegen Tränen auf, die ich niederkämpfte. Hilfesuchend sah ich mich um. Da fiel mein Blick auf Kranebitter. »Meine Damen und Herren! Ein Gesicht! Was sagt es uns?«

Die Gesichter im Saal verwandelten sich in Fragezeichen. Mir war schwindelig.

»Das ist verdammt schwer zu sagen«, sagte ich leise. »Äußerer Schein und inneres Wesen gehören zwar irgendwie zusammen, doch sie leben, das habe ich inzwischen festgestellt, in einer offenen Zweierbeziehung und ... – na ja.

Deshalb: Wir sehen in ein Gesicht, wir versuchen darin zu lesen. Und doch, so lange wir auch hineinschauen, es bleibt uns ein Rätsel, für immer ein Rätsel, wie jedes Gesicht. – Georg Kranebitter ...«

Ich war steckengeblieben, jetzt wußte ich überhaupt nicht mehr weiter.

»Alles aus ... alles vorbei.«

Leise, voller Verzweiflung stöhnte ich auf. Ich wankte. Mit beiden Händen mußte ich mich am Pult festhalten. Meinen Blick hatte ich gesenkt. Ich schwieg.

Lange. Sehr lange.

Das mußte sich nach Schweigeminute angehört haben, denn als ich vorsichtig, auf Geräusche im Saal hin, meinen Blick wieder hob, sah ich: die Anwesenden hatten sich stumm von ihren Plätzen erhoben.

»Ich danke Ihnen«, sagte ich, als ich wieder sprechen

konnte, nahm die Mappe auf und ging mit schweren Schritten zurück an meinen Platz.

In die entsetzliche Stille hinein begann plötzlich jemand zu applaudieren. Ich sah auf. Es war Kranebitter. Er klatschte langsam, mechanisch, es sah aus, als wollte er die Luft zwischen seinen Händen zerdrücken. Nach und nach fielen auch die anderen ein.

Im Foyer drückte mir Herr Grundig sehr lange, sehr fest die Hand. Herr Grundig sagte nichts, sein Blick sagte alles. Grundig bestand darauf, mit mir noch zu Kranebitter und seinen Angehörigen zu gehen.

Ich wollte nicht, aber da hatte Grundig mich schon zu ihnen hinübergelotst. Ein schwarzes Trio. Die zerbrechliche Frau, eingeklemmt zwischen Kranebitter und seiner Tochter, wurde nur hin und her geschoben. Als man Grundig und mich kommen sah, wurde es still. Die anderen Gäste, die um die Familie herumgestanden hatten, traten zur Seite – wir gingen durch ein enges Spalier.

»Ich danke Ihnen«, begrüßte mich Kranebitter. »Mensch, das war ja fast ein Nachruf.«

Ich merkte, wie ich blaß wurde.

»Aber nein, das war ja gut. Irgendwie haben Sie da ja auch nicht unrecht.«

Mönkeberg wollte etwas sagen, doch Kranebitters Frau war schneller: »Sie waren früher schon mal bei uns zu Hause, nicht wahr?« fragte sie mich. Ihre Augen blitzten fröhlich.

»Ja« sagte ich, ich hatte es ganz vergessen.

»Wie war doch gleich Ihr Name?«

»Aber Mutti«, sagte laut und deutlich die Tochter – und leise zu mir: »Sie vergißt alles.«

»Ach so«, sagte die Frau. Sie sah mich ungläubig an und nickte.

Später gab es noch ein Essen.

Noch hätte ich ja abhauen können! Der rettende Bahnhof war nicht weit. Inzwischen waren aber Grundig und Kranebitter vorausgegangen, im Restaurant war etwas wegen der vorbestellten Tische zu klären – und so hatte ich notgedrungen Kranebitters Stelle einnehmen müssen, lief also eingehenkelt mit Frau Kranebitter den anderen hinterher.

Im Restaurant gelang es mir, mich weit abseits, ans untere Ende des langen Tisches zu setzen. Dort hockte bereits ein etwas einzelner Mann im grauen Anzug. Bisher war er mir noch gar nicht aufgefallen.

»Du bist das also«, begrüßte er mich und streckte mir eine schwere, warme Hand entgegen. »Ich bin der Waldemar.«

»Hallo, Waldemar«, sagte ich müde.

»Schön, daß wir uns endlich mal kennenlernen. Damals, als du weg warst, da war ich beim Schorsch dein Nachfolger. – Hat mir aber auch nicht viel genutzt«, fügte er hinzu. Er lächelte, sein Blick ging ans obere Ende des Tisches, wo Kranebitter, Mönkeberg und die anderen vom Bereich saßen. Wir prosteten uns zu.

Ich erfuhr, daß Waldemar nach der Wende abgewickelt worden war. Und heute, so meinte Waldemar, heute hatte man ihn sicher auch nur der Vollständigkeit halber eingeladen. Er nickte; ich schüttelte den Kopf. Wieder tranken wir.

Waldemar tat mir leid.

»Ich sage mal so«, sagte Waldemar, »deine Rede vorhin, das war ...« Statt weiterer Worte hatte er den Mund gespitzt, die Augen geschlossen und Daumen und Zeigefinger der Linken zu einem Kreis zusammengedrückt.

Sein Blick streifte kurz das andere Ende des Tisches. Er sah mich anklagend an. »Die denken – ich weiß nicht, was die denken. Jedenfalls, die haben keine Ahnung. Das hast du ja gemerkt vorhin. Keine Ahnung haben die. Wenn man denen zum Beispiel sagt: es gibt eigentlich nur Leben und Tod, liebe Freunde, und ein bißchen was dazwischen – das verstehen die gar nicht. Da gucken die dich bloß an und denken: Der will ja bloß ablenken. – Für die steht die Frage ja auch ganz anders: Verbeamtung oder nicht, C4 Professur oder C3 oder was weiß ich. Das ist es, wo es bei denen da auf Leben und Tod geht. Verstehst du?«

Waldemar schüttelte den Kopf, mitleidig betrachtete er seine Ex-Kollegen.

Wir bestellten jetzt doch eine ganze Flasche Wodka. Der Kellner ging bei Grundig vorbei, beugte sich diskret zu ihm hinunter und sagte leise etwas in Grundigs Ohr. Grundig nickte dem Kellner ernst zu, dann lächelte er, die Augen sanft verschließend, zu uns herüber.

Ich wollte wissen, was er denn jetzt so mache, aber Waldemar winkte nur ab.

Wir tranken. Schwiegen. Und tranken.

»Ja«, sagte ich, »es ist eben alles eine Frage der Kompatibilität.«

»Kompa---tibilität – du sagscs!«

Wir hatten jetzt doch schon allerhand getrunken. Ich merkte es daran, wie schwerzüngig wir an der »Kompatibilität« vorbeigestolpert waren.

»Ich seh schon«, sagte Waldemar, »Du bist 'n komischer Vogel, du verstehst mich.«

Beim Anstoßen war leider die Wodkaflasche umgefallen. Da sie aber sowieso schon halb leer gewesen war, bestellten wir eine neue.

»Sag mal, und du –«, lenkte Waldemar, schwerfällig auf seinem Stuhl herumrutschend, zu mir über, »du mimst jetzt also den großen Schriftsteller.«

»Ja. Kann man so sagen. Allerdings, in Wirklichkeit«, ich

beugte mich nahe an Waldemars Ohr heran, »in Wirklichkeit bin ich bloß ein kleiner, mieser Schauspieler.«

Angeekelt stülpte ich die Lippen nach außen.

»Ist ja auch nicht gerade das Gelbe vom Ei, was?« meinte Waldemar. »Dafür schlägst du dich aber ganz tapfer, finde ich.«

»Danke, Waldi.«

»Bitte nicht Waldi! Ja!!!«

»Okay: nicht Waldi!«

Wir wollten Brüderschaft trinken, verfehlten uns aber knapp. Dann saßen wir wieder ganz ordentlich auf unseren Stühlen und die neue Flasche kam. In ihrem Gefolge übrigens auch Herr Grundig. »Na, und hier hinten«, fragte er leicht besorgt, »alles in Ordnung?«

»Am Katzentisch – alles klar, Herr Kommissar«, lallte Waldemar.

»Komm, sag ihm doch mal. Los!« Waldemar stieß mich an. Ich fiel fast vom Stuhl, schüttelte aber energisch den Kopf. Da sagte es Waldemar: »Er ist nämlich gar nicht Schriftsteller. Er ist … was bist du jetzt gleich?«

Obwohl in Waldemars Mund meine Berufsbezeichnung zu einer feuchten »Schiffschella«-Fontäne zerstoben war, schien Grundig den Sinn der ganzen Sache doch verstanden zu haben. Er sah mich jedenfalls unendlich wissend an.

Ich verbeugte mich leicht, ohne dabei jedoch das Gleichgewicht zu verlieren; an der Tischkante stützte ich mich ab.

Herr Grundig nickte traurig. »Ja, manchmal haben wir doch alle das Gefühl, nur eine Rolle zu spielen, gar nicht wir selbst zu sein, nicht wahr?«

Ich mußte an den armen Enslin denken, ich nickte.

»Und im Moment«, Grundigs Blick haftete unerbittlich streng an unserem nassen, verwüsteten Tischtuch, »im Moment ist das vielleicht auch wirklich besser so.«

»Stimmt«, sagte ich finster.

»Stimmt«, meinte auch Waldemar, »ist ihm einfach lästig.«

Ich wollte mit den beiden unbekannterweise auf Enslin anstoßen, fand aber mein Glas nicht.

»Kommen Sie doch jetzt bitte allmählich wieder unter dem Tisch hervor«, hörte ich Grundig von oben sagen.

Meine Stirn glühte. Dahinter gingen meine Gedanken im Kreise. Wie Strafgefangene auf einem Gefängnishof, umkreisten sie ein unsichtbares Zentrum.

Plötzlich, es flimmerte vor meinen Augen und in meinem Kopf ging es durcheinander, eine Revolte der eingesperrten Gedanken – für einen winzigen Augenblick sah ich die ganze Geschichte in einem völlig anderen, in einem neuen Licht …

»Ich hab jetzt die Lösung«, flüsterte ich, noch ganz benommen, Waldemar half mir wieder auf den Stuhl.

Grundig verdrehte vertraulich seine Augen: »Na also, dann kommen Sie.«

»Ich hab jetzt die Lösung«, wiederholte ich, zwar etwas lauter, außer Grundig und Waldi hörte es aber niemand.

Ungläubig musterte Waldemar mich, von oben bis unten und von unten bis oben.

Starr sah ich Grundig an.

»Sie haben allerhand getrunken, das verstehe ich, ja«, antwortete Grundig leise, seine Stimme hatte dabei etwas entnervend Beruhigendes.

Das brachte mich auf! »Ach ja. So einfach ist das. Und Sie, Sie wissen da genau Bescheid, was? Jetzt will ich Ihnen mal was sagen –.«

Es blieb beim Wollen.

Mir war in puncto Enslin ein furchtbarer Verdacht gekommen. Doch ich konnte keine Worte dafür finden. Noch war alles zu neu. Alle Details, die bisher festgestanden hatten, waren in eine unbegreifliche Bewegung geraten und suchten sich jetzt, im anderen Zusammenhang, fieberhaft ihren Platz. Alles begann zu wanken.

»Es ist ganz anders, als wir alle bisher gedacht haben«, brachte ich mit Mühe hervor.

»Genau«, bestätigte Waldemar, er hickte kurz.

»Er ist nämlich gar nicht beerdigt worden!« flüsterte ich in Grundigs erstauntes Gesicht und streckte meinen rechten Zeigefinger nach oben.

»Sehen Sie, und da ist es jetzt das Beste, wenn wir gehen«, sagte Herr Grundig, der sich unglücklich umsah. Die anderen Gäste ignorierten aber aufmerksam unser lautes Tischende.

»Da ist auch die Sache mit dem Gewehr – kein Problem«, lallte ich. Waldemar nickte nachdenklich.

»Kein Problem«, wiederholte auch Grundig. Er griff nach meiner Aktentasche, worauf ich ihm auf die Finger klatschte und leise zu ihm sagte: »Ich umarme dich, Freund! Du tatst unwissend mir Gutes.«

Grundig winkte bescheiden ab und nahm nun doch die Tasche.

Zwar fühlte ich mich jetzt, nachdem ich den letzten Baustein gefunden hatte, unendlich erleichtert, zugleich aber spürte ich, als ich aufstehen wollte, die ganze ungeheure Anziehungskraft der Erde. Sie verwandelte sich unter meinen Füßen in eine rasend dahinrollende Kugel.

»Die Erde«, gab ich den Umstehenden bekannt, »ist eine Kugel.«

»Stimmt«, sagte einer der beiden Männer, die mich nun links und rechts eingehenkelt hatten.

»Bitte, das festzuhalten«, ordnete ich an, worauf Grundig nickte.

»Waldemar!«

Ich wollte mich wenigstens noch ordentlich von meinem neuen Freund verabschieden. Doch der war irgendwohin verschwunden. Vielleicht auf Toilette.

Grundig hatte nun auch meine Brille an sich genommen und in die Aktentasche gesteckt. Er ging voran, das Bild war verschwommen. Ich wollte Grundig mit dem Finger drohen, das ging aber nicht, ich bekam meine Hand nicht los. So wurde es nur eine Art Winken, etwa in Bauchhöhe, ehe wir endgültig im Dunkel verschwanden.

Das wird ein Nachspiel haben!

Früher Nachmittag, ich fahre zu Haffkemeyer.

Wie ein Großinquisitor schreite ich die leeren Gänge ab. Mein offener Mantel umweht mich, ebenso der lange blaue Schal.

Meine Schritte hallen.

Wer mich kommen sieht, weicht stumm, den Aktenordner an die ängstliche Brust gedrückt, in sein Zimmer zurück und schließt schnell und geräuschlos die Tür. Ich achte nicht darauf, mein Blick geht unerbittlich nach vorn.

Ich reiße die Tür zu Haffkemeyers Vorzimmer auf, schiebe die entsetzte, stumm aufschreiende Sekretärin einfach mit links beiseite und trete ohne anzuklopfen in Haffkemeyers Arbeitszimmer. Der geht sofort, als er mich nahen sieht, hinter dem Schreibtisch in Deckung. Ich sage kein Wort, sondern verschränke nur die Arme vor der Brust. Die Uhr an der Wand tickt.

Haffkemeyer kauert hinter seinem Schreibtisch. Er fleht mich an, händeringend, nur ein bißchen Geduld zu haben: Jetzt, sofort, auf der Stelle, wird er meinen letzten Entwurf lesen. Leider, leider, er hatte in den letzten Wochen sehr viel um die Ohren, deshalb konnte er sich nicht melden, aber der Entwurf, der muß ja ganz obenauf liegen, natürlich, er hatte ihn sich ja auch schon bereitgelegt. Dort liegt er aber nicht. Haffkemeyer beginnt zu suchen. Der Mappenstapel wankt bedrohlich –.

Ich rühre mich nicht von der Stelle. Ich grinse Haffkemeyer nur schief an und nenne ihn bei seinem wahren Namen, so wie ihn kein Sterblicher je zu nennen wagt. Ich sage es ganz langsam und lasse mir genüßlich die furchtbaren vier Silben auf der Zunge zergehen: »Horst- Rüdiger!«

Die bösen, bösen Worte sind ausgesprochen!

Haffkemeyer zuckt zusammen. Ich wiederhole es: »Horst-Rüdiger – du hemmungsloses Muttersöhnchen, weißt du was?«

Haffkemeyer weiß nichts, er schüttelt hilflos den Kopf.

»Vergiß es! Vergiß den ganzen Mist und höre gut zu, was ich dir jetzt zu sagen habe: Lavater – ist gar nicht Lavater.«

Ich ziehe aus meiner grünen Mappe den neuen Entwurf und schleudere ihn auf den Tisch. Da!

So in etwa hatte ich mir meinen Auftritt vorgestellt.

Ich malte mir die Szene in den buntesten Farben aus. Und bis zu dem Punkt, wo ich Haffkemeyers Vorzimmer erreichte, stimmte es ja auch.

Doch statt eines flehenden »Er ist jetzt für niemanden zu sprechen« einer aufflatternden Sekretärin, sah ich es durch die offene Tür selbst: Haffkemeyer war gar nicht da.

Außerdem trat mir die Sekretärin gar nicht wie vorgesehen – mit ausgebreiteten Armen als lebendes Stoppschild! – in den Weg. Im Gegenteil, sie telefonierte gerade und würdigte mich kaum eines Blickes. Deshalb bekam sie wahrscheinlich auch mein furchteinflößendes Aussehen gar nicht richtig mit. Sie hielt nur kurz die Sprechmuschel zu und sagte über die kalte Schulter hinweg: »Wenn Sie Haffkemeyer suchen, der ist im Bistro, Erdgeschoß links«, um dann sofort unbeeindruckt weiterzutelefonieren.

Dieser mißglückte Beginn hatte mich ganz aus dem Konzept gebracht, meine Anfangsenergie war sinnlos verpufft. Ich überlegte schon, ob ich nicht doch wieder nach Hause gehen sollte. Aber das schien mir keine echte Alternative zu sein.

Mit dem Fahrstuhl raste ich nach unten.

Ich entdeckte Haffkemeyer gleich.

Als er mich kommen sah, winkte er mich mit der Gabel heran. Der junge Mann an Haffkemeyers Tisch, seine Papiere waren bereits startbereit zusammengerollt, bot mir seinen Stuhl an.

Ich nickte dem jungen Mann kurz zu, dann ließ ich mich nieder und fing gegen meinen Willen sofort umständlich an zu erklären, weshalb ich ohne Voranmeldung in ein Gespräch hereingeplatzt war, entschuldigte mich sogar dafür – aber, und das müßte Haffkemeyer bitte als hinreichende Erklärung akzeptieren, in den letzten Tagen hätten sich einige Konstellationen ergeben, unerwartete, unglaubliche Konstellationen, die alles, wirklich alles noch einmal von grundauf verändern und in ein ganz neues Licht rücken würden. Deshalb, nur deshalb.

Mit einem Seufzer brach ich ab.

Haffkemeyer, der die ganze Zeit über sporadisch in seinem Salat herumgepickt hatte, ließ die Gabel sinken und hob seinen Blick. Lange schaute er mich an.

Beinahe bereute ich es schon, ihn so überfallen zu haben. Aber das mußte jetzt sein. Es gab kein Zurück mehr. Ich schob mein neues Exposé auf den Tisch und schickte ein bekräftigendes Nicken hinterher.

Mit einem Tempotaschentuch tupfte Haffkemeyer sich den Mund ab und verdrehte den Kopf. »Lavaters Maske«, entzifferte er.

»So ist es«, sagte ich ernst.

»Und – was ist da nun das umwerfend Neue? Haben Sie denn jetzt, zum Beispiel, endlich mal herausgefunden, wer Ihren Enslin erschossen hat?«

»Enslin –«, ich senkte meine Stimme, »wurde in jener Nacht überhaupt nicht erschossen.«

»Ach«, sagte Haffkemeyer. Doch längst nicht so überrascht, wie ich es eigentlich erwartet, erhofft hatte.

Ich griff nach Salz- und Pfefferstreuer, um die in der Tat etwas unübersichtliche Situation zu verdeutlichen.

»Also, das hier ist Lavater, das – Enslin.«

»Enslin ist der Salzstreuer?«

»Korrekt.«

In Umrissen weihte ich Haffkemeyer nun in die wahre Geschichte ein.

Enslin – in diesem Fall also der Salzstreuer – ist wie bereits gehabt Lavaters Schreiber, daran ändert sich nichts.

Wie wir wissen, ging es Lavater bei all seinen physiognomischen Studien vor allem um eines: um die Verwirklichung der Person Christi. – Diese Sache war in meinen bisherigen Überlegungen leider viel zu kurz gekommen, obwohl das natürlich, wie ich erst jetzt gemerkt hatte, von größter Wichtigkeit war.

Der springende Punkt ist nämlich – und davon ahnt weder Lavater noch die übrige Menschheit etwas – : Gottwald Enslin, Lavaters Schreiber, hält sich seit einiger Zeit selbst für Jesus Christus.

»Schön und gut, aber ...«, wollte Haffkemeyer schlau einwenden.

»Fragen bitte nachher.«

Also, Lavater hat nun Jesus Christus als Hausgenossen. Er sieht ihn von früh bis spät, mäkelt an ihm herum, genauso wie es alle anderen tun – doch er erkennt ihn nicht.

Enslin ist darüber zunächst einfach nur unglücklich. Wenigstens Lavater müßte doch erkennen, wen er da vor sich hat. Nichts! Wie kommt das nur? Später wird Enslin zornig, und je länger er bei Lavater in Diensten ist, desto suspekter wird ihm dessen diffuses Menschheitsbeglückungsgebaren. Da weiß er: Lavater, der Jesus Christus sucht und ihn, Enslin, den wahren Jesus Christus, nicht erkennt, muß ein Falschspieler sein. Eine Gefahr für die ganze Menschheit.

Enslin geht auf sein Zimmer. Sein Denken, das zu keinem vernünftigen Schluß kommt, macht ihm den Kopf wund. Er ist ganz allein. Nur das Messer, der kalte eiserne Gefährte im Leibwäschefach.

»Ich denke, es war ein Gewehr?« fragte Haffkemeyer behutsam.

»Natürlich. Das außerdem noch! Das Gewehr kommt gleich. Es steht schon im Schrank bereit und wartet. Es träumt von großen Taten.«

»Also, mit anderen Worten, Sie meinen …?«

»Ja.«

Blitzschnell griff ich den Pfefferstreuer. Ich umschloß ihn fest mit den Fingern und ließ ihn im Dunkel meiner Faust verschwinden. An seinen Platz rückte ich, wie eine Schachfigur, den Salzstreuer.

»Enslin befreit die Welt von Lavater. So einfach ist das.«

»Und der Bericht wegen Enslin?«

»Ist von Enslin selbst verfaßt, natürlich.«

»Aber die Handschrift – wenigstens da müßte doch jemandem was auffallen.«

»Enslin ist Lavaters Schreiber, ist Lavaters Hand. Von daher kein Problem.«

Trotzdem, Haffkemeyer schüttelte den Kopf. »Nee, nee. Das ist doch eine absolute Räuberpistole, was Sie mir hier erzählen. Das ist doch vorsätzlicher Irrsinn, völlig hirnrissig. Das muß man ja sofort merken.«

242

»Wieso? Das Gesicht des Toten ist von Pulver geschwärzt. Enslin hat ihm seine Kleider angezogen. Er selbst hat Lavater lange genug aus allernächster Nähe studiert, um perfekt dessen Rolle spielen zu können. Vor allem: auf so einen Gedanken kommt man doch gar nicht!«

»Nee, wirklich nicht. Da haben Sie recht«, stimmte Haffkemeyer mir lebhaft zu, »auf so einen Gedanken kommt man nun wirklich nicht. – Normalerweise.« Er sah mir fest in die Augen.

Ich beugte mich über den Tisch: »Es gibt übrigens noch einen sehr wichtigen Kronzeugen für meine Vermutung, den ich Ihnen nicht vorenthalten will.«

Ich ließ eine Pause, um die Wirkung des Folgenden zu erhöhen.

»Ein halbes Jahr nach dem Mord trifft der falsche ›Lavater‹ einen alten Bekannten wieder. Und, passen Sie auf, Herr Haffkemeyer, jetzt kommt's: der alte Bekannte – erkennt ihn kaum wieder! Seltsam, nicht? Und wissen Sie auch, wer das war? Mit wem er im Dezember 1779 in Schaffhausen zusammentrifft?« Meine Stimme war vor Erregung immer leiser geworden.

»Zwar weiß ich viel«, sagte Haffkemeyer matt, ohne rechte Überzeugung.

»Au, das war schon ziemlich warm. – Aber, nennen wir die Sache doch ruhig gleich richtig beim Namen: Goethe!«

Kurz und schneidend hatte ich das vorgebracht. Doch die erhoffte Wirkung auf Haffkemeyer blieb leider aus. Statt sich geschlagen zu geben, rutschte er nur unbestimmt auf seinem Stuhl hin und her.

Ich wühlte meine Blätter durch: »Mensch, ich hab den doch hier irgendwo gehabt ... Moment, Moment!« Ich vergrub mich in meine Mappe. Endlich, ich hatte ihn.

»Hier! Brief von Goethe! 7. Dezember 1779. – ›Es ist mit

Lavater wie mit dem Rheinfall: *man glaubt auch, man habe ihn nie so gesehen, wenn man ihn wiedersieht.‹ –«*

Triumphierend hob ich den Blick. »Und das ist ja auch, möchte man hinzufügen, nach allem, was wir wissen, kein Wunder.«

Haffkemeyer sah mich fassungslos an. »Aber sonst, ich meine, sonst geht es Ihnen doch gut, und Sie können jetzt nicht sagen, daß Ihnen was weh tut oder Sie sich irgendwie an dieser Sache verhoben oder überarbeitet hätten oder so?«

»Es gibt, da haben Sie allerdings recht, ein kleines Problem«, mußte ich einräumen.

»Und zwar?«

»Inwieweit man Goethe in dieser Hinsicht überhaupt trauen kann! – Haben Sie gelesen, da stand gerade wieder ein Bericht in der Zeitung, daß Schillers Schädel in der Weimarer Fürstengruft möglicherweise gar nicht Schillers Schädel ist, daß Goethe ihn für seine private Sammlung entwendet hat? Also, mit anderen Worten, in puncto Physiognomik ist Goethe natürlich auch kein unbeschriebenes Blatt und –.«

»Schiller nicht Schiller, Lavater nicht Lavater«, flüsterte Haffkemeyer, »– Mensch, verdammt, ich hab jetzt ein ganz, ganz schlechtes Gewissen.«

Ich wischte seine Bedenken mit einer kurzen Handbewegung beiseite.

»Überlegen Sie doch nur mal«, hakte ich nach, »wann genau das war?«

»1779«, antwortete Haffkemeyer bekümmert.

»*Ostern* 1779!« präzisierte ich; ich bemühte mich, ganz ruhig dabei zu bleiben.

»Ja und?«

»Fällt Ihnen da nichts auf! *Ostern.* Das ist doch nicht zufällig Ostern. Das ist – Auferstehung! Enslin schickt Lavater, den falschen Propheten, zur Hölle, um selbst aus seinem bisherigen unwürdigen, unerkannten Dasein aufzuerstehen – als Heiland. Verstehen Sie das nicht? Wie sich so etwas wahnhaft in einem kranken Gehirn zusammenbrauen kann?«

Haffkemeyer nickte mir fassungslos zu.

»Ja, und so lebt er nun die nächsten zwanzig Jahre getarnt unter dem Namen Lavaters weiter. Und wir alle, wir alle!, Herr Haffkemeyer, haben bisher in einem großen Irrtum gelebt.«

Ich lehnte mich zurück. Meine Finger trommelten die Takte eines flotten Siegesmarsches auf die Tischplatte.

»Es kann nur so gewesen sein! Nur so ist schließlich auch der Bruch erklärlich!«

»Welcher Bruch denn nun noch?« fragte Haffkemeyer, er schien mir etwas zerstreut zu sein.

»Na, ich meine – woher denn sonst diese plötzlichen Herzensergießungen mit Cagliostro, mit Mesmer und diesen Leuten? Und daß es jetzt auf einmal fast nur noch kleine Zettelchen mit Sinnsprüchen sind, die er in alle Welt verstreut. Ts-ts-ts. Ich will das jetzt im einzelnen nicht vertiefen.«

»Ja«, sagte Haffkemeyer in abschließendem Ton. »Ja. Ja. Ja.«

»Nein! – Eines noch. Erinnern Sie sich zufällig an Enslins alias Lavaters Worte, nachdem ihn die Kugel des französischen Grenadiers getroffen hat?«

Haffkemeyer erinnerte sich nicht.

»›Ich umarme Dich, Freund! Du thatst unwissend mir Gutes.‹ – Die ganze Zeit habe ich überlegt, was das bedeuten soll. Das war noch ein offener Punkt in meiner Rechnung.

Aber jetzt, jetzt bekommt das einen Sinn! Im Angesicht

des Todes wird sich Enslin plötzlich der Last bewußt, die da auf ihm liegt, schon seit zwanzig Jahren, seit er Lavater ermordet hat. Nun trifft die Kugel ihn. Er ist erlöst von seiner Schuld. Der Kreis schließt sich. Jetzt ist alles klar.«

»Klar«, sagte Haffkemeyer. Auch er wirkte nun erlöst. »– War's das?«

»Das war's.«

Lange sagte Haffkemeyer nichts. Dann lag seine Hand auf meinem Unterarm: »Ich hätte Ihnen das schon viel früher sagen sollen.«

»Was denn? Wieso, stimmt was nicht?«

»Doch, doch, schon. Bloß, wie soll ich Ihnen das jetzt sagen – das Projekt, das ist ja schon längst gestrichen.«

Ich verstand nicht gleich, was genau Haffkemeyer meinte. Nur ganz allmählich kam der Sinn seiner Worte in meinem Kopf an. Dann hatte ich es begriffen, endlich. Ich lächelte.

»Was wollen Sie jetzt von mir hören?« fragte Haffkemeyer nach einer Weile vorsichtig. »Die Wahrheit – oder eine ehrliche Antwort?«

Ich hatte inzwischen damit begonnen, meine Papiere zusammenzulegen, deshalb sah ich nur kurz auf und machte eine einladende Kopfbewegung.

»Gut. Also die Wahrheit ist – so ein Historienschinken verschlingt Unsummen Geld. Okay, das wußte ich vorher.

Und die ehrliche Antwort – selbst wenn ich das ganze Geld hätte oder irgendwie auftreiben könnte: Ich *sehe* es einfach nicht. Am Anfang, da habe ich noch geglaubt: ein Film über Lavater, schön und gut. Meinetwegen auch ganz subjektiv, Gesichtsschreibung versus Geschichtsschreibung oder so. Sie hatten da ja ganz schöne Einfälle, Ansätze.

Aber nun! Mal ganz ehrlich, Ihre Vorschläge sind doch von Mal zu Mal nur immer wirrer, nur immer irrer geworden. Sie sind da ... Ich weiß nicht.« Er schnaufte resigniert aus.

»Und jetzt zum Schluß, Lavater – nicht mal mehr Lavater! Also! Ich frage mich: was denn nun noch? Nee, also wirklich, tut mir leid, aber da komme ich nicht mehr mit.«

Mitleidig nickte ich und verzog mein Gesicht zu einem freundlichen Lächeln. Jetzt hatte ich alle meine Papiere sortiert und wieder in der grünen Mappe verstaut. Ich schlug sie zu.

Auf einmal hatte ich sehr, sehr viel Zeit.

Ich rief Ellen an. Doch es meldete sich nur eine Männerstimme; da legte ich gleich wieder auf. Vielleicht hatte ich mich ja auch verwählt.

Dann ging ich ein Stück, das tat mir gut. Eine lange, kalte Straße, die ich Schritt für Schritt hinter mir ließ. Die Wintersonne sandte kalte, spitze Strahlen aus, die mein Gesicht trafen.

Ich fühlte mich leer, zugleich aber auch erleichtert.

Wenig später stieg ich hinunter in die dunklen Katakomben, zur U-Bahn-Station. Dieselbe Linie, die ich auf dem Weg zu Haffkemeyer genommen hatte, jetzt aber in entgegengesetzter Richtung.

Das ist schon richtig so, dachte ich langsam, alles läuft ja verkehrt.

Aus dem Dunkel, von fern, undeutlich ein Licht, das sich, als es näher kam, in zwei Lichter teilte. Ein kalter, fauchender Luftzug. Die Wagentür ging auf; zu.

Ich hielt mich am Griff fest. Der Zug fuhr an, gewann an Tempo, ich wurde auf einen Sitz gedrückt.

Immer schneller raste der Zug in die Unterwelt des finsteren Schachts hinein, dicht an den Tunnelwänden entlang, auf denen Drähte und Kabel in Wellenlinien auf und ab schlingerten.

Ich starrte ins Leere.

Da wurde draußen, hinter den schwarzen Scheiben, ein schwach erleuchtetes Geisterreich sichtbar, eine unterirdische Gegenwelt, in der, blaß und seitenverkehrt, die Doppelgänger der Fahrgäste saßen. Sie blätterten in Zeitungen, schliefen mit offenen oder geschlossenen Augen oder dösten nur einfach vor sich hin.

Direkt mir gegenüber aber, im Spiegel des U-Bahnfensters, saß ein ziemlich zerknautschter Mann im offenen Mantel. Die Enden eines langen Schals hingen achtlos an ihm herunter. In seinen Händen hielt er eine Mappe. Der Mann starrte mich an.

Komisch, er kam mir bekannt vor. Aber, wahrscheinlich sah ich schon Gespenster!

Ich lächelte ihm zu. Doch der Mann verzog nur mitleidig gequält seinen Mund; im selben Moment wie ich wandte auch der Mann sich ab.

Mit einem Kopfschütteln versuchte ich, diese unheimliche Erscheinung zu verscheuchen. Vergeblich. Der Mann schlang sich nun den langen Schal zweimal um den Hals und rieb sich die Hände warm. Für den Rest der Fahrt vertiefte er sich in eine grüne Mappe.

So bemerkte er wahrscheinlich auch nicht, daß ich irgendwann unauffällig aufgestanden, zur Tür gegangen und im Licht der nächsten Station, Bahnhof Friedrichstraße, ausgestiegen war. Von dort bis zur Staatsbibliothek waren es nur ein paar Schritte.

*Für die erwiesene Hilfe bei der Sichtung des Lavater-Nachlasses habe ich der Handschriften abteilung der Zentralbibliothek Zürich zu danken.*
*Mein ganz besonderer Dank gilt Fritz Sparschuh, Berlin, für die Transkription der oft schwer zu entziffernden Lavater-Texte,*

*J. Sp.*

# Jens Sparschuh
# Ich dachte, sie finden uns nicht

KiWi 456
Originalausgabe

»Die irrsinnig zarten Stimmen der Vögel, morgens halb
fünf, in einem Berliner Hinterhof. Dunkle Fenster. Rauhver-
putzte Brandmauern, Kammerluken, wie Schießscharten.
Ein reglos schlafender Baum. Und nur die Vögel, diese
notorischen Frühaufsteher, und ich – wir, ganz allein auf
der Welt!«

KiWi Paperbacks
bei Kiepenheuer
& Witsch

*Pascal Mercier*
*Perlmanns Schweigen*
*Roman*
*640 Seiten*
*btb 72135*

Aus Freude am Lesen

## Pascal Mercier

Perlmann, dem Meister des wissenschaftlichen Diskurses, hat es die Sprache verschlagen. Und während draußen der Kongress der Sprachwissenschaftler wogt, verzweifelt Perlmann in der Isolation des Hotelzimmers. In ihm reift ein perfider Mordplan... »Ein philosophisch-analytischer Kriminal- und Abenteuerroman in bester Tradition.«
*Frankfurter Allgemeine Zeitung*

---

*Arturo Pérez-Reverte*
*Der Club Dumas*
*Roman*
*470 Seiten*
*btb 72193*

Aus Freude am Lesen

## Arturo Pérez-Reverte

Lucas Corso ist Bücherjäger im Auftrag von Antiquaren, Buchhändlern und Sammlern. Anscheinend eine harmlose Tätigkeit, bis Corso feststellt, daß bibliophile Leidenschaften oft dunkle Geheimnisse und tödliche Neigungen nach sich ziehen. Für literarische Leckerbissen, die wie Thriller fesseln, gibt es in Spanien seit Jahren nur noch einen Namen –
Arturo Pérez-Reverte.

*Patrick McGrath*
*Groteske*
*Roman*
*280 Seiten*
*btb 72137*

## Patrick McGrath

Rätselhafte Dinge geschehen auf Crook Manor. Warum ist der Hausherr Sir Hugo plötzlich gelähmt? Was führt der neue Butler Fledge im Schilde, während er die lebenslustige Lady Harriet umschmeichelt? Und welche Rolle spielt Tochter Cleo, deren Verlobter eines Nachts verschwand und Wochen später – leider zerstückelt – im nahegelegenen Sumpf wieder auftauchte? »Muß-Lektüre für alle anglophilen Dekadenzler und Gruftis.«
*Brigitte*

---

*Michael Palin*
*Hemingways Stuhl*
*Roman*
*310 Seiten*
*btb 72132*

## Michael Palin

Michael Palin, Komiker (»Monty Python«), Schauspieler (»Ein Fisch namens Wanda«) und Autor, ein Meister des bizarren britischen Humors: Martin Sproale, unscheinbarer Beamter im verschlafenen Flecken Theston, nimmt mit sehr ungewöhnlichen Mitteln und der Hilfe einer jungen Amerikanerin den scheinbar aussichtslosen Kampf um den Erhalt seines Postamtes auf.